MAHOMA

DEEPAK CHOPRA MAHOMA

SUMA
de letras

Título original: *Muhammad: A Story of the Last Prophet.*
© Deepak Chopra, 2010
© De la traducción: Lucila Cordone, 2011
© De esta edición: Aguilar, Altea, Taurus, Alfaguara S.A. de Ediciones
Av. Leandro N. Alem 720 (1001) Ciudad de Buenos Aires
www.sumadeletras.com.ar

ISBN: 978-987-04-1768-2
Hecho el depósito que indica la ley 11.723
Impreso en Uruguay. *Printed in Uruguay*

Primera edición: mayo de 2011

Chopra, Deepak
    Mahoma : una historia del último profeta . - 1a ed. - Buenos Aires : Aguilar,
Altea, Taurus, Alfaguara, 2011.

    324 p. ; 24x15 cm.
    Traducido por: Lucila Cordone

    ISBN 978-987-04-1768-2
    1. Narrativa Hindú. I. Cordone, Lucila, trad. II. Título.

CDD IN820

Nota del autor

Me esperaba una gran sorpresa cuando empecé a escribir sobre la vida de Mahoma, el último profeta que emergió del desierto de Oriente Medio, esa tierra inconmensurable, inhóspita y árida, que también produjo a Moisés y a Jesús. Fuera del mundo musulmán, Mahoma ha sido tratado con desprecio a lo largo de toda la historia. Nuestra era no ha sido la primera en reaccionar con recelo cada vez que los musulmanes dicen que "islam" significa "paz". Y ese recelo no ha hecho más que exacerbarse con cada acto terrorista que la *yihad* realiza en nombre de Mahoma.

Durante su vida, el Profeta luchó intensamente contras quienes se le oponían y libró varias batallas en nombre de la nueva fe. Yo crecí entre amigos musulmanes en la India, pero incluso allí, un país donde la mezcla de culturas y religiones es un antiguo modo de vida, la partición de Pakistán en 1947 produjo revueltas y grandes asesinatos en ambos lados. En el nombre de la verdad, los creyentes pueden acabar pisoteando el amor y la paz.

Sin embargo no fue eso lo que me sorprendió. Yo me había puesto como objetivo ser justo con Mahoma y tratar de verlo con los mismos ojos con los que él se veía a sí mismo en la Arabia del siglo VII (podemos ubicar el nacimiento del Profeta en el año 570 de nuestra era, en medio de la Alta Edad Media de Europa, dos siglos antes de que el Papa coronara a Carlomagno en el año 800, casi seiscientos años antes de que las agujas de la catedral de Chartres apuntaran al cielo), y lo que me sorprendió fue que de todos los fundadores de las grandes religiones del mundo, Mahoma es quien más se parece a nosotros.

Mahoma se veía a sí mismo como un hombre común y corriente. Sus familiares y vecinos no se hacían a un lado en señal de respeto para dejarlo pasar por las calles resecas y polvorientas de La Meca. Mahoma quedó huérfano a los seis años, pero más allá de eso no hay ningún hecho excepcional en su vida, más que su habilidad para sobrevivir. Dado que nació en una sociedad extremadamente tribal, en su familia extendida había una gran cantidad de primos y hombres del clan Hashim. Él no tenía ninguna marca de divinidad (excepto las que inventaran los cronistas, con el tiempo, cuando el islam comenzó a difundirse y a prosperar). Mahoma fue un comerciante que tuvo la suerte de casarse con una viuda rica, Jadiya, quince años mayor que él. Viajaba en caravana a Siria una temporada y a Yemen la otra. La prosperidad de La Meca se debía al comercio de las caravanas. Aunque esas travesías estaban llenas de peligros —el apuesto y consentido padre de Mahoma, Abdalá, había muerto durante un viaje de regreso a casa—, los mercaderes como Mahoma habitualmente realizaban viajes por el desierto que duraban varios meses.

Lo que resulta extraordinario son los rasgos de humanidad en la transformación de Mahoma. Mientras a Jesús se lo eleva cuando se lo llama "El Hijo del Hombre", Mahoma se reconoce como parte del pueblo cuando se define a sí mismo como "un hombre entre los hombres".

Él no sabía leer ni escribir, lo cual era normal en ese tiempo, incluso entre las personas más prósperas. Tuvo dos hijos varones que murieron durante el primer año de vida y cuatro hijas mujeres. En aquella época, no tener un heredero varón era impensable, y por ese motivo Mahoma tomó la extraña decisión de adoptar a un niño hijo de esclavos, Zayd. Más allá de eso, no se explica que Dios hubiera elegido a un hombre casado y con hijos para que hablara en su nombre. Lo más increíble sobre Mahoma es que él era un hombre como nosotros hasta que el destino produjo uno de los hechos más impactantes en la historia.

En el año 610 de nuestra era, Mahoma, un comerciante de cuarenta años conocido como Al-Amin "el confiable", bajó de las montañas —o, en este caso, una cueva en los montes con algún que otro verdor que rodean La Meca— con cara de desconcierto y terror. Luego de esconderse, literalmente, debajo de las sábanas hasta volver en sí, reunió a unos pocos en quienes podía confiar y anunció algo increíble. Un ángel lo había visitado en la cueva en la que acostumbraba escaparse de la corrupción y las aflicciones de La Meca. La paz y la soledad que buscaba fueron demolidas cuando el arcángel Gabriel, el mismo que había visitado a María y había protegido el Edén con una espada de fuego después de que Dios expulsara a Adán y Eva, le ordenó a Mahoma sin preámbulo alguno: "Recita".

La palabra exacta es de vital importancia ya que el término "recitar" es la raíz del Corán (o Qur'an). Mahoma quedó estupefacto ante la orden del ángel. Él no tenía por costumbre la práctica de la recitación en público, un hábito por el cual eran famosos los beduinos. De niño había sido enviado a vivir con las tribus nómades en el desierto, lo cual era habitual entre los miembros de la clase más próspera de La Meca. En aquel entonces se creía que la pureza y la vida dura en el desierto eran buenas para un niño. Al menos servían para alejarlo del aire viciado y las depravadas costumbres citadinas de La Meca. Según los árabes, los beduinos hablaban la forma más pura de la lengua, pero Mahoma traicionaría esos años de vida entre los nómades —desde su nacimiento, hasta los cinco años de edad— dado que su acento siempre fue muy rústico. Los beduinos también eran famosos por el hábito de narrar. Recitaban largas historias legendarias sobre héroes que rescataban de las tribus enemigas camellos y mujeres. Pero según cuenta la historia, Mahoma se sentaba a un costado, sumido en completo silencio, sin participar, hasta el momento en que el ángel Gabriel lo encontró.

No fue fácil para el ángel convencerlo. Lo tuvo que estrechar en un abrazo tres veces —un número mítico y místico— para que Mahoma aceptara recitar. Lo que salió de la boca del Profeta no fueron sus propias palabras. Para él y para quienes comenzaron a creer en su mensaje, el hecho de que Mahoma no hubiese recitado nunca en público era la prueba de que sus palabras provenían de Alá. Hasta el día de hoy, el lenguaje en el que está escrito el Corán es muy particular, ya que posee un estilo y una expresividad propia. Fuera del islam, lo único comparable es, quizá, la versión de la Biblia del Rey Jacobo, cuyo lenguaje tiene una resonancia que pareciera provenir del mismo Dios, o de alguien que ha sido bendecido con la divinidad de expresión.

Debido a que Mahoma no esperaba ser inspirado por una fuerza divina, nuestra sospecha y miedo al islam se tornan aún más trágicos. El mundo pre-islámico se siente incluso más distante que el mundo del Antiguo Testamento. Los esclavos eran víctimas de los peores maltratos, al igual que las mujeres y las niñas recién nacidas no queridas, a quienes se las dejaba morir abandonadas en las montañas. Los árabes solucionaban los pequeños conflictos a punta de cuchillo y para ellos matar a hombres de las tribus vecinas era honorable. La venganza era fuente de orgullo.

Ninguna de esas costumbres bárbaras era exclusiva de los árabes. Podemos encontrarlas también en muchas otras culturas primitivas. Pero al islam se le ha adjudicado la barbarie de una manera muy particular, en parte porque en el afán por preservar tanto el mundo como la palabra del Profeta, las costumbres de la antigüedad se han mantenido hasta los tiempos modernos. Mi retrato de La Meca es tal cual como era, con toda su aspereza y brutalidad. Utilicé narradores múltiples para que al juzgar la historia con nuestros ojos modernos el impacto fuese menos severo. Mis narradores son hombres y mujeres de todas las castas, esclavos y ricos mercaderes, creyentes y escépticos, adoradores y seguidores del mensaje de Mahoma. Las primeras personas en oír el Corán tuvieron reacciones tan diversas como las que nosotros tendríamos hoy si nuestro mejor amigo nos persiguiera para contarnos una y otra vez que un ángel lo ha visitado en mitad de la noche.

No he escrito este libro para otorgarle a Mahoma un lugar aun más sagrado. Lo he escrito para demostrar que lo sagrado era tan confuso, aterrador y exaltante en el siglo VII como lo sería hoy.

Una vez decidido eso, los demás problemas fueron detalles menores. Dado que los nombres árabes pueden ser difíciles de recordar para quienes no conocen la lengua, he reducido al mínimo posible la cantidad de personajes en el libro y he dejado los más importantes. La ortografía es compleja ya que muchas veces se ha transcripto la misma palabra o nombre propio de distinta manera. En ese punto no he sido consistente. Con el riesgo de irritar a los estudiosos, he utilizado la forma más conocida para "Corán". He elegido los nombres tribales más cortos, a fin de que fueran más fáciles de recordar, como Abu Talib y Waraqa. Dado que el símbolo (') en una palabra como "Ka'aba" no tiene ninguna relevancia en nuestra lengua, he decidido elidir la mayoría, una vez más, de acuerdo con el uso más frecuente. Si esto ofende a los hablantes de árabe más puristas, les pido disculpas por adelantado.

Para terminar, esta obra es una novela, no una biografía oficial. Algunos sucesos están contados fuera de orden. Los personajes entran y salen a medida que la historia pide su presencia. Esto puede resultar confuso. Para orientar a los lectores, he incluido una cronología con los hechos más importantes y un árbol genealógico simplificado con los antepasados y la familia extendida de Mahoma. Los personajes que aparecen en la novela están resaltados en negrita para facilitar la comprensión de la historia.

Un autor no debería decirles a sus lectores cómo tienen que reaccionar. No obstante, lo que sí les puedo decir es que lo que me llevó a escribir esta historia fue mi fascinación por la forma en que la conciencia se puede elevar hasta alcanzar lo divino; un fenómeno que une a Buda, a Jesús y a Mahoma. La existencia de una conciencia superior es universal. Representa el objetivo más importante en la Tierra. Sin las guías que alcanzaron el estado de conciencia superior, el mundo estaría fatalmente desprovisto de sus más grandes visionarios. Mahoma sintió esa dolorosa ausencia en el mundo que lo rodeaba. Es quien más me llega porque reinventó el mundo buscando dentro de sí. Y ese logro únicamente se puede encontrar en el camino espiritual. Viendo lo que el Profeta ha logrado, tengo la esperanza de que cualquiera de nosotros, que llevamos una vida para nada extraordinaria, podemos ser alcanzados por la divinidad. El Corán merece estar entre las canciones del alma, estar presente en todos aquellos lugares donde el alma es lo que importa.

Cronología

(Las fechas que aparecen a continuación son aproximadas debido a la falta de fuentes serias para verificar la información.)

570   Nacimiento de Mahoma (N.E.)
590   Mahoma se casa con Jadiya y tienen cuatro hijas que sobreviven y dos hijos varones que mueren durante el primer año de vida
610   (o antes) Primera revelación de Mahoma
613   Primera predicación en público
615   Inmigración de algunos musulmanes a Abisinia
616-9 El clan de Mahoma, los Banu Hashim, es boicoteado por los Quraishi
619   Mueren Jadiya y Abu Talib
622   Hégira (migración) a Medina
624   Batalla de Badr, victoria musulmana sobre los Quraishi. Expulsión de Medina de las tribus judías
625   Batalla de Uhud, victoria sobre los Quraishi que no es aprovechada
627   Medina es sitiada por el ejército mequí (Batalla del Foso). Masacre del clan judío Quraiza de Medina
628   Tratado de Hudaybiya, tregua con los Quraishi
629   Peregrinación pacífica a La Meca
630   La Meca es ocupada por los musulmanes. Las tribus enemigas son vencidas en otras campañas militares
631   Aceptación del islam en muchas partes de Arabia
632   Muerte de Mahoma

Genealogía

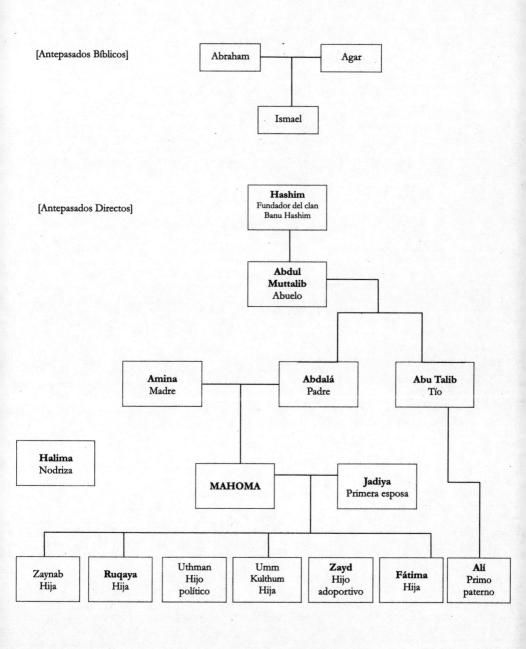

[Antepasados Bíblicos]

| Abraham | Agar |

Ismael

[Antepasados Directos]

Hashim
Fundador del clan
Banu Hashim

**Abdul
Muttalib**
Abuelo

Amina
Madre

Abdalá
Padre

Abu Talib
Tío

Halima
Nodriza

MAHOMA

Jadiya
Primera esposa

Zaynab
Hija

Ruqaya
Hija

Uthman
Hijo
político

Umm
Kulthum
Hija

Zayd
Hijo
adoportivo

Fátima
Hija

Alí
Primo
paterno

MAHOMA

Preludio
El ángel de la revelación

Una mula puede ir hasta La Meca, pero eso no la hace peregrina.

Dios no puso esas palabras en mi boca. Podría haberlo hecho; tiene sentido del humor. Pero esas son palabras de árabes. Son un pueblo de muchas palabras, un diluvio que podría haber hecho navegar el Arca de Noé. Si eres un extraño, puede que no lo veas. El sol del desierto, que destiñe los huesos y las mentes, te enceguecería.

El sol también se encarga de otras cosas. De secar los pozos de agua que hasta el año pasado estaban llenos. De matar de hambre a un rebaño entero porque la hierba estaba reseca y marchita. De llevar a los nómades a una búsqueda desesperada de mejores pasturas. Y una vez allí, el sol refleja sangre fresca; otras tribus, que morirían sin esas pasturas, esperan al acecho para matarlos.

Pero los árabes se niegan a bajar los brazos. "Convirtamos esto en un relato", dicen. "La mejor cura para la tristeza es una canción." También existen otras curas, pero nadie tiene el dinero para comprarlas.

Y así es como deciden convertir el hambre en una aventura heroica. La sed se convierte en una musa; la amenaza de muerte, en un motivo para alardear valentía. Los árabes y Dios tienen en común el amor por la palabra. Por esa razón, cuando Él oyó a un hombre decir, en lo profundo de su corazón, "Dios ama a todos los seres de este mundo salvo a los árabes", era necesario que yo apareciera para dar una orden.

"¡Recita!"

Eso era lo único que a mí, Gabriel, me habían enviado a decir. Una sola palabra, un solo mensajero, un solo mensaje. Yo era como un martillo para abrir de un golpe el tapón de un tonel de vino. Un golpe fue suficiente para hacer brotar litros y litros de vino como para llenar cientos de vasijas.

Así es como brotaron las palabras de Mahoma, aunque no enseguida. Si un ángel pudiera dudar, yo habría dudado. Le hablé al único hombre en Arabia que no sabía recitar. No sabía cantar. Mucho menos recitar un poema épico. Cuando un poeta errante hacía oír su voz, Mahoma se ubicaba a un lado de la muchedumbre. ¿Se imaginan? Él le había suplicado a Dios que le hablase, y cuando Dios le contestó, se quedó inmóvil.

"¡Recita! ¿Qué pasa? Llénate de dicha. El día tan anunciado ha llegado."

Pero él no.

Cuando aparecí, lo encontré dentro de una cueva, en una montaña.

—¿Para qué vas allí? —le preguntaban sus amigos—. Un mercader de La Meca debería estar ocupándose de sus negocios.

Mahoma contestaba que iba en busca de consuelo.

—¿Consuelo, de qué? —preguntaban—. ¿Crees que tu vida es más difícil que la nuestra?

Ellos sólo veían a un hombre con una túnica violeta que caminaba por el mercado y se sentaba en las tabernas a negociar frente a una taza de té. No se daban cuenta de que era un hombre cuyas sombras le invadían la mente, con pensamientos oscuros que se ocultaban detrás de una sonrisa.

Un día, Mahoma regresó a su hogar pálido como un papel. Su esposa, Jadiya, pensó que lo iba a tener que sostener en los brazos si se caía.

—No salgas —ordenó Mahoma. Estaba temblando.

Jadiya corrió a la ventana, pero lo único que vio fue una muchacha en cuclillas, recogiendo del suelo polvoriento telas, harapos, retazos de cuero y pequeños pilones de carbón, poniendo todo en varios atados para venderlos en los pueblitos de los montes, en los alrededores de La Meca.

—Ven, aléjate de ahí —exclamó Mahoma, pero ya era demasiado tarde. Jadiya vio lo que él había visto.

Uno de los atados se movía.

Jadiya cerró los postigos con lágrimas en los ojos. Tal vez era un gato que había que ahogar. Pero ella sabía que no. Era otra niña bebé que no crecería. Otro cadáver olvidado, tan pequeño que cabría en la palma de la mano y que nadie encontraría en lo remoto de un monte.

Mahoma tenía cuarenta años y había visto esa abominación muchas veces en su vida. Y cosas peores también. Esclavos azotados hasta la muerte sólo porque a alguien se le había dado la gana. Hombres de tribus vecinas tirados en la calle, desangrándose por haberle escupido las sandalias a alguien. Mahoma hacía negocios con hombres que cometían esos actos horrendos, hombres que no comprendían cuando él decía cuánto amaba a sus cuatro hijas. Mahoma sonreía cuando veía a sus amigos con sus hijos varones jóvenes y fuertes. Sólo en su corazón le preguntaba a Dios por qué los de él habían muerto en la cuna. Sólo en su corazón decía la única cosa que hacía la diferencia.

Nunca te daré la espalda, Señor, incluso si te llevas a todos los que amo.

Dios podría haberle respondido: *¿Por qué crees en mí, si también me culpas por esos males?*

Tal vez Dios susurró ese pensamiento. O tal vez Mahoma lo encontró sin ayuda. Tuvo tiempo de pensar en esos largos días y esas largas noches en la pequeña cueva de la montaña. Comía poco, bebía aun menos. Su esposa temía que él no volviera a casa; las montañas en las cercanías de La Meca estaban repletas de malhechores.

Ella estaba muy cerca de tener la razón. Cuando aparecí ante Mahoma, él se negó a recitar la palabra de Dios, se negaba a oír, ni siquiera quiso quedarse a seguir escuchando lo que yo le decía.

Mahoma huyó de la cueva en un estado de histeria y desesperación. El hombre que le rogaba a Dios que se acordara de él, había entrado en pánico ahora que lo había logrado. Mahoma miró por encima del hombro. El suelo era rocoso y él tropezaba. El aire estaba lleno de extraños sonidos. ¿Eso que oía era la burla de los demonios, que lo seguían? Mahoma miró al cielo en busca de respuestas. Buscaba una salida.

Recordó los precipicios del Monte Hira. Los niños pastores debían asegurarse de que los corderos no se acercaran demasiado al borde cuando los buitres sobrevolaban para asustarlos.

¿Qué es lo que me está persiguiendo? Pensó Mahoma con un repentino terror.

Con una fuerte presión en el pecho, Mahoma respiraba con dificultad al correr. Iba a saltar al precipicio y estrellar su cuerpo contra las rocas. Ni siquiera podía rezar en pedido de auxilio; el mismo Dios que podría salvarlo era el que lo torturaba.

Yo no pedí esto. Déjenme ir. Yo no soy nada. Soy solo un hombre entre los hombres.

Agitado y tropezándose, Mahoma apretó la túnica contra el cuerpo para cubrirse del frío del Ramadán, el noveno mes del calendario. El mes del mal, el mes de las bendiciones, el mes de los signos y de los presagios. Los árabes siempre habían discutido sobre eso. Después de unos minutos, el pánico comenzó a menguar. De pronto, todo se aclaró en su mente. Mahoma miró cómo sus pies golpeaban el suelo al correr y le pareció que pertenecían a otra persona. Qué extraño, había perdido una sandalia y sin embargo, no había sentido las filosas piedras lastimándolo y haciéndole sangrar los pies. La decisión de suicidarse le trajo una especie de tranquilidad.

Mahoma llegó a la cima de la montaña. Espió La Meca, visible a la distancia. ¿Por qué había perseguido a Dios como un halcón tras una liebre? En La Meca ya había cientos de dioses. Estaban todos amontonados en la Kaaba, el lugar sagrado. Un dios por cada feligrés, un ídolo por cada sacrificio. ¿Qué derecho tenía él de intervenir? Había incontables sacrificios, día tras día, que traían riqueza a la ciudad. Mahoma casi podía sentir el olor a humo desde aquella altura.

Miró las rocas bajo el precipicio y tembló. En ese momento, cuando sintió que se acercaba su fin, Mahoma encontró una plegaria que podría salvarlo.

"Querido Dios, te ruego tengas piedad de mí, hazme quien yo era antes. Hazme un hombre común otra vez."

Era el único ruego que Dios no podía complacer, pues en ese momento la existencia de un hombre se había hecho trizas, como una copa de vino pisoteada con torpeza en una taberna. Nunca iba a volver a ser el que era. Lo único que importaría a partir de ese momento era la palabra de Mahoma. Los árabes, amantes de la palabra, estaban preparados. ¿Amarían al mensajero de Dios o lo llenarían de injurias?

Mahoma esbozó una sonrisa, había recordado un viejo proverbio beduino: "Miles de insultos nunca rasgaron una túnica". *Entonces, ¿porqué habré de rasgarla yo, y a mis huesos con ella?* Pensó. La imagen de su cuerpo golpeado y estrellado sobre las rocas le causó repulsión.

Mahoma se alejó del borde. "Si yo soy tu vasija, llévame con cuidado. Sostenme con equilibrio. Cuida que no me rompa".

Yo susurré que sí. ¿Quién era yo para contradecirlo? Ni siquiera le pregunté a Dios primero.

El mercader de La Meca bajó la pendiente cojeando con una sandalia. Tenía la lengua hinchada y torpe. Mahoma recitaría tal como yo se lo había pedido. Y nunca dejaría de recitar, aun si eso lo enfrentaba a la muerte.

PARTE 1

El agua de la vida

Capítulo
1
Abdul Muttalib, "el esclavo"

Puede el amor de Dios ser tan grande que se sienta como odio? —pregunté.

—No me hables de Dios —gruñó mi hijo—. En este momento no está pensando en nosotros.

Estábamos tirando de un trineo cargado con vasijas de agua para llevar al pueblo. El agua, salobre y tibia, salpicaba cada vez que atravesábamos un suelo rocoso.

—Dios piensa en todo y hace todo al mismo tiempo. Eso es lo que lo hace Dios —respondí amablemente. Miré a mi hijo Abdalá, su torso desnudo amarrado a una cuerda para tirar del trineo. Era un trabajo que te destrozaba la espalda, y él estaba de muy mal humor.

En la distribución de los pozos de agua, justo antes del amanecer, a Abdalá y a mí nos había tocado el peor. Todas las mañanas, cuarenta jóvenes pertenecientes a las distintas tribus iban en busca de agua para traer a La Meca. No había pozos en el pueblo y el agua tenía que ser transportada desde los pequeños pozos que había en los alrededores. A Abdalá y a mí nos había tocado el que estaba a más de un kilómetro y medio de distancia. En el yugo como si fuésemos animales, tan encorvados que casi podíamos lamer el polvo bajo nuestros pies, íbamos a tener que tirar del trineo de carga hasta después de la caída del sol.

Nadie sentía pena por mí, el más viejo de todos. Todos me conocían como "el esclavo" y ese nombre hacía
que me trataran con un oculto desdén.

—Yo solía pensar que Dios me odiaba —dije, sin
darle importancia al mal humor de Abdalá—. Mi niñez
estuvo plagada de pobreza y sufrimiento.

—Estar aquí es un castigo.

Dejé de tirar del trineo y extendí los brazos.

—Estoy en La Meca, hijo mío. He sido traído hasta
su santa puerta por un milagro. Lo que se siente como
odio debe de ocultar, en realidad, el amor de Dios.

Abdalá gruñó. No tenía ningún interés en escuchar
el tonto relato del milagro de su padre. Lo único que le interesaba era que lo habían levantado de un sueño profundo para caminar en medio de la negrura previa a la salida
del sol. Estaba casi decidido a revelarse. Era el menor de
diez hermanos, apuesto y consentido. Su majestuosa nariz
era tan grande que rozaba el vino antes de que lo hicieran
los labios. Pero lo que él más odiaba era que su padre, un
hombre rico, tuviese como sobrenombre "el esclavo".

—Si voy a tener que escucharte —dijo Abdalá con
tono petulante—, al menos déjame caminar por la sombra.
—Los cargadores de agua caminaban todo lo que podían
bajo la sombra que proyectaban las casas y los muros, pero
ahora sólo quedaba un pequeño recorte de oscuridad fresca, apenas suficiente para refugiar a un hombre solo.

—La sombra te toca en el camino de vuelta. Lo hemos sorteado.

—En el camino de vuelta las vasijas están vacías. No
es justo.

Me encorvé de hombros y tiré de mi arnés. El sol
estaba en lo más alto del cielo. El calor me quemaba la
piel como si fuese fuego.

Amor que se siente como odio. Ese acertijo me había estado dando vueltas por la cabeza hacía varios días. Para mí, de eso se trataba el misterio de la vida, sólo que yo no lo había visto antes. Cada castigo esconde una bendición. Esta tierra de Arabia, por ejemplo, oscila como una piedra preciosa que pende entre dos imperios. Al norte, el Imperio Bizantino extiende la mano para tomarla; al este, el Persa. Seguramente ese fue el castigo para un pueblo disperso e indefenso como el nuestro. Y sin embargo, el pueblo árabe nunca fue conquistado. El desierto es demasiado vasto, demasiado inhóspito. Si te alejas del camino por apenas una hora, si te adentras en el páramo donde los únicos seres vivos son los *jinns* y los escorpiones, considérate afortunado si logras sobrevivir y volver a encontrarlo.

Incluso allí, Dios ha tenido piedad. Los mercaderes no podían bordear Arabia navegando; imposible con los piratas al acecho en cada caleta y en cada puerto. Se veían obligados a desfilar a través del desierto con sus preciosas sedas y especias para llegar a Damasco. El resultado de eso ha sido prosperidad para todo pueblo que, como La Meca, se encontrase en el recorrido. Las tribus invocaban a los dioses y se aseguraban de que hubiera agua en el pueblo para los viajeros. Lo cual llevaba al siguiente castigo: había que transportar el agua todos los días, sin importar cuántas espaldas se rompieran.

La vida sigue y sigue, como un collar donde entre cada perla se intercala una cuenta hecha de veneno.

A nadie le gusta oír mi parloteo sobre ese tema. El sol del mediodía ha hecho salir mis pensamientos y hablarle a mi petulante hijo. Hace dos noches me empezó a perseguir la obsesión sobre el amor de Dios. No podía dormir, estaba en un estado de ansiedad extrema, como si tuviese fiebre. Había hecho algo muy estúpido y muy tonto ese día. En una borrachera de vino, había hablado de más con mis primos. Estábamos en una de las tabernas a donde van los peregrinos y también los locales, cerca de la Kaaba:

—No puedo hallar ni una bendición de Dios que no sea también un castigo —dije—. Y ni un castigo que no sea también una bendición. ¿Por qué será?

Se hizo un silencio. ¿De qué estaba hablando? Mis primos sólo hablan de tres cosas: dinero, mujeres y camellos.

Uno de ellos habló:

—Ayer volví a perder un camello. O mi esclavo me miente sobre la cantidad de camellos que tengo o está dejando que los roben a cambio de una buena cantidad de dinero.

—Si le estuviesen pagando, seguramente no se llevarían solamente un camello —observó otro primo.

—Puede ser —contestó el primero.

Pero yo insistí:

—¿No piensan que Dios nos puede haber castigado? Dios ha hablado con todos los pueblos salvo con los árabes. ¿Somos niños perdidos que no volveremos a hallar la casa de nuestro padre?

Se volvió a hacer un silencio. Los ponía nerviosos oírme decir "Dios" en lugar de "dioses".

—Es así porque es así —añadió el primo mayor, quien se emborracha mucho todos los días y a quien todos respetan mucho también. Los demás asintieron y la conversación se terminó allí.

Yo no esperaba una discusión. La taberna se encuentra a la sombra de la Kaaba. Todo lo que se encuentre alrededor de ese sitio sagrado es un santuario. No puede haber peleas entre miembros de diferentes tribus, no puede haber peleas a muerte, incluso se han prohibido las discusiones violentas. Y, después de todo, yo soy el jefe de este clan, de modo que mis primos me escuchan con cara de respeto, aunque yo sé que por dentro se ríen de mí.

Mi confesión no me ayudó mucho. No pude dormir mejor. Imagínense. No era el insomnio de un filósofo. Ese misterio se aplicaba directamente a mí: me ayudaría a determinar si toda mi familia iba o no a sobrevivir.

Todo comenzó con el agua, hace muchos años, en la era en que la memoria comenzó a dar sus primeros pasos. Luego de que las furiosas aguas del Diluvio se retiraran, el Padre Noé descendió del arca y tuvo una gran descendencia. De esa sangre proviene Abraham, y de Abraham, su primer hijo varón, Ismael.

La madre de Ismael, Agar, era una esclava de Egipto que le pertenecía a la esposa de Abraham, Sarah. Como Sarah era estéril, le dijo a Abraham que tomara a Agar como su segunda esposa para que le diese hijos. Catorce años más tarde, ocurrió un milagro y Sarah concibió un hijo a quien llamó Isaac. Luego Sarah pidió que expulsaran a Agar y a Ismael al desierto. Abraham asintió con la cabeza y obedeció.

Marchando sin rumbo por el desierto con su niño, Agar comenzó a desesperar de sed. Bajo el intenso cielo azul no había dónde refugiarse ni agua a la vista. En busca de apenas unas gotas para humedecer los labios sedientos de Ismael, Agar subió y bajó una y otra vez de los dos montes conocidos como Safa y Marwa. Ismael comenzó a llorar. Ella estaba a punto de desfallecer, y ambos hubiesen perecido, pero Dios se compadeció de Agar. Envió al arcángel Gabriel, quien descendió y tocó el suelo con el dedo. Allí donde tocó, el suelo se oscureció con humedad y luego unas gotas de agua brotaron. ¡Un milagro! Agar se inclinó para beber, primero formando un cuenco con las manos para darle agua a su hijo.

Según narra la historia, Agar o el ángel dijeron: "Más. Que el agua se acumule", "Zamzam", que en árabe significa "agua que se acumula", y ese fue el nombre que recibió el pozo. La Meca creció a su alrededor. Dios les otorgó a Ismael y a sus herederos la posesión del pozo y el derecho a perpetuidad para vender el agua.

Cuando yo era niño y escuché la historia por primera vez, no puse en duda que se tratara de un milagro. ¿No iba yo a la Kaaba a tocar sus paredes, donde cada una de sus piedras es un milagro? Abraham la había construido, la Casa de Alá, cerca de donde brotaba el agua del pozo. Era exactamente igual a la primera construcción que había hecho Adán con sus propias manos, de granito y con todas sus caras perfectamente cuadradas. Los árabes comenzaron a llamarla Kaaba. En cada guerra entre tribus y cada intento por parte de los invasores por derrotarnos, siempre se ha mantenido la Casa de Dios, mucho antes de que el pozo de Zamzam, que alguna vez fue un manantial permanente, hubiese desaparecido, porque también el Zamzam tenía su maldición, aunque pasaron muchas generaciones antes de que nos diésemos cuenta.

Miré a Abdalá, que se estaba quejando. Tenía veinte años y un cuerpo fuerte y musculoso que podía cargar agua sin dificultad, pero esa era su primera vez. Me había rogado que le dijese por qué teníamos que hacer ese tonto trabajo de esclavo, sin siquiera usar un carro y un burro. Pero yo sólo le contestaba con una sola palabra: "después".

—Toma mi sombra —le ofrecí.

—¿Tu sombra? ¿Así es como la llamas? —Abdalá era arrogante como todo hijo de padre rico.

Sin dar importancia al comentario, lo empujé a la sombra proyectada por un alto muro que rodeaba un patio. Nuestro propio patio era el más cercano a la Kaaba, lo que indicaba una buena posición social. El agua me había hecho rico, pero eso provocaba la envidia de los demás. Me daba cuenta de eso cuando caminaba al mercado todas las mañanas.

—Nunca te conté sobre el milagro que me trajo a La Meca. Es hora de que lo sepas —le dije.

Abdalá no parecía sorprendido. Yo ya se lo había contado a cada uno de mis diez hijos cuando habían llegado a una determinada edad.

—Tu abuelo, Hashim, era el jefe de nuestra tribu. Cuidaba con recelo el derecho de extraer agua, por lo cual recibía una contribución de cada peregrino y un diezmo de todas las otras tribus de La Meca. Cuando yo era niño no sabía eso, porque Hashim había muerto misteriosamente mientras llevaba una caravana a Egipto. Mi madre me envolvió en una manta y huyó, sin un centavo y sin ningún amigo que la ayudase. El hermano de Hashim había reclamado la fortuna de mi padre. A mí, el hijo mayor de Hashim, me hizo a un lado.

Abdalá no cuestionó el relato. Cuando una mujer enviuda, el hermano del esposo puede heredar su fortuna y su propiedad si no hay hijos varones adultos.

—Yo crecí abandonado en un pueblo remoto, arrastrándome como una serpiente entre el cielo y la tierra. Ante los ojos de los árabes yo era un huérfano. No era nada. Cuando se llega al punto más bajo en la vida es el momento en que Dios realiza los milagros —dije—. ¿Estás listo para escuchar el mío? Sin ese milagro, no estarías aquí, joven y apuesto como eres.

Abdalá hizo una mueca. Me gustaba el poder que tenía mi historia sobre él. Continué:

—Pasaron unos años. Mi tío, Al-Muttalib sintió, de pronto, mucha culpa. Se había hecho rico con el derecho de Hashim a extraer agua y, sin embargo, había privado al propio hijo de Hashim de la parte de esa riqueza que le correspondía. La culpa no lo dejaba en paz, no cedía. Entonces Al-Muttalib decidió que eso era un signo. Sin decir palabra a nadie, partió de La Meca a caballo, me encontró a mí y a mi madre en el exilio y nos levantó del polvo donde estábamos. Prometió tratarme como a un segundo hijo. Dos días más tarde, entramos en La Meca, yo delante de él. Sin embargo, la gente no podía creer que ese sucio niño, que ni siquiera sabía cómo sentarse sobre un camello, no fuese más que un nuevo esclavo que Al-Muttalib traía al pueblo. Por todos lados me llamaban el esclavo de Muttalib: Abdul Muttalib.

—Y de ahí nuestra vergüenza —dijo Abdalá entre dientes. Siempre ha respondido con el cuchillo cada vez que oye a otro joven ridiculizar el sobrenombre de su padre. Todos habían olvidado mi verdadero nombre, Shaybah. Directamente me llamaban por mi apodo "el esclavo".

Con un quejido me inclino sobre el arnés. Aún soy fuerte. Aún no llego a los cincuenta años. En el yugo junto a mí, a Abdalá no le quedaba más remedio que seguir mi paso. Por un rato tiramos del trineo en silencio. A Abdalá en ningún momento se le ocurrió ofrecerme la sombra.

—Hoy te he dado conocimiento. Entonces, respóndeme: ¿Puede el amor de Dios ser tan intenso que se sienta como odio? —le pregunté.

Mi hijo se dio cuenta de que tenía que tomar la pregunta con seriedad.

—La respuesta no tiene que ver con Dios. Tiene que ver con tu propio sentimiento de culpa.

—No comprendo.

—Si engañaras a mi madre, tal vez ella se enteraría, tal vez no. Pero tu sentimiento de culpa haría que sintieras el amor de ella como un veneno oculto. Y si un hombre mata a su hermano, como Caín a Abel, la culpa que siente puede hacer que sienta el amor de Dios como odio.

—Es una buena respuesta —dije—. Pero yo puedo entrar en la cama de mi esposa porque no he pecado y tampoco he matado a nadie. Yo pensaba que ser rico era una bendición, pero fui un tonto.

Abdalá me miraba con desconfianza, pero no dejé que me interrumpiera.

—¿Tú piensas que mi riqueza no es un castigo? Por eso he venido hoy a que nos asignaran un pozo para buscar agua. Quería ver por mí mismo cómo es este arduo trabajo. Mírame. Después de medio día lo único que quiero es caer en el polvo y perecer. ¿Entiendes lo que significa?

Abdalá no tenía ni idea de lo que significaba, a no ser que su padre disfrutara del sufrimiento.

Leí sus pensamientos.

—Deja de lado tu vanidad por un instante. Aunque yo no muera por esta tortura, muchos hombres jóvenes sí morirán. He visto cómo se les atrofia el cuerpo, cómo se enferman. Clanes más fuertes que el nuestro nos liquidarán sin mayor dificultad, o moriremos en soledad, antes de tiempo.

—¿Qué podemos hacer, padre? —preguntó Abdalá, mostrando respeto por primera vez.

Para nosotros, los árabes, no hay nada más importante que la tribu. La nuestra es la Quraishi, la más grande y más poderosa en La Meca, lo cual significa que todas las otras tribus ruegan por nuestra derrota. Para Abdalá era insoportable la idea de que toda su raza pudiese ser aniquilada algún día.

—Zamzam —murmuré—. Eso es lo que haremos.

—¿Qué? —mi hijo sabía a qué me estaba refiriendo. Todos en La Meca habían oído hablar del Zamzam, pero era tan legendario como el Edén. Abdalá no tenía idea de lo que significaba el agua de la vida, como lo llamaban los ancianos, y mucho menos lo que significaba perderla.

—Debo volver a encontrar el pozo. Una vez que lo haga, habrá agua infinita en el corazón del pueblo. Los Quraishi no deberemos pagar más la riqueza con nuestra vida. ¿Qué piensas? —le pregunté.

Abdalá estuvo a punto de decir que su padre había perdido la razón. Yo me daba cuenta. Pero no se atrevió a decirlo.

—Le estás pidiendo a Dios un segundo milagro —respondió con cautela—. Tal vez sea demasiado.

Yo me reí.

—Te juro que si alguna vez me convierto en jefe de jefes de Arabia, tú serás mi embajador. Eres muy diplomático. Espera a que las mujeres te oigan.

Al oír eso, Abdalá se animó. Él era el más apuesto de todos mis hijos y siempre había atraído las miradas de las jovencitas. Pero esa fue la primera vez que yo hacía algún comentario sobre dejarlo acercarse a una mujer. Ya no estaba tan lejos de estar en edad de contraer matrimonio.

Habíamos hablado por tanto tiempo que no nos dimos cuenta de que ya estábamos llegando a la cisterna que necesitaba agua. Esa cisterna en particular era un tanque de piedra con poca profundidad y no más de dos metros y medio de diámetro. Cuando llegamos, unas veinte mujeres estaban esperando con vasijas de barro acomodadas en la cadera. Apenas vieron el trineo, soltaron el agudo y ensordecedor gorjeo, típico de las tribus nomádicas.

—Ahí tienes. Más mujeres de las que puedes manejar —dije.

Yo estaba tan fatigado que dejé que mi vanidoso y contrariado hijo descargase el agua de las pesadas vasijas. La mayor parte del agua se fue en las vasijas de las mujeres, que dejaron apenas algunos centímetros en la cisterna. Un puñado de palmeras que había por allí daría un poco de sombra, de manera tal que el calor no se robaría lo poco que quedaba. Me gustaba ese lugar. Yo admiraba esas palmeras, que se las arreglaban para sobrevivir con astucia bebiendo las gotas que derramaban los que traían el agua y las mujeres distraídas que corrían de regreso a su hogar.

Me froté el pecho donde el arnés me había dejado lastimaduras. "Zamzam", murmuré. ¿Realmente podría volver a encontrarlo? A decir verdad, no tenía el coraje para mencionar el desquiciado plan a mis primos, ni siquiera a mi esposa. Los hombres de mi tribu tendrían razones para despojarme de las contribuciones que yo recibía. Un lunático no podía tener nada que ver con los sagrados derechos del agua.

Tal vez Dios mismo estaba en mi contra. Para todos los habitantes de La Meca, el Zamzam había desaparecido como un castigo divino. Una noche, hace mucho tiempo, antes de lo que nadie vivo recuerda, un hombre honrado vio con escándalo la avaricia y la insolencia con la que vivían los ricos e impíos habitantes de La Meca. Nadie sabe cuál era su nombre. Entró furtivamente a la Kaaba y la despojó de sus ofrendas de oro y de sus ídolos sagrados. Alá era Dios, el único, pero las tribus lo habían olvidado y habían colmado el sitio sagrado con sus propios dioses, cientos de ellos.

Luego de arrojar su botín al pozo de agua, el ladrón cubrió el Zamzam con tierra y lo hizo desaparecer de la vista. Pronunció una plegaria para que el pozo no fuese encontrado nunca por los deshonestos. Dios debe de haber escuchado, porque cuando el sol salió a la mañana siguiente, nadie podía recordar dónde estaba el Zamzam. Los ricos se desesperaron, incluso algunos se arrepintieron. Pero estaban perdidos. Privada de su preciosa agua, La Meca comenzó a desaparecer. Los hijos de Ismael partieron. El lugar quedó completamente desierto por varios siglos, hasta que los Quraishi volvieron a darle vida al pueblo. Ellos establecieron un sistema para abastecer con agua desde los pozos de agua salobre que se encuentran en las cercanías. Reconstruyeron La Meca, construyeron tabernas para los peregrinos y volvieron a convertir la Kaaba en un lugar propicio para la adoración, lo cual les otorgaba el derecho de ser llamados los nuevos hijos de Ismael.

—¿Podemos volver a casa? —preguntó Abdalá. Tenía la mirada puesta en una bella jovencita que bamboleaba sus caderas mientras se alejaba.

—No creo que tengas suerte con ese olor apestoso que tienes —dije.

—Si lo único que se interpone entre mí y una esposa es un baño, no me preocupa en absoluto —respondió Abdalá, sabiendo muy bien de lo que hablaba.

Emprendimos el camino a casa, yo cojeando, sosteniéndome del hombro del muchacho.

Pero incluso exhausto, oí un sonido. Un lejano murmullo que podría haber sido una voz. En algún lugar, el Zamzam fluía en lo profundo de la tierra y aguardaba para volver a brotar.

La voluntad de Dios se cumple en círculos. Ningún hombre puede comprender los designios ocultos de Dios. No se mofen, entonces, de mi obsesión por volver a encontrar el pozo sagrado. Si alguna vez yo liberase las aguas y tal vez tomase el oro que el ladrón ha arrojado al pozo, ¿cambiará Dios Su sentencia?

—Suplico obtener la bendición escondida detrás del castigo —murmuré.

—Siempre y cuando yo no sea castigado con otro día como este —rezongó Abdalá.

—Irás a casa de tu tía esta noche —dije—. Habrá algunas jóvenes allí. Trata de controlarte. Sólo podemos casarnos de a una por vez.

Abdalá se inclinó en una reverencia de respeto y farfulló un profundo agradecimiento por haber sido convidado. La visita a una casa con jovencitas lo hacía tan feliz como hurtar corderos de alguna tribu rival en los montes. Comenzó a silbar una canción de amor.

Cuando ya estábamos por llegar a nuestra casa le dije:

—Puedo seguir solo. Mandé a avisar que envíen a uno de tus primos terceros para que te ayude a transportar agua en lo que queda del día.

La sonrisa de Abdalá se petrificó.

Capítulo
2
Bashira, el ermitaño

Es importante no hacer caso a las voces. Cuando llegué a este horrible lugar, temía volverme loco. Pero pronto deseé volverme loco con cada centímetro de mi ser. Entonces aún vivía el viejo monje. Él oía voces. Decía que provenían de Dios, pero él había perdido la razón hacía mucho tiempo.

Mientras estaba despierto, lo único que hacía el viejo monje era escribir. Al principio yo estaba lleno de admiración, puesto que lo único que yo sé escribir es mi nombre. Me enseñaron los monjes ancianos, para que pudiese firmar mi contrato de servidumbre perpetua a Cristo.

—¿Qué escribes? —le pregunté al viejo, cuyo nombre era Celestius.

—La Biblia —respondió.

Me miró disgustado. Celestius casi nunca hablaba. El único sonido que provenía de su boca era el crujir de sus dientes al masticar el pan de pita que ingeríamos en cada una de nuestras comidas. Nuestra piedra de moler deja arenilla en la harina, y los dientes de Celestius se habían ido desgastando hasta quedar como ínfimas líneas que apenas sobresalían de la encía.

Pero debo hacer una aclaración con respecto a la Biblia. No existe tal cosa. En toda la extensión de Arabia

43

jamás se ha visto tal preciado objeto, o, si es que se ha visto, los paganos lo deben haber enterrado en la arena o se lo deben haber comido ante el hambre desesperado (el papel vitela hervido seguramente conserva un poco de grasa de cordero). Una sola vez yo mismo he visto una Biblia, en Damasco, cuando la apoyaron contra mi frente el día en que le di mi vida a Dios, Nuestro Señor.

Tratando de ocultar mi descreimiento, le pregunté a Celestius:

—¿Dónde está la Biblia que estás copiando?

Debió haberla ocultado bien. Lo único que había en nuestra cueva eran dos esterillas de palma para dormir y un cuenco de arcilla para lavarse. Cocinábamos fuera de la cueva puesto que el humo nos ahogaría.

Celestius me miró con un destello de astucia en los ojos.

—No necesito una Biblia —dijo, golpeándose con los dedos la cabeza calva con manchas de color café—. Aquí dentro. —Esbozó una sonrisa y dejó entrever los dientes desgastados de la encía superior.

En fin, a los locos hay que dejarlos hacer. Si quería copiar la Biblia extrayendo el texto de su cabeza, que lo hiciera. Le pedí que me leyera un salmo.

—No he llegado ahí todavía —dijo—. Me pidieron que empezara por el principio. —Y así terminó la conversación. Como castigo por haberlo interrumpido, ignoró mi presencia durante un mes, como si yo fuese tan invisible como su Biblia.

Yo solía oír los salmos a través de las ventanas de las iglesias, cuando estaba perdido, vagando por las calles de Damasco. No hablan todos sobre el valle de la muerte; aunque había días en que yo quería estar allí, días en que yo moría de hambre en los callejones que emanaban el hedor de heces en descomposición. La pestilencia es muy útil si uno quiere permanecer oculto.

> "Alzo mis ojos hacia los montes:
> ¿De dónde me vendrá el socorro?
> Mi socorro viene de Yahvé
> Que creó el cielo y la Tierra."

Seguramente quien escribió ese salmo no ha visto nunca los montes de Bosra que rodean nuestra cueva. Nadie puede ayudarte desde allí.

O al menos es lo que yo pensaba.

Una mañana, Celestius demoró un poco más que de costumbre en desplegar sus crujientes piernas. Lo toqué para que se despertara, pero no se movió ni se quejó. Había muerto en algún momento después de decir las oraciones de medianoche. Su brazo estaba extendido en dirección a mi esterilla; supuse que habría querido pedirme los ritos finales. Un poco tarde, hermano mío. Lo puse en la tierra y marqué la tumba con una precaria lápida. Resistiría bastante tiempo con la escasez de lluvia. Tarde o temprano pasaría alguna caravana con un cristiano y se llevarían el cuerpo a Damasco para darle un entierro apropiado.

Yo no le temía a la soledad. De hecho, ahora estaba mejor sin él. Yo amo al prójimo, como me lo pide Cristo, pero hacia el final Celestius había enloquecido tanto que ya no se vestía ni se limpiaba. Vi su huesudo trasero demasiadas veces. Después de enterrar al viejo, pasó un mercader proveniente de Tiro que sabía leer y le mostré una pila de hojas de la Biblia de Celestius. El mercader se rió y dijo que eran solo incoherencias. No me sorprende. Lo único que sí era de cierto interés era la última página. Celestius había repetido la misma línea una y otra vez hasta que la mano comenzó a cansarse y las letras se fueron convirtiendo en débiles garabatos:

Cuando la cara del sol se oculte, Dios traerá a su último profeta.

—¿Estás seguro de que eso es lo que dice? —le pregunté. El mercader era mi invitado, no tenía ninguna razón para mentir. Los paganos tienen una gran virtud: para ellos la hospitalidad es sagrada. Yo lo había invitado a mi cueva a comer y a beber. Lo convidé con una comida decente, no sólo pan de pita y langostas. Yo vendo baratijas religiosas a los viajeros (la tibia de un chivo se puede pulir de manera tal que parezca el hueso de un santo) y con el dinero que obtengo compro provisiones a las caravanas. Por lo general dátiles e higos, aunque también miel, aceitunas, queso y carne seca. Y vino, por supuesto, en vasijas de arcilla selladas con resina.

El mercader me aseguró que había leído esa línea tal cual estaba escrita, pero para estar más seguro tomó la hoja y salió de la cueva, donde el sol en el poniente aún proporcionaba un resplandor ambarino sobre los montes. "Cuando la cara del sol se oculte, Dios traerá a su último profeta." Celestius no estaba seguro de cómo se escribía "profeta", de modo que lo escribió tres veces de diferentes maneras, y una de ellas estaba bien, me informó el mercader. El mercader dijo que si yo quería, él podía leerme también las otras páginas, pero en realidad él solo quería más vino. Igualmente le di otra copa, aunque yo sentí que algo dentro de mí se había roto. Este hombre de Tiro, sin saberlo, me había llenado de dudas.

Dios traerá a su último profeta. Es imposible. El viejo estaba delirando. Dios ya ha enviado a su único Hijo. La profecía de Isaías se cumplió. Excepto que...

Excepto que Jesús nos haya abandonado.

Excepto que Dios haya cambiado de opinión.

Excepto que el Diablo me haya encontrado en la cueva más pequeña, oscura y sucia de la Tierra.

Qué castigo que la mente dé con esa pequeña posibilidad: *excepto*. Aparece como un pequeño punto negro en el horizonte. Y hagas lo que hagas, esa pequeña mancha crece y crece hasta que un día se deglute el cielo. ¿Qué podía yo hacer? Oré. Le pedí a Dios que me enviara algún signo. Una noche, luego de pasar varias horas inquieto y cubierto de sudor, me levanté y quemé todas las páginas que había escrito el viejo. Pero cuando llegué a la última, el miedo se apoderó de mi corazón y no pude echarla a las llamas. O sea que o Dios o el Diablo tienen un poder que yo no pude resistir.

Después de eso yo no hacía más que mirar al cielo, esperando que la cara del sol se ocultara. Así es como me encontró un extranjero, en cuclillas en la entrada de mi cueva.

—¿Por qué miras hacia el sol?

Levanté la mirada y vi un hombre alto, con un turbante en la cabeza, de piel tan oscura que parecía su sombra. Tal vez fuese abisinio. Dicen que si cruzas el mar y visitas su reino, que es cristiano por la gracia de Dios, encontrarás muchas Biblias, algunas forradas en tela de oro. Tal vez este era un hombre con quien yo pudiese hablar.

—No estoy mirando el sol —le respondí.

—Bien. El sol es el ojo de Nebo —dijo—. Enceguecerás si te quedas mirándolo.

Nebo es uno de los innumerables ídolos de este lugar. El extranjero no era creyente. Me levanté del suelo, de manera tal que cuando le pidiese que se fuera, estuviéramos frente a frente. Luego vi algo por encima de su hombro. Una nube había aparecido de repente en el cielo. En esta tierra, donde la continuidad de las dunas se asemeja a un vasto mar, y la lluvia cae únicamente para humedecer las tumbas de quienes han oído La Última Trompeta, de pronto apareció una nube.

Señalé con el dedo a la distancia.

—¿Esa es tu caravana, extranjero? —una fila de camellos y carros se acercaba lentamente.

—Yo viajo delante como guía. Esos son mercaderes de La Meca. No son muy ricos —respondió.

Yo apenas oía sus palabras. La nube, que no era muy grande, proyectaba su sombra desprolija sobre la tierra. Desde arriba, donde yo estaba, lo veía con toda claridad. Lo que más me sorprendía era esto: la nube se había detenido justo encima de uno de los carros de la caravana y, a medida que los camellos avanzaban pesadamente sobre el camino, la nube se movía con ellos, siempre proyectando la sombra sobre el mismo carro.

—¿Quién viaja en ese carro? —le pregunté.

El hombre de piel negra se encogió de hombros.

—Podría ser cualquiera —dijo. Excepto un esclavo o un sirviente, puesto que ellos estaban obligados a caminar. Vi una fila dispersa de esclavos y sirvientes, manteniendo el mismo paso que los camellos. Conté cuántos eran. Era una caravana pequeña comparada con las grandes caravanas que venían de Yemen cada vez que un barco recién llegado de Oriente descargaba las sedas, hierro, perfumes y especias que traía. No eran más que una veintena de camellos y tres burros.

—Estás pálido —dijo el extranjero. Después de eso, lo primero que recuerdo es algo fresco y húmedo contra la frente. Abrí los ojos y me toqué la cara con manos temblorosas.

—Tal vez sí estabas mirando al ojo de Nebo —dijo el hombre—. Te desmallaste. —Presionó una vez más la tela húmeda contra mi frente, pero yo lo hice a un lado.

—Tengo que ver —masculté y caminé tambaleándome un poco hasta la entrada de la cueva. Gracias a Dios no estuve mucho tiempo inconsciente. La procesión, que se veía larga y delgada como un hilo, todavía estaba a la vista. Y sí, definitivamente, la nube estaba suspendida sobre un carro en particular. Miré hasta que estuvieron fuera de la vista. Todo seguía igual. La cara del sol había sido ocultada y Dios estaba protegiendo a alguien con la fresca sombra. La posibilidad de que fuese así me hacía temblar. Yo tenía que averiguar quién viajaba en ese carro.

El resto de la tarde caminé de un lado a otro sin paz, tratando de comprender qué significaba todo eso. Podía ser una tentación del Diablo. Yo no había visto al extranjero subir el monte y no lo había visto irse. Podría haber sido un adlátere de Satán, con la capacidad de aparecer y desaparecer. Aunque el hombre no me había pedido renunciar a Dios, y tampoco me había dejado morir bajo el sol cuando perdí el conocimiento. El adversario no realiza buenas acciones. Luego comprendí que ese razonamiento era absurdo. Si el Diablo me había encontrado, yo ya estaba perdido. Él roería mi alma como una rata del desierto; de a poco, lentamente, enloqueciéndome hasta que yo le diese lo que me pedía.

Finalmente le hice señas a un chico del pueblo que pasaba con tres cabras escuálidas y le pedí que invitara a los hombres de la caravana a cenar. Asintió con la cabeza y corrió a llevar el mensaje. La gente del pueblo tiene ideas supersticiosas sobre mí. Barrí la cueva y elegí las mejores provisiones que tenía. Un extraño buen humor se había apoderado de mí. Silbaba mientras abría las mejores vasijas de vino, mientras hundía los dátiles en agua para hidratarlos y desechaba algún higo comido por gusanos. Iba a ser una especie de última cena. O bien se cumpliría la palabra de Dios, o bien mi alma sería capturada por la locura. De un modo u otro, esto iba a llegar a un final.

Doblada, debajo de mi esterilla, había una capa bordada que representaba quien yo era en realidad: no un harapiento mendigo con el pelo sucio, sino un sacerdote. Cuando me enviaron al desierto, los padres damasquinos me la entregaron. "Nunca olvides quién eres", dijo el abad con voz solemne. "Y no vuelvas hasta que esto no sea tu mortaja."

Me sonreí, cubriéndome los esqueléticos hombros con el género escarlata. Las polillas habían hecho pequeños orificios en la tela, pero el bordado de oro brillaba en la penumbra de la cueva. La capa todavía era lujosa. Me senté en medio del banquete y esperé hasta la caída del sol. Una o dos veces me quedé dormido —cansado después de tanta excitación— hasta que oí las voces de los hombres que subían el monte.

—¿Es usted Bashira? —dijo el líder cuando llegó a la entrada de la cueva. Estos árabes serán terriblemente paganos, pero su habla es muy formal cuando vienen como invitados. Encendí una lámpara de aceite y la sostuve cerca de mi cara.

—¿Hay alguna otra cueva que lo esté esperando con un banquete? —pregunté.

El resplandor de la lámpara iluminaba mis ropas color escarlata, y les otorgaba lo que parecía una luz interior. Los árabes se miraron entre sí, desconfiando. Ellos creen en toda clase de espíritus, especialmente en los que vagan en el desierto por las noches para vaciar el alma de los humanos. Pero el líder no dudó. Al ver la comida y la bebida que había a mi alrededor, entró a la cueva con una reverencia.

Se sentaron en círculo y comenzaron a comer. Ninguno dijo una plegaria ni le importó un rábano que yo lo hiciese. Algunos de ellos salpicaron el suelo con vino a modo de ofrenda para su dios. El nombre no importaba. Ellos tenían más dioses que caballos o ganado. Si trepabas un árbol para huir de un chacal, podías convertir ese árbol en un dios si se te antojaba.

Como eran invitados, los hombres no atacaron la comida como si fuesen bestias hambrientas, sino que comieron con cortesía. Sentado junto a ellos, yo miraba en silencio. ¿Cuál sería el profeta? La cortesía no tardó mucho tiempo en comenzar a menguar. A medida que el vino fluía, el volumen de la conversación iba aumentando y la temática se iba tornando más grosera. Para ellos yo no era un hombre de Dios y, por lo tanto, hablaban con libertad sobre mujeres y sus numerosas conquistas pasionales. Las horas pasaban. Las lenguas se movían con avidez, las cabezas asentían. Pero yo me mantenía alerta. *¿Cuál de ellos sería?* La luna llena había hecho entrar a la cueva un haz de luz durante la primera hora, pero hacía rato ya se había ocultado detrás del yermo horizonte. Le hablé al líder, que se había sentado a mi derecha. No estaba sobrio, pero todavía estaba lúcido.

—¿Hay alguien en particular que deba conocer?

Me miró con desconcierto, ¿por qué no? Yo no encontraba las palabras para decirle lo que le quería decir. Volví a intentar.

—Estoy buscando a alguien favorecido por los dioses —le dije—. ¿Hay alguien en tu clan que tenga alguna marca especial?

—¿Qué? —negó con la cabeza, sin comprender, y pidió otra copa de vino. Se la di y volví a hundirme en mis sombríos pensamientos. En toda la noche no había visto ni un signo de Dios. Estos hombres eran burdos mercaderes atravesando el desierto. Alguien estaba jugando conmigo.

Los hombres se levantaron para retirarse, ayudándose entre sí para poder ponerse de pie. Tambaleándose, se adentraron en la noche, que ahora estaba oscura y pesada sin la luz de la luna. Se encendieron algunas antorchas, y el líder me saludó con una reverencia. Iba a darse vuelta para retirarse, pero dijo:

—Me he guardado algunos higos y dátiles sin tu permiso. Son para mi hijo. Discúlpame.

Intenté que no me temblara la voz. Le pregunté por qué no había traído a su hijo. Yo había invitado a todos los hombres de la caravana. Él dijo que no había quedado ningún hombre. Su hijo todavía era un niño. Lo habían dejado para que cuidara los animales y avisara si se acercaban malhechores.

—Envíame al niño —le dije—. Cristo, mi Señor me ruega que le ofrezca alimento a todos los extranjeros esta noche, sin excepción.

Para su mente supersticiosa lo que yo le decía tenía bastante lógica, aunque muy probablemente el nombre de Cristo para él no significara nada. El líder recogió las faldas de su túnica y se sentó en el suelo una vez que le hubo ladrado una serie de órdenes a uno de los otros. Sus hombres saludaron con una reverencia y bajaron el monte.

—De hecho, me alegra que haya llamado a Mahoma —dijo—. Me sentía culpable por haberlo dejado solo sabiendo que uno de los esclavos podría haberse quedado a cuidar todo.

Le comenté que nunca había visto a un niño en una caravana. Era peligroso, ¿verdad?

Él respondió con un suspiro.

—Sí. Mi tribu ha sido castigada por la muerte en países lejanos. Nuestras caravanas han recibido una maldición. Especialmente en una oportunidad —estaba por comenzar a contar una historia, pero, de pronto, dejó de hablar y miró hacia otro lado.

Media hora más tarde su hombre regresó. Parecía estar solo, pero a medida que se iba acercando vi la silueta de un niño caminando detrás de él. Cuando llegaron a la cueva yo, con el corazón al galope, miré la cara del niño. El niño miró apenas hacia donde yo estaba mientras saludaba a su padre con una reverencia.

—Abu Talib, estoy aquí para servirte —dijo el niño con solemnidad.

Tendría unos doce años, era de estatura baja y contextura compacta. En el resplandor tenue proyectado por el fuego con el que habíamos cocinado no podía verle los ojos. Sólo cuando le dijeron que saludase al anfitrión giró su cuerpo en dirección a mí, pero sus ojos miraban el suelo.

—Tu padre dice que te llamas Mahoma.

Era una afirmación sencilla, pero el niño dudó antes de responder afirmativamente con la cabeza.

—¿De qué tribu eres? —pregunté. Antes de que el niño pudiese contestar, el padre interfirió. Se levantó de un salto y acercó al chico a él.

—Para ti nuestro pueblo no significa nada, ¿qué sentido tiene interrogar a un niño?

Miré sorprendido.

—Reaccionas como si fuese a hacerle daño a tu hijo. ¿Por qué?

—Cuido mucho de él. Su madre murió cuando él apenas podía caminar.

Esa no era la historia completa. Según la tradición, los árabes pueden tener tantas esposas como deseen. Yo tenía una necesidad imperiosa por conocer a ese niño, así que le pregunté a Dios qué decir antes de que se lo llevaran. Apenas quedaban unos segundos; el líder estaba ansioso por partir. De pronto, lo vi todo con claridad.

—No es tu hijo —le dije con total naturalidad—. Has estado mintiendo. ¿Por qué? —mi voz sonaba clara y firme—. Te pregunto esto como un hombre de Dios. Dios me ha dicho algo importante, pero antes debo saber la verdad.

El líder comenzó a inquietarse. Un aspecto extraño sobre los árabes es que ellos respetan el nombre de Dios, a pesar de todos los ídolos que veneran. No es algo de lo que ellos hablen a menudo, pero yo he oído que ellos saben que hay un solo Dios. Hubo un tiempo en que su culto era puro. Incluso consideraban a Abraham como su padre. Pero con el tiempo cayeron en la idolatría.

—Necesito la verdad —repetí—. ¿Quién eres, Abu Talib?

—Soy su tío y soy la cabeza del clan —admitió Abu Talib con renuencia—. Mi mentira no es un pecado. Yo soy el protector del niño.

—Entonces, ¿es huérfano?

Abu Talib asintió con la cabeza y el niño se acercó a él, cubriendo su pequeño cuerpo dentro de la túnica de su tío. Me arrodillé.

—Mahoma, las caravanas son peligrosas, pero tú estás a salvo aquí. ¿Hablarás conmigo? Te lo imploro. Tu destino es importante. ¿O ya lo conoces?

Apoyé la frente contra el suelo, como si estuviese dirigiéndome a un superior. Eso haría que cualquier niño se asustase o estallase de risa, pero Mahoma conservó la seriedad.

—Lo que yo sé es asunto mío, no tuyo —dijo.

—No, niño —dijo su tío con firmeza, luego se dirigió a mí—. Discúlpelo. Su padre, Abdalá, era muy arrogante.

—Mis preocupaciones también son las preocupaciones de Dios, y Él no se ofende. De todas maneras, tengo que hablarte. —Yo mantenía mis palabras y mis ojos dirigidos al niño.

El niño pensó por un momento.

—¿Le estás pidiendo a tus dioses que elijan por ti? —le pregunté.

Mencioné a Al-Uzza, la diosa de la fertilidad, cuyo nombre había oído alguna vez al pasar.

El niño frunció el ceño.

—¿No es tu preferida? Es muy hermosa y tiene grandes pechos —comenté.

—Reírte de mí solo me hará huir —respondió—. Yo no toco los ídolos ni sigo sus ritos.

—¿Por qué no?

—Si eres un hombre de Dios, lo sabrás. El único Dios es Dios.

El corazón me latía con desenfreno, y tenía que hacer un esfuerzo por mantener los brazos a los costados del cuerpo para no abrazar a ese niño. Si al menos se acercase al fuego podría verle los ojos. Los ojos me lo dirían. Abu Talib miraba con orgullo a su sobrino.

—Es especial —dije yo y él asintió con la cabeza. El tío no tenía ni idea, ninguno de ellos. La caravana continuaría su camino antes del amanecer. Lo que fuera que yo tuviese que decir, tenía que decirlo en ese momento. La audacia era el único camino.

—Yo sé sobre ti mucho más de lo que te imaginas —dije—. Puse una mano sobre su hombro y lo alejé de su tío. Abu Talib podría haberse ofendido seriamente, pero no se movió. Llevé a Mahoma hasta una depresión en forma de cuenco que había en el suelo. Su diámetro era casi de la altura de un hombre con los brazos estirados y era bastante profundo.

—¿Sabes quién cavó esto? Un lunático. Él vivía en esta cueva desde mucho antes que yo llegara aquí. Si yo no lo hubiese arrastrado para sacarlo de allí, él hubiese cavado hasta que le sangraran las manos. Murió una noche. Había perdido completamente la razón. —Yo no mentía. Hacia el final, Celestius había olvidado la Biblia y se había obsesionado con cavar allí donde las voces le dictaban. Yo trataba de disuadirlo de esa locura, pero aun así se las arregló para cavar un hoyo de un tamaño considerable.

Los ojos del niño se agrandaron, llenos de curiosidad.

—¿Por qué?

—Él pensaba que el agua de la vida estaba allí y que él tenía que encontrarla.

Mahoma señaló unas vasijas alineadas en la entrada a la cueva.

—¿Te refieres a esas?

Yo negué con la cabeza.

—No, eso me lo trae la gente del pueblo. El agua de la vida no sale de la tierra. Sale de aquí. —Me toqué el pecho, a la altura del esternón.

—Tú naciste en el desierto, pero a mí y a todos los hombres de Dios este lugar nos causa mucho miedo. Todos venimos aquí por la misma razón: en busca del agua de la vida.

—¿Y la encontraron? —preguntó con solemnidad.

—No, por años y años. El viejo monje que escarbaba la tierra había enloquecido. Estaba obsesionado con la idea de encontrarla. Pero esta noche puede que mi búsqueda llegue a su fin.

Mahoma escuchaba con serenidad, como si lo que le decían tuviese todo el sentido del mundo para él. El tío ahora estaba visiblemente inquieto. Sin poder mantener más la calma, interrumpió.

—Mi familia lo encontró. El pozo había estado enterrado durante varios siglos, hasta que mi padre, Abdul, tuvo un sueño. En ese sueño vio el lugar exacto donde había brotado el Zamzam. Mi padre fue nuestro salvador, alabado sea su nombre.

Con una voz excitada desplegó la historia, y, aunque hablaba con una mezcla indefinida de griego y árabe, las lenguas de los mercaderes, logré entender lo que narraba. Ese pozo que ellos llaman Zamzam fue una promesa que Dios les había hecho a sus ancestros; un pozo de agua que fluiría eternamente. Pero cuando el pueblo comenzó a adorar a los ídolos, Dios enfureció e hizo desaparecer el pozo. La Meca podría haber sido una gran ciudad y podría haber glorificado su nombre. Por el contrario, Dios les otorgó agua apenas suficiente para sobrevivir, y obtenerla requería de un esfuerzo muy grande.

El padre de Abu Talib, "el esclavo", como todos lo llamaban, estaba obsesionado con la idea de encontrar el Zamzam. Algunos dicen que había jurado en secreto sacrificar a uno de sus hijos si los dioses le mostraban dónde cavar. Otros dicen que se había convertido y que había comenzado a venerar a ese único Dios en el que creían sus antepasados. Como sea que fuese la verdadera historia, Abdul recibió un sueño. En ese sueño vio un lugar entre dos de los ídolos más grandes, cercano a la casa de veneración pagana, la Kaaba. Toda la tribu se reía de él, pero "el esclavo" insistía en cavar y cavar en ese lugar. Así, un buen día, un hombre hundió con fuerza la pala en la tierra y golpeó algo duro. Era la tapa de un pozo. Cuando la quitaron, el agua brotó. Habían vuelto a hallar al Zamzam y, junto con él, los ídolos y oros que habían sido robados de la Kaaba. Abdul los devolvió y se quedó con sólo una pequeña parte del botín.

Abu Talib infló el pecho en señal de orgullo mientras terminaba de contar la historia.

—Como ves, mi familia ha encontrado el agua de la vida. Dios nos la enseñó.

—Los caminos del Señor son misteriosos —dije, con calma.

Abu Talib entrecerró los ojos.

—¿No me crees?

Yo estaba a punto de darle una respuesta amable, pero el pequeño Mahoma habló:

—El pozo fue un signo, señor. Hay agua que no puede ser vista por nadie, que jamás mojará los labios de nadie. Eso es lo que el hombre de Dios nos quiere decir.

El tío estaba confundido, por un lado, estaba enojado porque lo hubiesen creído mentiroso y, por otro, orgulloso de su pequeño sobrino.

—No es solo un signo —dije rápidamente—. Es un gran signo. Dios ha llenado de bendiciones a tu tribu.

Uno hubiese pensado que el tío habría estado feliz al oír esas palabras; después de todo, él mismo acababa de decirlo. En cambio, su rostro se oscureció.

—Mi padre, Abdul, decía que es difícil distinguir si lo que nos da Dios es amor u odio. Su hijo preferido, Abdalá, murió de una enfermedad repentina en una caravana de regreso a casa. Cuando nos enteramos de que estaba enfermo, enviamos a médicos y mensajeros para que lo asistieran, pero ya lo habían enterrado, a sólo dos días de estar de regreso en los brazos de su esposa. Hacía sólo dos meses que se habían casado. Ella murió de pena y después, hace tan sólo dos años, mi padre los siguió. Si tú realmente eres un hombre de Dios, trata de encontrar la bendición en eso.

La bendición es que tú me has traído a este niño.

Para ocultar mis pensamientos, repetí entre dientes que los caminos del Señor son misteriosos, y Abu Talib asintió con tristeza. Esta conversación había tocado muchas cosas cercanas a su corazón. Entre eso y el vino, Abu Talib parecía confiar en mí ahora, así que tomé a Mahoma con firmeza de la capa rústica de lana y lo acerqué al fuego. No se opuso y, por primera vez, pude mirarlo a los ojos.

Ah.

—¿Qué ves? ¿Él también tiene una maldición? —preguntó el tío con tristeza—. Yo crié al hijo de mi hermano cuando quedó huérfano. Siempre traté de mantenerlo a salvo.

—No lo protegiste lo suficientemente bien —le advertí.

—¡No, no digas eso! Sólo una cosa buena tuvo la muerte de Abdul. La muerte de Abdalá le rompió el corazón. No soportaría perder también a Mahoma.

Abu Talib me había malinterpretado, pero el niño sabía a qué me refería. Me dejó observar sus ojos un poco más. Quería que yo viera. De pronto, ya no pude contener más las lágrimas. Comencé a llorar en silencio. Tuve que mirar hacia otro lado para que no lo advirtieran.

—Está bien —susurró Mahoma. Puso una mano sobre mi cabeza cana, como si hubiésemos invertido el lugar y ahora yo fuese el niño y él, el hombre.

El tío se alarmó aun más por mi reacción.

—¡Dime! —me ordenó.

Yo no podía explicar mi inmensa angustia. Sentía cómo mi fe se iba escurriendo de mí, como si fuese arena bajo mis pies. ¿Dónde estaba mi Señor? ¿Qué sería de nosotros, pobres buscadores en la soledad del páramo, esperando durante todos estos siglos?

Me recompuse y me dirigí a Abu Talib.

—Discúlpame. No hay ninguna maldición. Debes proteger a este niño como si fuese tu tesoro más preciado. Es el tesoro más preciado de Dios.

El tío estaba sorprendido, no sólo por mis palabras, sino también por la calma de Mahoma.

—Aún no me has dicho lo que viste.

—Una luz. Aquí. —Apoyé un dedo delicadamente en el espacio entre las cejas del niño.

Esperé a que el tío reaccionara de mala manera. En cambio, se quedó paralizado y su cabeza se estremeció. Se dirigió al niño:

—Vete. —La palabra salió como un ronco graznido. Señaló con un dedo el pie del monte, donde el hombre que había traído a Mahoma aún aguardaba en la oscuridad para llevarlo de vuelta al campamento.

Mahoma saludó con una reverencia sin decir palabra y se fue. Cuando estaba lo suficientemente lejos como para no oír, Abu Talib recuperó el poder de la palabra.

—Hay un secreto que el niño no sabe —dijo—. Mahoma nació nueve meses después de que Abdalá se casara. Mi hermano no llegó a conocerlo. Antes de partir al viaje del que nunca regresó, Abdalá me hizo a un lado. Tenía una premonición y me pidió que cuidase de su hijo. Yo estaba desconcertado, porque nadie sabía que Amina, con quien acababa de casarse, ya había concebido. "¿Por qué vienes a mí?", le pregunté. Nuestro padre, que tenía una buena fortuna, podía cuidar de sus nietos. Además, de los diez hijos varones que tenía mi padre, todos sabíamos cuál era su preferido. —Abu Talib hizo un silencio e hizo un gesto con la mano y continuó.

»No tiene importancia. Todo está en las manos de Dios. Pero Abdalá sentía remordimiento. Por eso quiso hablarme en privado. El día de su boda, me contó, estaba caminando hacia la casa de Amina para la ceremonia. Mi hermano, que había sido bendecido con un rostro muy hermoso, estaba acostumbrado a que las mujeres lo sedujesen. ¿Y por qué no? Él aceptó la invitación más de una vez. Aquél día una mujer casada lo espió desde una ventana de la parte de arriba de la casa cuando él pasaba por el frente. Ella se enamoró instantáneamente del apuesto novio y le pidió a gritos que se acostase con ella. Mi hermano no era ningún mojigato, pero estaba horrorizado. Ese pedido lujurioso iba a oírse por toda la calle. Más horrorizado estuvo cuando la mujer bajó, descalza, y lo alcanzó en la calle, tomándolo de sus túnicas perfumadas. "Tengo que acostarme contigo, ahora", le rogó. Abdalá logró zafarse y, una hora más tarde, estaba casado y feliz en la casa de Amina.

»Los hombres no pueden contra la tentación de la carne. Incluso tú, un hombre de Dios, debes admitirlo, a no ser que Dios te haya quitado el deseo completamente. Esa noche Abdalá durmió en brazos de su esposa, pero al día siguiente, al amanecer, recordó la cara de la mujer casada. Era hermosa, y mi hermano sintió un deseo incontenible. Luchó contra él. Pensó en despertar a su esposa. En cambio, salió a escondidas de la casa y fue en busca de la casa donde vivía la mujer. El sol aún no había salido. Los adoquines se sentían fríos bajo sus pies. *Debo de haber enloquecido*, pensó. Comenzó a tirar piedras a los postigos y tuvo la suerte de que lo oyera la mujer en lugar del esposo. Sacó la cabeza por la ventana y le dijo: "¿Qué quieres? ¡Deja a la gente honesta descansar, basura!". Abdalá no comprendía ese cambio de comportamiento, pero no estaba ofendido. Como te decía, estaba acostumbrado a las mujeres. Le tiró una piedra más grande y le exigió una explicación. "Ayer, cuando te paseabas por la calle, tenías una luz entre los ojos", le dijo. "Era tan brillante como una llama en medio de la noche. Yo quería esa luz para mi niño, pero ahora te has acostado con otra, y su niño ha recibido esa bendición. Vete y déjame sola."

Los nervios del tío no se habían aplacado en todo el relato.

—Yo soy la única persona a la que Abdalá le contó esta historia. ¿Es verdad? ¿Mahoma ha recibido la luz?

No hizo falta que yo dijese nada, sólo asentí levemente con la cabeza. Por alguna razón, el dolor que yo sentía en el corazón había cedido un poco. Si Dios iba a enviar a su último profeta, que se haga su voluntad. Lo que yo debía hacer era orar y contar los días que me quedaban, que seguramente no serían muchos. Al menos estaba a salvo. El Diablo no me estaba engañando.

El tío estaba ansioso por volver al campamento. Me saludó con una reverencia y comenzó a descender por el camino. El horizonte comenzaba a iluminarse del azul más pálido, ese azul que nunca alcanzan a ver en el pueblo, pero que sí lo ve un ermitaño que se levanta cinco veces por noche para orar. Veía la silueta desdibujada de Abu Talib, que se iba alejando rápidamente por el sendero de piedras, distanciándose cada vez más del fuego con el que habíamos cocinado, del que ahora sólo quedaban unas brasas.

Abu Talib se acordaría de tener especial cuidado con el niño. De eso estoy seguro. Eso y una cosa más. Mahoma nunca se olvidaría del agua de la vida.

Halima, la nodriza

Yo sabía que era él quien estaba arrodillado junto a mi cama. Sentí la brisa cuando él me acercó el abanico a la cara. La hoja de palmera susurraba suavemente. Yo tenía los ojos cerrados por la hinchazón que me causaba la fiebre y por eso no lo oí entrar.

—¿Quién es la única mujer en tu vida, Mahoma? —le pregunté.

—Eres tú.

Yo sonreí a través de mis labios agrietados.

—Si ya sabes decir esas mentiras es que ya eres casi un hombre.

Después de tantos años teníamos la confianza suficiente como para hablar así. Después sentí algo húmedo y frío. Mahoma había traído un cuenco con agua y me estaba aplicando un paño frío en los ojos para tratar de despegarlos. Estaban pegoteados e hinchados. Sólo la hoja de palmera lograba alejar las moscas.

—¿Recuerdas lo pequeños que eran mis pechos? —musité.

—Shh. Bebe esto.

Mahoma presionó el paño y sentí que unas gotas de agua me caían en los labios.

—¿Qué clase de agua es esta? —protesté.

—Agua sagrada, del Zamzam.

Si yo no hubiese estado muriendo por la fiebre, habría escupido el agua en el cuenco.

—No existe el agua bendita en La Meca —le dije—, sólo existe el agua cara.

Él no tenía dinero para malgastar.

La semana pasada trajeron a un médico con braseros para combatir la fiebre. Quemó trozos de estiércol y les agregó hierbas frescas para crear un humo denso y dulce. Eso también costaba dinero. Nadie obtiene un buen servicio a no ser que pague por él, excepto en el desierto.

—Dame mi bolso —le dije. Quería devolverle el dinero que había gastado en el agua. Cuando su abuelo vivía, las tribus le pagaban a su familia por el agua. Ya no más. Había habido grandes discusiones cuando "el esclavo" murió. Ahora el pozo está rodeado por pandillas de jóvenes Quraishi con gesto amenazante, que tendrán el pozo de rehén hasta que se resuelvan las disputas. ¿Se resolverán alguna vez?

—No te preocupes —dijo Mahoma, rechazando el dinero. Como vio que yo podía beber un poco me acercó el cuenco hasta la boca y vertió un poco de agua.

—No le cuentes a nadie, pero lo que pasó es que vi una vasija con agua hasta la mitad que había dejado un peregrino en el marco de una ventana y robé un poco de agua.

Traté de reírme porque no le creía, pero la garganta se me cerró y la risa salió como un graznido.

—Si tú has robado, yo fui hasta la Kaaba y huí con un gran carnero negro. —Y después le di una idea sobre lo que el carnero y yo habíamos hecho cuando regresamos a casa.

—No digas esas cosas —dijo Mahoma.

No sé por qué me gustaba hacerlo sonrojar. Tal vez porque me hacía sentir un poco más como su verdadera madre, pobrecito. Estiré el brazo para ver si su rostro estaba tibio por la vergüenza. Sentí otra cosa. Una barba incipiente. Di vuelta la cara hacia el otro lado.

—¿Qué pasa? —preguntó.

Los jóvenes nunca entienden la tristeza que trae crecer. Están demasiado ocupados creciendo. Por suerte yo tenía los ojos demasiado hinchados como para que viese mis lágrimas. Le dije:

—¿Todavía te dejan corretear a las niñas? —se lo prohibirían en cuanto le empezara a crecer una barba más abundante.

—Yo no correteo a las niñas.

—Ah, entonces eres más santo que tu agua bendita.

Alguien llamó a la puerta. Pero nadie entró. Sólo estaba permitida una visita por día. Órdenes del médico, para evitar que la enfermedad se propagara. Mahoma abrió apenas, y yo oí dos voces masculinas. Estaban impacientes. Uno de ellos probó con algunas maldiciones. Era apenas un muchacho, como Mahoma, pero necesitaba maldecir un poco todos los días, así como todos los días necesitaba examinar el progreso de su barba desordenada.

Mahoma tenía muchos primos. Al menos algo de suerte tenía. Yo no conocía todos sus nombres. Su padre, el pobre Abdalá, tenía nueve hermanos, así que Mahoma tenía un batallón de primos para correr con él por las calles. Eso continuaría aun cuando ya no corretearan a las niñas. El hecho de crecer jamás impidió que un hombre merodee por las callejuelas.

Me llevé una mano hacia mis pechos. Por supuesto que Mahoma no recordaba lo pequeños que habían sido aquel año. Apenas había salido del vientre de su madre.

Pero fue gracias a que los pechos eran pequeños que él llegó a mí.

Hace quince años, entramos al pueblo como todas las tribus del desierto lo hacen cada primavera. Los hombres tenían corderos y los hilados que habían preparado las mujeres durante el invierno para vender. Ellos se reunían junto a la Kaaba, mientras los ancianos, a quienes se confiaba el dinero, lo hacían en las tabernas. Negociaban todo el día discutiendo a los gritos. De vez en cuando alguien contaba un chiste, y la tensión cedía el lugar a la risa. Los chistes obscenos se oyen por todos lados, y siempre es la misma risa. La indecencia es un símbolo de hombría.

Las mujeres no íbamos a las tabernas, teníamos otra ocupación. Nos sentábamos en la entrada de las casas de los ricos, mostrando a nuestros bebés y esperando. Lo hacíamos por la leche, saben. Las mujeres de la ciudad tienen bebés, pero no los amamantan. No es porque sean haraganas y consentidas y no quieran lastimarse los pezones. Están preocupadas. Vivir en una ciudad como La Meca, donde respirar el aire es como aspirar el contagio, las obliga a ser cautelosas. Así es como cada primavera veníamos del desierto a ofrecer nuestros pechos. Aquella era la costumbre, y aún lo es, aunque cada vez son menos las mujeres que lo hacen. Es increíble que el aire de la ciudad no mate a todos los bebés antes de que den sus primeros pasos.

Las nodrizas poníamos a los recién nacidos en canastos atados a los costados de los camellos y los llevábamos al desierto para amamantar. Dos años después, volvíamos con ellos, y las madres, felices por tener a sus hijos rellenos y sanos, nos llenaban de monedas y regalos. Si ves a una beduina con un pañuelo de seda en la cabeza, es porque ha amamantado, y si lleva puestos pendientes de oro, seguramente haya amamantado a mellizos.

Yo tenía a mi propio bebé para mostrar aquella primavera, pero eran malos tiempos. No había llovido durante meses. Los pechos de todas estaban secos. Los míos tenían la mitad del tamaño que deberían de haber tenido; estaban arrugados como dátiles secos. Me envolví con la túnica y mantuve los brazos cruzados para que no se dieran cuenta. ¿A quién quería engañar? Mi propio bebé estaba flaco y lloraba, desesperado por tomar lo poco que yo tenía de leche. Las mujeres ricas y consentidas pasaban por delante de mí sin siquiera mirarme. Durante tres días fui de patio en patio, sin tener suerte. Mi esposo me decía que abandonara la búsqueda, pero ¿qué iba a hacer? Necesitábamos el dinero, claro.

—¿Mahoma? —Yo había dejado de oír las voces en la puerta y pensé que se había ido.

—Estoy aquí. No te preocupes.

Ya estaba a mi lado otra vez. Me subió las mangas de la túnica y comenzó a lavarme los brazos. Estábamos en silencio. Que un jovencito hiciera eso, lavarle los brazos a una mujer... Muchos lo reprobarían, aunque yo fuese su madre de leche.

—Abre los postigos. Hace mucho calor. Se siente como una tumba aquí —dije.

—Sabes que no se puede. Se arruinaría todo.

El médico que había traído los braseros dijo que había que mantener todo bien cerrado y caliente, para que la fiebre cediera. Yo no tenía idea. En mi delirio, ni siquiera recordaba que me hubiesen traído a este lugar. Era pequeño y encerrado y había muy mal olor. Pero Mahoma no tenía dinero. Sus padres habían muerto. Acababa de morir su tío Abu Talib, y él no tenía derecho a heredar ni un centavo. Por eso aceptó el lugar que fuera para que me cuidaran.

Yo quería quejarme un poco más, sólo para oír su voz, pero estaba exhausta. Dejé que mi cabeza descansara en la almohada mientras Mahoma terminaba de limpiarme los brazos.

Su madre, Amina, fue la única que no me ignoró el año de los pechos pequeños. Todo el pueblo la conocía. Su esposo había muerto en una caravana apenas dos días antes de volver a casa. Fue enterrado enseguida. Ella no llegó a ver el cuerpo para poder arrojarse sobre él y llorarlo. No creo que lo hubiese hecho. Sus primas se reunieron en la entrada de la casa para llorar junto a ella, pero Amina era una viuda discreta. Nadie había visto tal cosa jamás. ¿Una viuda, que apenas hacía dos meses había desposado al mejor candidato del pueblo? Seguramente estaba obnubilada, decían.

Pero Amina entendía lo que pasaba. Sabía que era perseguida como a una presa débil. El destino tenía los ojos fijos en ella. Ninguna de las otras beduinas se acercaba a la casa. Ella no tenía monedas de cobre que ofrecerles para pagar por sus pechos.

Una sombra apareció sobre mí. Era Amina.

—Tengo un bebé recién nacido. ¿Quieres venir? —dijo con una voz suave y dulce. Yo estaba junto a la entrada de su casa, en cuclillas, casi dormida por el agotamiento y la sed.

Tomamos té sin decir palabra. ¿Por qué hablar? Sabíamos que nos necesitábamos mutuamente. Yo no iba a rogar, y ella tampoco.

Luego de un rato, dijo con cortesía:

—Eres delgada.

—En nuestra tribu, Banu Sa'd, trabajamos demasiado como para engordar. Nuestros hombres ya están acostumbrados —le contesté.

Yo sabía qué es lo que estaba queriendo decir. Me aflojé la túnica y me incliné con toda tranquilidad sobre la tetera, haciendo de cuenta de que miraba para ver si el té estaba demasiado oscuro. Amina comprobó que mis pechos no caían tan pesados como deberían.

—¿Me concedes dos años? —preguntó Amina. Su voz era muy pequeña, incluso en su propia casa. Tal vez ella era muy tímida. O los ojos del destino la habían quebrado.

Dos años era el tiempo habitual para amamantar a un bebé en el desierto. Antes de darle una respuesta le pedí ver al bebé. Lo trajo envuelto. Dijo que las telas estaban sucias y se las quitó. Era tan pequeñito y rojo como un conejo sin piel y era varón. ¿Entienden?

Hay otro tipo de "madre" que se acerca a las puertas de los ricos. No importa como sea la leche, puesto que le entregan un bebé envuelto en unas telas negras, con la cara cubierta. Las mujeres son débiles, incluso en el desierto. Si llevas un bebé para dejarlo abandonado en las montañas —una niña, claro está— verle la cara puede ablandarte el corazón. ¿Pero qué logras con salvarlas? Los varones crecen para enfrentarse a una vida dura, y muchos de ellos morirán antes de que les toque viajar en la primera caravana. Algunos nunca volverán. Un excedente de vírgenes y viudas es lo último que nadie quiere. Mi esposo me preguntó si yo alguna vez podría ser ese tipo de "madre". Yo le dije que antes prefería suicidarme. "Nosotros tenemos una hija mujer, ¿verdad?"

Nos llevó sólo una hora sellar el contrato. Primero, corrí al campamento, que estaba del otro lado de los muros de la ciudad, para pedir el consentimiento de mi esposo. Un consentimiento que me otorgó a regañadientes.

—Después de dos años con suerte consigues que te den un anillo de plata —me dijo.

—Voy a hacerlo aunque lo único que reciba a cambio sean las viejas sandalias de la mujer —le contesté.

Discutimos. Yo insistí. Él frunció el ceño, ¿pero qué iba a hacer? No nos darían nada si nos íbamos sin un bebé.

Después de que Amina llorara un poco, los Banu Sa'd atravesamos las puertas del muro de la ciudad con el crepúsculo abriéndonos paso hacia el desierto. No sé qué sensación tienen los marineros cuando vuelven a sentir el olor del mar, pero seguramente se asemeja a mi sensación al volver a sentir el olor del desierto. Una idea extraña, puesto que en realidad el desierto no huele a nada. Cuando el último vaho de humo rancio, heces y estiércol deja tu nariz, ya estás en el desierto, donde la vida es tan pura como el aire. Por los próximos dos años Mahoma no olió la corrupción ni vio el muro de una casa.

Mis pechos se llenaron cuando empecé a amamantar al nuevo bebé. Las otras mujeres estaban celosas. Hacían correr el rumor de que yo le estaba dando leche de camello. Un día acorralé a la peor de todas y le mostré mis pechos.

—¿Ves? Está creciendo con mi leche —le dije y dejé bien en claro lo que haría si ella continuaba con las acusaciones. Eran capaces de decir que yo había hecho un pacto con los demonios. Yo no les podía decir que era el bebé el que me hacía tener tanta leche. Las ubres de las cabras y de los camellos también se hinchaban, pero nadie me creería si se les decía la razón. Leche en medio de una sequía. ¿Quién podría decir por qué?

—Tengo que irme —dijo Mahoma.

Su voz me trajo de vuelta de mis sueños enmarañados en la fiebre. Yo no sabía cuánto había dormido. La oscuridad en ese lugar pequeño y espantoso era continua, ya fuese de noche o de día.

Mahoma me posó una mano en la frente.

—Quédate tranquila. ¿Qué puedo traerte?

—Tráeme las estrellas —murmuré.

Lo cual suena delirante, pero él sonrió. Cualquier beduino lo hubiera hecho.

Una mañana, apenas unos días después, Mahoma me encontró sentada en la cama y cuando me tocó la frente, la sintió fresca y seca. Lo que yo más quería no era comer, aunque estaba hambrienta. Quería que me llevaran afuera. Mahoma buscó a dos de sus primos y sacaron mi cama a un sucio patio cubierto por la sombra de unas palmeras. Yo estaba sorprendida. ¿Por qué no había venido mi gente a llevarme?

—El contagio ha aumentado. Tuvieron que irse —dijo Mahoma con sobriedad.

Le pregunté cuán grave era. Me contestó que no daban abasto para enterrar a los muertos. Las tribus estaban apilando los cuerpos del otro lado del muro de la ciudad. Pues mi gente había hecho bien en huir. No tenía sentido que perdieran la vida sólo para ver si yo me salvaba. Mahoma también tenía primas mujeres, que me traían sopa de mijo con cordero para fortalecerme. Eran unas muchachas muy bellas, y también chismosas. No paraban de hablar, supuestamente para darme ánimo, pero yo les pedía que se fueran. No necesitaba que me animaran. El susurro del viento acariciando las palmeras era mejor que un coro de espíritus benditos.

Los beduinos somos orgullosos, aunque no tan orgullosos como para no aceptar dinero. A veces los mercaderes llegan a nuestro campamento con caballos medio muertos. Dejan todas sus monedas a cambio de un odre con agua y un guía que los acompañe hasta el siguiente oasis. La mayoría de los extranjeros que son tan tercos que creen que pueden cruzar el desierto sin que un beduino los acompañe nunca llegan hasta el próximo campamento. Después encontramos sus cuerpos destiñéndose bajo el sol, recostados sobre las dunas.

La primera vez que Mahoma vio una escena así no tendría más de cinco años. Estaba muy impresionado. El cuerpo despatarrado de un hombre sobre la arena, la piel seca como cuero, y el caballo, a menos de cincuenta metros, muerto también. Aquel día soplaba un viento suave. Había llenado las bocas de los cadáveres con arena, pero todavía no había tapado los cuerpos.

—Qué tonto —dije—. Dejar que su caballo se escape. ¿Quién haría una tontería como esa?

—Quiso salvar al caballo —dijo Mahoma con inocencia.

Me agaché y lo miré fijamente a los ojos.

—Ningún caballo puede sobrevivir solo en el desierto. Lo que tendría que haber hecho ese hombre es matar al caballo y meterse dentro de su vientre. Así hubiera tenido un día o dos de protección. —Yo sabía de lo que hablaba. Los Banu Sa'd estábamos cerca. Hubiésemos visto los buitres sobrevolar el animal muerto y nos habríamos acercado. Incluso después de tres días se puede encontrar a un hombre vivo refugiado dentro de un caballo o de un camello. No es una escena muy agradable, pero la muerte es mucho peor.

Mahoma escuchaba, pero sus ojos seguían concentrados en el muerto, cuya boca, que se había abierto con el último suspiro para recibir la última bocanada de aire, era ahora una entrada para la arena. Me di cuenta de que el niño quería preguntarme algo, pero no lo hizo. Entendí. El destino era una burla. Ya de tan pequeño había experimentado que el destino era una burla cruel. Su madre también. Al cabo de dos años le llevé a su bebé de vuelta. Amina estaba esperando en la entrada de la casa y soltó un grito de alegría cuando nos vio llegar. Mahoma caminaba con sus patitas regordetas a mi lado. Los bebés beduinos no empiezan a caminar cuando quieren. Empiezan cuando tienen que hacerlo, que entre los nómades es a una edad muy temprana.

Cuando oyó el grito, Mahoma se echó atrás. Le habían enseñado que un grito era una señal de peligro. Cuando las mujeres dan la señal de alarma es porque el campamento está siendo atacado. Y además Mahoma no conocía a su madre, por supuesto. Para él, yo era su madre. Me agaché y le di una fuerte bofetada.

—Ve con ella. Olvídate de mí —le dije—. Te odio como si fueras un extraño.

Siempre usamos esas palabras terribles cuando devolvemos un bebé. Mahoma no se movió ni lloró. Le tuve que pegar otra vez para que fuera con Amina, que ahora estaba en cuclillas, con los brazos abiertos. Pero su reencuentro fue una burla. La Meca era víctima de una epidemia, y cuando el primer vecino de la calle de Amina murió, ella se cubrió la cara con un velo al que le aferró unas hierbas para protegerse. También cubrió la cara del bebé, aunque sabía que era una precaución totalmente inútil. Amina sabía que el destino todavía no había terminado con ella. Con los ojos llenos de lágrimas me trajo a Mahoma de vuelta. El contagio volaba de casa en casa con más rapidez que el polvo y no había mucho tiempo para pensar.

—¿Cuándo lo traigo de vuelta? —le pregunté. Yo estaba apurada por volver al sitio donde los Banu Sa'd siempre acampan, sólo que esa vez estaba peligrosamente cerca de la ciudad. Amina corría a mi lado, llevando a

Mahoma en sus brazos. Él no podía seguirnos el paso y Amina no soportaba tener que separarse de él tan pronto, después de estar con él sólo un día.

Volví a preguntarle:

—¿Dos meses? ¿Tres? —lo que ella decidiera.

—Tres años. Quédatelo todo lo que puedas —dijo Amina.

No voy a mentir. Yo estaba estupefacta.

—Pero la epidemia dejará de propagarse una vez que los más débiles hayan muerto. No va a pasar tanto tiempo, tal vez para el invierno.

Ella no escuchaba. Me dejó a su niño en los brazos y se fue corriendo, sin mirar atrás. No lo hizo por falta de amor, como uno podría imaginar. Ella sabía cómo era el destino. Era como una avispa cubierta con miel. No puedes probarla sin que la avispa te pique.

Por eso el niño vivió hasta los cinco años entre los nómades y vio el primer cadáver entre las dunas. Los extranjeros servían para algo más además de morírsenos en el desierto, lo cual sólo es útil si sus caballos están vivos y sus bolsas, llenas de monedas. Mahoma aprendió acerca del respeto en los ojos de los extraños. No sólo los extraños a Arabia, que se veían obligados a mostrar respeto si no querían levantarse una mañana en el desierto y darse cuenta de que su guía había desaparecido en la mitad de la noche. Los árabes de la ciudad se mueven con libertad entre la ciudad y el desierto. En particular los muchachos de la ciudad desean más la vida del desierto de lo que se esperaría. Desde niños han oído historias sobre cacerías de halcones y ataques a las tiendas de los enemigos. Los jóvenes buscan la gloria y, apenas pueden, comienzan a escaparse al desierto por las noches.

Mahoma conoció a muchos de los jóvenes de su tribu, los Quraishi, que eran los más orgullosos de todos porque estaban acostumbrados al poder y al dinero en La Meca. Nos tomaba un par de días arrancarles el orgullo. No era mediante la humillación ni a través de ninguna maldad (aunque nadie se oponía demasiado a darles una manta cubierta de pulgas para que se abrigaran de noche: una buena cantidad de picaduras les recordaría cómo son las cosas). Lo que nos ganó su respeto fue algo que nadie jamás adivinaría: la palabra. Los jóvenes vienen con una boca tan sucia como las plantas de sus pies. Sólo algunos saben leer, pero todos conocen la magia de las palabras, y no hay magia más grande que las palabras de un beduino.

Los beduinos somos la crónica viviente de todo héroe y dios árabe. Nuestra mente está tan embebida en poesía como un odre en su jugo. La primera noche, sentados junto al fuego, los muchachos tiemblan de frío —nunca traen abrigo para el frío que desciende después de la caída del sol— e intercambian anécdotas groseras para darse calor. Nadie los reprende. Uno de los mayores de la tribu comienza a cantar con voz suave una canción sobre un gran asalto en el cual nuestros ancestros robaron un centenar de camellos. Un segundo hombre se une a la canción en cuanto reconoce la melodía, después un tercero. Poco después toda la tribu canta al unísono y los jóvenes visitantes quedan boquiabiertos. No es ni la melodía ni las hazañas que se cuentan lo que los conmueve, sino la fuerza que surge de esas voces cantando como una, y en un árabe tan bello y tan puro que esos jóvenes malcriados y plagados de vicios no han oído jamás.

Uno creería que sabe lo que viene después. Yo alabo a Mahoma por ser el mejor cantante o el más joven o el más precoz. Haré un retrato del día en que él se puso de pie y sorprendió a los hombres cantando una canción que había oído una sola vez, articulando cada sílaba a la perfección. Mahoma, de hecho, no cantaba casi nunca, excepto en una voz casi imperceptible y que nadie podía oír. Cuando nos bendecía la visita de un poeta errante y le ofrecíamos un banquete para que nos narrara sus historias épicas de cristianos masacrados y ejércitos enemigos que una noche murieron enterrados en la arena, Mahoma se sentaba a un costado y a veces incluso se alejaba sin que nos diéramos cuenta. Yo tenía que protegerlo de las sospechas de que no tenía sangre árabe. Sin el verso y sin la canción, ¿qué es un árabe?

Eso no tenía importancia. Lo que a mí me preocupaba era que el destino no le permitiera volver a ver a su madre. Pero después de tres años volvieron a estar juntos. Ella estaba esperando en la entrada de la casa, como la vez anterior. También se puso en cuclillas y abrió los brazos. Aunque esta vez ella no gritó y yo no abofeteé a Mahoma para que se fuera con ella. Él ya tenía edad suficiente para comprender cuál era la situación. Cuando miró a Amina a los ojos ya estaba preparado para estar con esa mujer extraña a quien debía llamar madre. No me besó para despedirse, sino que hizo una pequeña reverencia y caminó lentamente a los brazos de Amina.

Amina me invitó a pasar a su casa. Estaba más pobre que nunca, pero me había preparado tortas y té y había dos muchachas con brazaletes que bailaban en mi honor (habían recibido la instrucción de retirarse apenas hubiesen terminado; no podían quedarse a comer té y tortas). Amina colocó una cajita de madera de sándalo sobre la mesa. Cuando la abrí vi las únicas joyas que ella poseía. Una de ella era una enorme perla, del tamaño de mi pulgar, que seguramente habría sido su dote cuando desposó a Abdalá.

Amina se dio cuenta de que yo no iba a aceptar la perla. Acercó a Mahoma y lo envolvió con sus faldas.

—Llévatela. Ahora tengo una perla más grande —dijo. Aunque fuese mujer, tenía el don de los árabes para la palabra.

Pasé esa noche en una cama de plumas cubierta con un gran género de seda que alguna vez había sido hermoso y del cual ahora quedaban poco más que hilachas. No podía conciliar el sueño, pues mi mente repetía una y otra vez un recuerdo en particular. Amina quería que le contara todo sobre su hijo, así que pasamos la tarde hablando. Más bien fue un monólogo durante el que yo le conté todo lo que él había aprendido entre los Banu Sa'd. Pero el miedo me obligó a mentir. Me guardé lo más importante que ella tenía que saber.

Eso pasó cuando él tenía tres años. Un día yo estaba limpiando una olla de cobre con arena cuando mi hijo, que era apenas mayor que Mahoma, entró corriendo a la tienda.

—¡Dos hombres están matando a mi hermano! —gritó.

Como estaba muy agitado y asustado no me pudo decir nada más. Lancé un grito para dar alarma y corrí hacia el desierto. Algunos hombres oyeron mi señal y me siguieron. Aquella mañana Mahoma había salido a caminar solo. Se había alejado mucho y tardamos bastante en llegar hasta donde estaba, tirado en la arena, cerca de un espino. El corazón me latía con todas sus fuerzas. Corrí a su lado. Estaba vivo, pero muy débil.

—¡Corran tras ellos! ¡Trataron de matarlo! —grité, pero los hombres no se movieron. Estaban desconcertados. No había sangre en el cuerpo del niño, ni tampoco heridas. Miramos alrededor, pero no había huellas ni rastros de nadie. Nadie llamó mentiroso a mi hijo. Tenemos una buena posición y nadie se hubiese atrevido. Levanté a Mahoma en mis brazos, agradecida de que no se hubiese perdido. De alguna manera, el hilo que lo unía a una de las muchachas se debió de haber cortado.

Reté a mi hijo y el padre lo amenazó con pegarle por haber mentido, pero él insistía con la misma historia. Contaba que había seguido a Mahoma hacia el desierto y de pronto vio el hilo cortado. Siguió las huellas. Cuando llegó a una duna un poco más elevada, vio que había dos hombres que no conocía inclinados sobre Mahoma, que estaba en el suelo, boca arriba, en la misma posición en la que lo encontramos. Cada uno de ellos tenía una gran daga, uno mantenía a Mahoma pegado al suelo con una rodilla y el otro le hundía la daga en el pecho. Mi hijo no sabía si lo habían visto, puesto que ninguno de los dos giró la cabeza para mirar hacia donde él estaba. El que le hundía la daga en el cuerpo hizo algo. Mi hijo no supo qué; apenas tenía seis años. Se asustó tanto por lo que vio que corrió enseguida al campamento para avisar.

Para muchos, la historia no era demasiado sorprendente. Hay *jinns* vagando por el desierto, en busca de almas humanas. Lo más probable era que hubiesen sido ellos. Aunque yo no estaba del todo segura. Los *jinns* atacan de noche y no necesitan una daga para arrancarte el alma. Tienen un encantamiento oscuro. Aunque como nadie ha sobrevivido a ese encantamiento, no se sabe bien cómo es. Yo temía que rechazaran a Mahoma porque había atraído a dos demonios muy cerca del campamento en plena luz del día. Pero en realidad, pasó todo lo contrario. El hecho de que hubiese sobrevivido a ese ataque era considerado un signo de un poder mágico mucho mayor que el de los *jinns* y por eso decidieron incorporar su nombre en las canciones que hablaban sobre los ancestros que habían ahuyentado a los *jinns*. Y su reputación creció. Por otra parte, era evidente que no le habían succionado el alma.

Yo no podía contárselo a Amina, y como Mahoma era tan pequeño, era imposible que lo recordara. Tomé la cajita de madera de sándalo y me fui a la mañana siguiente, no sin antes dejar la perla bajo la almohada de Amina. Todo lo que había en la cajita se iría, de todos modos, cuando ella enfermara y tuvieran que pagar a los médicos. En los pocos años de vida que le quedaban, yo podría haber vuelto de visita a la casa. Pero nunca volví. Mahoma ya había pasado mucho tiempo con una madre que no era la suya. Había llegado el momento de que estuviese con su verdadera madre, a quien no le quedaba mucho tiempo de vida. Amina fue como una sombra que apenas pasó por la vida de Mahoma.

Cuando estuvo seguro de que yo había recobrado mis fuerzas, Mahoma me llevó desde la pieza donde me estaban cuidando hasta la salida del pueblo. La Meca es demasiado verde y desde allí no se puede ver el desierto, ni siquiera desde la torre más alta. Cuando llegó la pequeña caravana de burros y camellos para llevarme de regreso a casa, Mahoma se ocupó de cargar mis cosas. Dejé que lo hiciera. ¿Por qué no? Un centenar de primos no es lo mismo que una nodriza. Guardaron las pocas pertenencias que yo tenía en las alforjas. Los hombres que vinieron a buscarme eran viejos Banu Sa'd. Podían prescindir de ellos y, además, odiaban la ciudad. Las colinas circundantes ocultaban buena parte del cielo. Me ubicaron rápidamente en una camilla que viajaría detrás del último camello puesto que yo aún estaba débil para hacer el camino a pie. Lo último que sentí no fue mi amor hacia Mahoma, sino una profunda curiosidad.

—¿Recuerdas un día en el desierto, cuando eras muy pequeño y te perdiste? —le pregunté.

Mahoma asintió con la cabeza.

—Pero no estaba perdido. Yo sabía adónde tenía que ir. Cuando llegué me esperaban dos hombres allí.

Yo estaba sumamente sorprendida.

—¿Te atacaron y nunca me contaste nada? Cuando te llevamos a casa no querías hablar.

—No podía. Yo sabía que tú creías que me habían capturado los *jinns*.

—Tenían que ser los *jinns*. No había huellas. Los vieron abriéndote el pecho.

—Yo no entendía por qué todos susurraban a mis espaldas. Pero no eran *jinns*. Hay otros seres que habitan en el desierto. Tendrías que saberlo.

Si hubiese sido otra persona poniéndome en mi lugar, le habría rasguñado la cara. Pero tratándose de Mahoma yo sentía una mezcla de docilidad y sorpresa.

—¿Qué clase de seres? —le pregunté en voz baja.

Una extraña sonrisa se le dibujó en la cara.

—Nunca he dejado de hacerme esa pregunta. Viniste corriendo con tanto pánico que los asustaste. —Se llevó un dedo al corazón—. No te preocupes. Lo que fuera que hayan querido hacer, ya está hecho.

Capítulo
4

Waraqa, el creyente

El mejor lugar para ocultarse es dentro de tu corazón. Yo he intentado con todos los demás lugares. Una vez hasta cavé un pozo junto a las letrinas y lo cubrí con juncos, pero me sacaron a la rastra y me pegaron. En aquel entonces yo era joven y ellos eran matones. Habían encontrado un horrendo ídolo con cola de serpiente hecho añicos frente a la Kaaba. Probablemente había sido uno de ellos, borracho y desafiando a los demás. Pero era más fácil echarme la culpa a mí.

Yo solamente quería estar en soledad para poder pensar en Dios. ¿Cómo podría eso molestar a alguien? Pero la soledad es la desgracia de quien la busca. Esa búsqueda me llevó a vagar por el mercado. Me oyeron hablar solo. "Alá, dale alas a mi corazón, para que pueda volar al jardín de la eternidad." Yo lo tomaba como oración, pero para los demás era sacrilegio.

Una vez unas anotaciones cayeron de mi bolsillo. Unos Quraishi las levantaron y un escriba que pasaba por allí recitó en voz alta: "No existe un velo entre Dios y su servidor, ni en el cielo ni en la Tierra. El velo lo lleva el servidor por dentro". No había podido cavar un pozo lo suficientemente profundo para ocultar esa blasfemia.

Con el tiempo, logré salvar el pellejo gracias a mi fortuna. El dinero te protege de la persecución. Aunque no es una protección perfecta. Si las miradas pudiesen matar, los Quraishi que andan merodeando por las calles me mandarían a la tumba cada día de la semana y dos veces en días festivos.

Enderezo la espalda y paso caminando frente a ellos, mirando hacia adelante. Una vez que llego a las tabernas de la Kaaba, mi identidad cambia por completo. Ya no soy "el creyente" que no puede ir a cenar a una casa sin que desinfecten cada uno de sus cuartos con almizcle una vez que me voy. Me convierto en un mercader muy adinerado cuyas ideas bochornosas no significan nada una vez que se oye el tintineo del oro en su bolsa.

—Waraqa ibn Nawfal, eres bienvenido.

—Waraqa, hermano, siéntate junto a mí.

—Waraqa, bendito por los dioses, hazme feliz y comparte este vino conmigo.

Jamás confié en ninguno de ellos y, sin embargo, una vez bajé la guardia. Mi única excusa son los años. Llevé a un lado a uno de los Quraishi, un joven que parecía un poco más inteligente que sus pares. Desenrollé una hoja de pergamino delante de sus ojos. Estaba arrugada y amarillenta y tenía varios remiendos hechos con torpeza.

—¿Qué opinas sobre esto? —le pregunté.

El joven apenas sabía leer, pero parecía impactado.

—¿Es tu testamento? —tanteó. El joven era hijo de un viejo mercader de camellos. Todavía no llegaba a los veinte años y probablemente soñaba con el día en que heredaría la fortuna de su padre.

Sonreí.

—Es más precioso que mi testamento. Es una página de la Biblia. La he estado traduciendo.

El joven abrió los ojos de par en par.

—Debes tener cuidado —me previno. Yo le había acercado la página para que la viera mejor, pero él se alejó como si se tratara de un carbón encendido.

En realidad, fue gracioso. Todos saben que esas páginas existen. Un mercader cuya ruta atraviesa pequeñas comunidades de judíos y cristianos puede comprar o vender alguna que otra hoja de las escrituras. Pero nosotros, los árabes, hacemos de cuenta que esas comunidades no están entre nosotros. Sería como que alguien admitiera que tiene hongos en un saco de trigo.

Besé el pergamino ceremoniosamente.

—Cuenta la historia de Abraham e Isaac. Deberías dejarme que te la recite alguna vez. Casi hay un asesinato. ¿Te gustan los cuchillos, verdad? —yo estaba bromeando con el muchacho, que pareció aliviado cuando volví a guardar el pergamino dentro de la túnica. Tuve suerte. El muchacho podría haber alertado a los demás.

¿En qué es lo que cree "el creyente"? Nadie jamás me lo ha preguntado. Lo único que saben es que los ídolos son un buen negocio y cualquiera que diga algo en contra de ellos puede estropeárselos.

—Escucha la voz de la razón, querido Waraqa —dicen—. Nos resecaremos como un vientre estéril. La Meca se moriría sin los peregrinos. ¿No ves todo lo que gastan?

Es verdad. Puedes sacarle dinero a un peregrino sólo por mirar un ídolo de oro por unos instantes. Y gastan todavía más durante el *hajj*, cuando cientos de ellos vienen a La Meca para caminar en círculos alrededor de la Kaaba, una tradición que nadie sabe cuándo comenzó.

Me estoy acercando a Mahoma, mi hijo espiritual. Lo hago con algunos rodeos, puesto que así fue como él se acercó a mí.

Un día, hará unos doce años, yo estaba sentado en mi patio. Estaba esperando a un mensajero que llegaría de un momento a otro y había dejado el portón abierto. De pronto, un niñito entró caminando lentamente. Nos miramos el uno al otro. Le pregunté dónde estaba su madre, pero no me respondió. Me miró con timidez. Sus ropas me indicaban que era un beduino. Los beduinos cuidan mucho de que sus hijos no se alejen.

Me acerqué a él y me agaché para estar a su altura.

—¿Me conoces? —le pregunté. Yo tenía una sensación muy extraña.

El niño negó con la cabeza.

—No te conozco, pero oigo tu voz.

Por supuesto que sí. Acababa de hablarle. Pero el niño no se refería a eso. Se dio vuelta y señaló más allá del portón.

—Estaba jugando en el pozo de agua y oí tu voz. ¿Qué quieres de mí?

Si se refería al Zamzam, estaba a diez calles de mi casa.

—No quiero nada de ti —le dije. Era muy extraño hablarle así a un niño de cinco o seis años.

—Entonces debo de ser yo el que quiere algo de ti.

Antes de que le pudiese hacer preguntas, apareció uno de los Quraishi bravucones en el portón. No se atrevió a entrar, pero empezó a gritar:

—¡Está aquí, está aquí! ¡Lo encontré!

Enseguida aparecieron dos Quraishi más y, detrás de ellos, una mujer Banu Sa'd, con la cara roja y respirando agitadamente.

—¡Mahoma! —gritó la mujer. Entró corriendo al patio y levantó al niño en sus brazos. En ese instante se dio cuenta de su falta de cortesía y comenzó a escupir disculpas entreveradas con una historia en la que me contaba que traía al niño de vuelta a la madre, que hacía tres años que no lo veía. No me importó. Le aseguré que su infracción no tenía importancia. La acompañé hasta el portón, inhibiendo con la mirada a los matones Quraishi que se habían quedado por allí, por si yo les daba una moneda. Si yo no les daba, sacudirían a la pobre mujer, así que les di la moneda de plata más pequeña que tenía. ¿Por qué no? Dios ve cada buena acción.

Fue un pequeño episodio, pero no me lo podía sacar de la cabeza. Mahoma se había alejado de su nodriza cuando ella no lo estaba mirando y vino directamente a mi puerta.

Guardo, ocultas bajo mi cama, muchas páginas de la Biblia. Todas las noches tomo alguna y traduzco algunos pasajes al árabe. También tengo otro ritual que mantengo en secreto por una buena razón. Cuando me encuentro ante algún misterio que no puedo resolver, así sea grande o pequeño, tomo una hoja al azar y dejo caer mis ojos en alguno de los fragmentos. Lo que sea que lean mis ojos lo tomo como un mensaje. Unos días después de que apareciera el niño, metí la mano debajo del colchón y tomé la primera hoja que tocaron mis dedos. Cerré los ojos y elegí con el dedo un pasaje al azar. Luego me acerqué a la lámpara para leer:

He aquí, que la virgen concebirá
y dará a luz un hijo,
y le pondrá por nombre Emmanuel.

No eran palabras sin sentido. El hombre que me vendió esa página era un mendigo cristiano que me siguió en la caravana muchos años atrás. Le arrojé un poco de pan, y mientras lo devoraba como un perro hambriento, me habló sobre su salvador. Él sentía que había recibido una bendición, aunque viviera en la calle y tuviera que pelear con los perros para encontrar comida entre la basura.

El año en que el mendigo me vendió esa hoja, lo afectaba una terrible tos. Él sabía que no le quedaba mucho tiempo en este mundo. Esa página de la Biblia era preciosa para él y quería que el mensaje del Mesías se siguiera transmitiendo.

Así es como supe que la virgen había concebido y que Emmanuel había llegado. Eso pasó hace mucho tiempo, y la única razón para quedarme con esa página era para recordarme cómo se le iluminaba la cara al mendigo cuando hablaba de su salvador. ¿Por qué razón, pues, se habría posado mi dedo en ese pasaje?

Pasaron muchos años hasta que vino a La Meca un judío en quien yo pude confiar. El judío vendía alhajas de oro y plata. Su comercio le daba tanto dinero que eso le permitió comprar su entrada a La Meca (en aquella época había una ley que prohibía la entrada de los judíos). Le ofrecí vino y le mostré el pasaje. El nombre Emmanuel le dibujó una mueca de sospecha en la cara.

—No confíes en el mendigo —dijo—. ¿Qué clase de salvador permitiría que alguien viviese así?

El Mesías aún no ha llegado, dijo, vendrá a matar a los enemigos de los judíos y a salvarlos a todos. Le dije que yo no tenía mucha paciencia y no podía esperar tanto. En Arabia, con sólo un poco de ingenuidad, los ídolos pueden salvarte hoy mismo. Presioné al judío para que me diera alguna explicación que significara algo. Sin disimular su exasperación, me dijo que para que yo pudiese comprender, "Emmanuel" significaba "rey de los profetas".

Bueno, eso era diferente.

Los árabes confiamos mucho en los profetas. Si Dios señaló la palabra "profeta" cuando le pregunté acerca de Mahoma, pues algo debe de estar en camino. En La Meca algunos ignorantes me llaman "el judío", pero eso es sólo una manera grosera de insultar a un servidor de Dios. Yo no tengo religión. Soy un *hanif*, un creyente que no sigue ninguna fe, como una palmera solitaria sin su oasis.

No me volví a acercar a Mahoma durante su infancia. Era demasiado riesgoso. Yo miraba de lejos. El viejo Muttalib, su abuelo, aún vivía. Haber sobrevivido a su hijo Abdalá era una tragedia para él, pero el viejo encontraba consuelo en Mahoma. Muttalib llevaba al niño a las tabernas y lo sentaba en sus rodillas mientras aquél hablaba largamente. Estaba demasiado viejo para negociar. Veía poco y se iba debilitando mes a mes. Eran una imagen habitual en la taberna: el viejo y el niño que no despegaba la vista del suelo. Nadie había visto jamás a un niño que estuviese tan encerrado en su propio mundo. Pero Mahoma era obediente y cuando Muttalib quería mostrar con orgullo a su nieto, el niño se ponía de pie y se paraba como un hombre, incluso delante de un grupo de Quraishi ebrios en una taberna apestosa y llena de humo.

Hasta que un día, muchos años más tarde, ocurrió algo muy peculiar. Yo estaba caminando por el pueblo cuando de pronto vi una figura agazapada en un callejón. Había poca luz, pero me di cuenta de que era Mahoma. Estaba en cuclillas. Yo lo saludé asintiendo con la cabeza. Él se llevó un dedo a los labios y señaló algo que estaba en el suelo. Era un ratón. Le había puesto a la criatura algunos granos de trigo para que saliera de su escondite.

Mahoma miró al cielo, donde una pequeña mancha negra los sobrevolaba. Yo ya no veía muy bien, pero sabía que se trataba de un halcón. Mahoma volvió a mirar al ratón, luego al halcón otra vez.

—No tiene idea del peligro —dijo.

—Tampoco nosotros —dije yo.

¿Entienden lo que significa? Así como el ratón come con inocencia sus semillitas, nosotros andamos por la vida sin percatarnos de que la muerte nos observa desde lejos, siguiéndonos incesantemente. Eso era lo que estaba pensando Mahoma. ¿Pero por qué lo había compartido conmigo? Nuestras voces hicieron que el ratoncito volviese a escabullirse en su cueva. Mahoma se levantó y se acercó a mí.

—Ahora soy un hombre —dijo—. Podemos hablar.

—¿Un hombre? Tienes diecisiete años —sonreí.

Pero él no sonrió.

—Soy lo suficientemente grande como para defenderme si alguien nos descubre hablando.

Así es como comenzó. Nunca le recordé el día en que se escapó de su nodriza y entró en mi patio, pero seguramente lo recordaba. ¿Cuánta paciencia tiene que tener una persona para esperar doce años para volver a hablarle a alguien? Mahoma empezó a venir a mi casa para tomar té y hablar de Dios. Primero venía para tomar el té; Dios fue un tema prohibido hasta mucho después.

Naturalmente, él quería conocerme mejor.

—¿Qué es un *hanif*? —me preguntó.

—Alguien que cree en Alá, alguien que rechaza a los ídolos y está esperando que descienda la luz.

Mahoma asintió con seriedad.

—Todos dicen que eres diferente, pero yo te veo bastante ordinario.

Lo dijo con honestidad y sin disculparse, teniendo en cuenta que estaba insultando a un mayor. Le respondí con una cita de uno de mis libros ocultos:

—"Un hombre vive en medio de los hombres. Come y duerme en medio de los hombres. Va al mercado a comprar y a vender. Todos ven eso. Lo que no ven es que no olvida a Dios ni un solo instante."

—¿Ese hombre eres tú? —preguntó Mahoma.

—Lo seré, cuando me convierta en santo. Por ahora, sólo tengo que intentar.

—¿Por qué es un Dios mejor que varios? —preguntó.

Le respondí con una pregunta:

—¿Por qué es una esposa fiel mejor que un puñado de prostitutas?

—¿Por qué llamas "prostituta" a los dioses?

—En ambos casos pagas dinero y tus deseos se hacen realidad. Sólo que una prostituta es más confiable. La gran mayoría de los ídolos se quedan con tu dinero y no te dan nada a cambio —le respondí.

A Mahoma parecía agradarle el hecho de que yo le hablase con tanta soltura. En cambio, yo tenía que ocultar el ardor que sentía por dentro a causa de la excitación que me provocaba mirarlo. ¿Cómo podría explicarle? Era imposible. Me perdería el respeto. Un hombre de mi edad temblando como una mujer en su noche de bodas, aguardando a su esposo en la oscuridad.

Hablamos sobre muchas cosas, interminablemente. Y sin embargo, yo no lograba que Mahoma hablase de sus propias creencias. En Arabia, hay una creencia que se devora a todas las demás: la tribu. La tribu dicta el lugar al que uno pertenece. La tribu corre a defenderte si acuchillas a un extraño porque te ha escupido las sandalias. Es como un monstruo con cien cabezas: puede ver todo y puede devorarse a quien le plazca. No hay lugar para creer en nadie más, ni siquiera en Dios. Dios es una de las cosas que el monstruo se deglute.

Un día ya no soporté más. Miré a Mahoma y le dije:

—Hablar contigo es como hablar con una ostra respetuosa. Ábrete. ¿Quién eres?

Mahoma respondió impávido:

—Soy alguien que piensa mucho antes de escoger a los amigos.

Algún ángel debe de haber visto mi impaciencia, puesto que en ese momento me dio la respuesta perfecta. Era de un antiguo verso.

—Tengo un amigo y él llena mi copa con un vino absolutamente único.

Mahoma se sonrojó.

—Tú has sido ese amigo para mí.

Después de eso, nuestro vínculo se fortaleció. Teníamos tanta confianza en nuestra amistad que nos animábamos a hablar en público hasta altas horas de la noche, incluso cuando todos los demás ya habían vuelto a casa. Yo disfrutaba mucho de su compañía.

Pronto empezó a correr el rumor de que él era mi protegido. Para evitar que alguien fuera a tomarlo a mal, comencé a ser más generoso con mi dinero. Incluso envié a un mensajero a comprar un ternero para que lo sacrificaran frente a la Kaaba en los ritos de primavera. El muchacho tomó mi dinero y volvió corriendo una hora más tarde.

—¿Para qué dios es? —me preguntó—. Quieren saber.

—Para el único cuyo nombre es "el Único" —le contesté. El muchacho me miró sin entender, entonces le dije—: que lo decidan ellos. Pero haz una buena exhibición.

El muchacho se fue corriendo aún confundido. Yo no le di mucha importancia. Estaba acostumbrado a que no me comprendieran.

Mahoma era un bálsamo para mi alma. Por fin yo tenía alguien a quien sostener en un abrazo espiritual.

La sensación de soledad se había alejado. ¿Pero qué podía ofrecerle yo a él? Yo podía dejarle mi dinero. De ese modo, La Meca tendría su segundo marginado rico. Pero tenía que haber algo más.

—¿Existen otros *hanif*? —me preguntó un día.

—Quieres decir, ¿otros que sí saben callarse la boca? Mahoma sonrió.

—Estaba pensando en aquellos a los que les interesa la sabiduría.

—La sabiduría es como un carbón encendido —dije—. A las personas les atrae la luz que despide, pero nadie es tan tonto como para pisarlo.

Fueron las palabras más cínicas que había dicho jamás y Mahoma se puso serio.

—Me haces hablar como si fuese una prostituta —dije en un murmullo y Mahoma se dio cuenta de que era una disculpa. Ambos sabíamos que a mí no me avergonzaba ser creyente. Pero jamás lo llevé a conocer a otro *hanif*. Era una contradicción. Dos *hanif* formaban una congregación. Tres, una tribu, y cuatro, una fe que tiene que ser defendida de otras a punta de espada. Cada *hanif* viaja solo, le expliqué, y a Mahoma pareció satisfacerle esa respuesta.

De todos modos, algo me carcomía por dentro. Me costó bastante convencerme de que tenía que hablarle sobre el verso que mi dedo había escogido. *Y le pondrá por nombre Emmanuel.* Si no se lo decía, le estaría ocultando un gran secreto. La única manera de hablarle era de forma indirecta. Una tarde terriblemente calurosa estábamos recostados en el patio sobre esterillas de palma remojadas en agua.

Mahoma se incorporó, apoyándose en los codos.

—¿Qué sucede?

Lo miré.

—¿Qué sabes sobre la muerte de tu padre?

Por primera vez, el cauteloso muchacho pareció inquietarse.

—Sé que se fue de viaje y nunca volvió.

—Hay más —le dije—. Mucho más.

Mahoma permaneció en silencio, pensando en qué decir. Me di cuenta de que no quería que le alteraran los recuerdos.

—No son tus recuerdos —le dije—. Tú nunca lo conociste. Él es como si fuese agua que ha bebido otra persona.

—Pero él era una persona amada —dijo Mahoma.

Eso era innegable. Desde el día en que nació, Abdalá tuvo una vida perfecta. Todos lo decían, y así lo trataban. Jamás hubo ningún bravucón que lo insultara en la calle, jamás hubo nadie que lo provocara para pelearse. Se regodeaba en la ilusión de sentirse la primera persona amada y respetada.

—Él quería ser un héroe —comencé a contarle—. Un hombre que hablaba con la fortaleza de un trueno y reía como el amanecer. Yo lo conocí y vi cómo era su imaginación. Abdalá amaba a los beduinos y se imaginaba formando parte de una de sus leyendas. —Miré a Mahoma a los ojos—. ¿Sabes por qué fracasó tu padre?

—Porque murió.

—No. Porque era la voluntad de Dios.

Ahí y en ese preciso momento desplegué la compleja historia de la muerte de Abdalá, una historia que había permanecido oculta para su hijo.

Todo giraba en torno del Zamzam. La alegría que había sentido Abdul Muttalib cuando redescubrió el pozo no duró mucho tiempo. Los Quraishi empezaron a conspirar contra él. Había mucho resentimiento hacia

Muttalib porque había tomado los derechos del agua sagrada. Él sentía que sus enemigos no iban a dejarlo en paz. Lo que él necesitaba eran diez hijos varones fuertes, o al menos de eso se había convencido. Pero hasta ese entonces, los dioses lo habían bendecido sólo con uno.

Pasaba todo el día y toda la noche mordisqueando esa obsesión, hasta que ocurrió algo terrible, producto de la desesperación. Muttalib fue hasta la Kaaba y miró a los cientos de ídolos alineados allí. De pronto, dejó de creer en ellos. En cambio, en un arranque desesperado, llamó a Dios. En lo profundo del corazón de cada árabe, existe una memoria ancestral de Alá, el único Dios, ese Dios que le había señalado el camino hasta la Meca a Agar e Ismael, los fundadores genuinos de la raza árabe.

Muttalib nunca había confiado demasiado en Alá. El creador del mundo había perdido interés en su creación. ¿De qué otra manera se explica que el creador del mundo permita todas las penurias y calamidades que sufren sus hijos? Pero Muttalib tenía que tener diez hijos varones y Dios tenía poder para otorgárselos. Muttalib no sabía nada sobre las creencias cristianas y judías. Lo que sí sabía era que a todos los dioses les gustaban los sacrificios en su nombre.

El más grande de los dioses querría el sacrificio más grande, pensó. Muttalib levantó los brazos hacia el cielo y prometió el sacrificio más horrendo de todos a cambio de que lo bendijeran con diez hijos varones que lo defendieran de sus enemigos.

Pasaron diez años. Una tras otra, todas las esposas de Muttalib le dieron hijos sanos, bien formados, hasta llegar a diez. Él estaba satisfecho y sentía una paz interior muy profunda, puesto que había olvidado la promesa que le había hecho a Alá.

Pero Dios sabe cómo llegar al corazón del hombre. Un día, mientras caminaba hacia la Kaaba, donde el dios más venerado era Hubal, el dios de la luna, Muttalib tuvo una visión con sangriento detalle sobre el sacrificio prometido. Había hecho la promesa de darle a Dios uno de sus hijos si Dios le daba diez. Muttalib estaba horrorizado con la imagen de él degollando a uno de sus queridos hijos, pero la idea de incumplir la promesa a Dios lo horrorizaba aún más.

Muttalib reunió a sus hijos y les dijo que uno de ellos debía morir al día siguiente. ¿Pero cuál? Nadie abrió la boca. Los hijos eran tan supersticiosos como el padre. Sabían que había que cumplir la promesa. Al día siguiente, todos se reunieron en la Kaaba, junto a la estatua de Hubal. Muttalib creía que lo mejor sería que sus hijos sortearan su suerte. Hubal tenía el poder necesario para escoger al elegido. Como se ve, Muttalib era inconstante. Un día temblaba ante el poder de Dios, pero cuando había que poner en práctica una promesa, era más fácil dejarle la responsabilidad a los ídolos. Hacía años que le hacía contribuciones a Hubal.

Cada uno de los hijos escribió su nombre en la punta de una flecha y luego las arrojaron dentro de una aljaba. Muttalib metió la mano dentro e, implorando a Hubal que lo guiara, tomó una de las flechas. La flecha tenía el nombre de Abdalá. No hace falta decir que los otros nueve hijos estaban muy aliviados, aunque nadie esperaba que el elegido fuera el hijo preferido de Muttalib. Cuando anunciaron el resultado fuera de la Kaaba, la multitud empezó a gritar que Muttalib rompiera su promesa. La esposa que había tenido a Abdalá era una mujer llamada Fátima. Era muy popular entre la gente común y la mayor parte de la multitud pertenecía a su clan.

Muttalib oía a la multitud con el corazón hecho una piedra. Había escogido el sitio donde derramaría la sangre de Abdalá entre dos grandes ídolos. Se abrió paso entre la multitud con la daga desenfundada. Abdalá lo seguía, pálido. Las manos asían las túnicas; los gritos llenaban el aire.

Pido perdón si esta escena trágica de pronto se torna cómica, pero a último momento una voz entre la multitud gritó: "Los dioses aman el dinero. Págales. Tú tienes suficiente".

Muttalib giró furioso, en busca de quien había gritado tamaña insolencia. Pero en ese momento una vocecita en la cabeza le susurró: *No es tan mala idea. Eres rico y tú amas a Abdalá más que a nadie en el mundo.*

Muttalib hizo una pantomima de estar en gran desacuerdo y aceptó perdonarle la vida a Abdalá, aunque aún había dos aspectos que acordar, puesto que todo se había convertido en una gran discusión. Lo primero era cuánto habría que pagar por el rescate de su hijo y lo segundo, quién decidiría si el precio era justo. Dado que el clan de Fátima había hecho semejante jaleo, Muttalib los obligó a que aportaran dinero también. Para arbitrar la decisión sobre la cantidad de dinero, se decidió consultar a Shiya, la vidente en quien más confiaban los Quraishi de entre todos los chamanes, adivinos, astrólogos, oráculos y clarividentes que había en aquella época.

Shiya vivía recluida en el lejano pueblo de Yatrib. El viaje era peligroso y había una rivalidad histórica entre Yatrib y La Meca por prestigio y poder. Aun así, Muttalib emprendió el viaje sintiendo un gran alivio, satisfecho por el nuevo trato con Alá. No fue un buen signo que Shiya hubiese partido apenas antes de que ellos llegaran, pero Muttalib no le dio importancia a esa señal. Encontró a Shiya a más de ciento cincuenta kilómetros hacia el norte. Era una bruja viejísima encerrada en una casucha. Ella se negaba a dejarlo pasar, pero después de dos días de insistencias, Shiya finalmente prometió atisbar una respuesta.

Lo que dijo fue esto:

—En tu tribu, Abdul Muttalib, si un hombre mata a otro hombre la vida de la víctima vale diez camellos, que son entregados a la familia. El pago con camellos complacerá a los dioses en este caso también.

Muttalib no creía que se pudiese sobornar a los dioses con diez camellos, pero antes de que dijese algo, Shiya lo interrumpió:

—Toma dos flechas y vuelve donde Hubal. En una flecha escribe "Abdalá", en la otra, "camellos". Saca las flechas como lo hiciste antes y cada vez que saques la flecha con el nombre de tu hijo, agrega diez camellos más al precio. Haz esto hasta que saques la flecha que diga "camellos" y así obtendrás el precio que demandan los dioses.

Muttalib y su comitiva regresaron a La Meca. Una gran multitud se reunió para presenciar el momento en que Muttalib sacaba las flechas, todos riendo y festejando, como si se tratase de una festividad. La primera flecha que extrajo tenía el nombre de Abdalá escrito sobre ella, lo que significaba que el precio era de diez camellos. Volvió a sacar otra vez. El nombre de Abdalá volvió a salir. El precio era de veinte camellos. El ruidoso festejo de la multitud se convirtió en silencio y luego, en un sobrecogimiento circundado por rostros de consternación. El nombre de Abdalá salió diez veces consecutivas. El precio era de cien camellos, casi toda la fortuna de cualquier mercader rico. Muttalib era más rico que eso, pero igualmente palideció.

Finalmente, la palabra "camello" salió en el onceavo intento, pero para ese momento Muttalib ya estaba abatido y abrumado por la duda. Se plantó frente a la multitud y levantó las manos.

—Volveré a sacar las flechas —gritó—. Si el nombre de Abdalá sale tres veces consecutivas, obedeceré a la vidente. Si no, mi deber con Dios me obligará a cumplir con mi promesa.

Era una noticia terrible para el clan de Fátima y para Abdalá, por supuesto, a quien se le resbaló de las manos una copa de vino que se había llevado a los labios.

A pesar de todo el revuelo y el pánico que tenía Abdalá en la cara, Muttalib mantuvo su palabra. Había desconfiado de Shiya, pensando que ella podría haberle gastado una broma siendo ella aliada de las tribus de Yatrib.

Las flechas volvieron a salir. Una, dos, tres. Un grito exultante surgió de la muchedumbre, puesto que el nombre de Abdalá había salido las tres veces. Abdalá no sería sacrificado y Muttalib pagó los cien camellos a los sacerdotes de la Kaaba que representaban a Hubal.

Cuando llegué a este punto del relato, miré a Mahoma, que había estado escuchando completamente inmóvil. Nadie jamás le había contado esa historia y estaba tratando de recomponerse, ya que sabía que la conmutación de la pena no había tenido un final feliz.

Continué. Para celebrar que se había salvado de la muerte, a Abdalá le dieron permiso para casarse y, a la edad de veinticinco años, desposó a Amina, la hija de una familia prominente de La Meca. Después de la ceremonia, estuvieron tres días instalados cómodamente en la casa del padre de Amina. Pero durante las celebraciones, a Muttalib le habían estado rondando por la cabeza una serie de pensamientos oscuros. Llamó a Abdalá y le dijo que tenía que ir en una caravana a Siria. El joven esposo estaba desconcertado. ¿Por qué tenía que ir él? Hacía apenas una semana que había contraído matrimonio. La joven pareja recién comenzaba a degustar los primeros sabores del amor.

Muttalib no dijo nada para justificar su decisión. Forzó a su hijo a cumplir con la voluntad del padre, como el deber lo indicaba. Con lágrimas y gritos desgarradores, Amina corrió al portón de la casa, aferrándose a la túnica de Abdalá, que partía hacia Siria. Habían vivido como esposos tan sólo dos semanas. Abdalá sabía que su padre estaba desafiando a Dios para ver si se atrevía a lastimarlo. Era la manera que tenía el viejo de saber si había cumplido con su promesa a Alá. Eso, además del miedo que sentía Muttalib porque la felicidad de Abdalá era demasiado grande. Entre haberle salvado la vida y la dicha por haber desposado a Amina, Abdalá estaba tentando a los dioses para que lo destruyeran.

—Y lo hicieron —dijo Mahoma interrumpiendo.

Abdalá nunca pudo regresar. En Siria le fue bien, pero sus ansias por volver con su joven esposa eran demasiado fuertes, así que decidió volver antes de tiempo. En el camino de regreso, pasó por Yatrib. Allí, donde Shiya lo había salvado del destino, contrajo una grave enfermedad que nadie podía curar. Murió unos días más tarde y su cuerpo fue enterrado enseguida, por si acaso su maldición era contagiosa.

—No te he contado todo esto para apenarte más —le dije—. Tenías que saber todo eso. Abdalá tenía un sexto sentido. Él sabía que no se puede negociar con la voluntad de Dios. Así como aceptamos la vida de la mano de Alá, también debemos aceptar la muerte, como un obsequio que no nos corresponde poner en tela de juicio.

Mahoma no había esperado que yo concluyera con la historia para levantarse. Comenzó a caminar de un lado a otro, inquieto.

—¿Quieres que caiga una maldición sobre mi familia? Podrías lograrlo con esta historia.

Una voz dentro de mí me dijo que no le contestara. Nada dolía más que la ira de Mahoma. Aun así, mi boca dejó escapar palabras dolorosas.

—Esto no tiene nada que ver conmigo. Tu madre te llevó de viaje cuando tú tenías seis años. ¿A dónde? Al mismo pueblo donde murió tu padre: Yatrib. Ella murió en el camino de regreso, igual que su esposo. Abre tus ojos. Tienes que ver la voluntad de Dios. Acéptala.

Mahoma permaneció en silencio, pero en sus ojos se leía el desafío.

Yo continué.

—Hijo mío, tu suerte está echada. Yo he orado por ti, y Dios te ha preparado para la grandeza. Un gran hombre aprende de las calamidades y fija su mirada en el cielo, si es que es sabio.

Las mejillas de Mahoma se enrojecieron.

—En tu relato mi padre y mi abuelo parecen unos simples soñadores.

—A veces los soñadores ven mejor que las personas comunes y corrientes —le contesté—. Abdalá abandonó a su joven esposa aun sabiendo que le rompería el corazón. Se retiró de la escena antes de que otros lo hicieran por él.

Yo había ido demasiado lejos. Cualquier otro joven habría preparado los puños y ya estaría insultándome. Mahoma se quedó quieto un instante y me miró. Le puse una mano en el hombro para calmarlo.

—Lo que quiero decir es que todos los hombres deben morir, pero algunos tienen que ir voluntariamente hacia su muerte en forma de sacrificio. De ese modo se convierten en verdaderos servidores de Dios. Nunca conocemos la verdad hasta que nos es revelada.

Mahoma se soltó bruscamente. Estaba demasiado perturbado para escuchar y se fue corriendo a través del patio. No lo llamé. Sin haber utilizado la palabra "profeta", había abierto la posibilidad de un destino especial. Mahoma no regresó al día siguiente, ni el día después. Evitaba todo contacto, sólo me saludaba con la cabeza si nuestros caminos se cruzaban en una taberna o cerca de la Kaaba. Había un extraño sentimiento de culpa en su mirada. Después de que pasaran varios meses finalmente cedió y me preguntó si podía volver a verme.

La noche en que le revelé el destino a Mahoma no podía dormir. Tomé una de las hojas escondidas bajo mi cama y escogí con el dedo un pasaje en la oscuridad. Cuando acerqué la hoja a la luz, las palabras bajo mi dedo me trajeron consuelo.

Porque angosta es la puerta, y estrecho el camino que lleva a la vida, y pocos son los que lo encuentran.

Capítulo
5
Baraka, la esclava africana

Yo no sé si el infierno tiene tres niveles, pero La Meca sí los tiene. El primer nivel es donde viven los ricos. El segundo, donde viven quienes sueñan con algún día llegar a ser ricos, y el tercero, donde vive la escoria que trabaja para aquellos dos. Yo vivo en el peor nivel, el que está más lejos de Dios. A mi alrededor, la desesperación es un modo de vida. En épocas de sequía, he visto a los niños tirarse al suelo para sorber el agua de los desechos. Los ricos prefieren besar a un leproso antes que acercarse a los callejones mugrientos donde nuestras casuchas apenas se sostienen. En los alrededores de la Kaaba, sus casonas y sus patios se codean como viejas comadres comprando duraznos en el bazar.

¿Será que mi cabeza es menos valiosa porque no la cubre la seda?

—Baraka, yo confío en ti. Tú eres la única persona en quien confío —dice Mahoma.

Él siempre viene a visitarme. Eso prueba que todavía no es rico. Desde que el viejo Muttalib murió, su clan ha caído en desgracia. Los esclavos quedaron en la calle, a la espera de que algún amo les tuviese piedad y les diera de comer. Fue espantoso ver cómo se acercaron los buitres, despojando a los Hashim de poder, forzándolos a caer en la humillación. Mahoma hizo lo que tenía que hacer. Empezó por comerciar con lo poco que tenía y eso lo ayudó. Nunca pensé que llegaría a los veinte años sin pedir ayuda.

Sus visitas no son planificadas. Él desciende al infierno cuando le viene la gana. Que Dios me haga la boca a un lado por decir esas cosas. Él me aprecia mucho, esa es la verdadera razón. Fui la primera persona en tenerlo en brazos cuando él nació. En aquellos días, yo pertenecía a su madre, la señora Amina. Me han pasado tantas veces de amo en amo que no recuerdo los nombres de todos. Soy como un odre de agua que nadie descartará hasta que la vida termine de escurrírsele.

Un día yo estaba barriendo las hojas y el polvo que el viento había traído al patio de mi amo cuando veo una escena maravillosa. Mahoma, tan jovencito, al frente de una caravana. Un mercader mayor que él, agobiado por el viaje, le había confiado su lugar. Cuando me ve desde arriba del camello en el que viaja me saluda con la cabeza y con una mirada muy seria. Sé que él hubiese querido bajar y venir a abrazarme, pero no puede, no frente a los hombres a quienes les da órdenes. En algún lugar de mi mente pienso: *Tu padre nunca regresó, tu madre nunca regresó. Tal vez la maldición haya muerto con ellos.*

Pero él sí regresó. Todos saben que Mahoma sabe mantenerse calmo frente al peligro. Pronto tendrá el dinero suficiente para comprarme.

—¿Dinero? —me río—. Ya no le sirvo a ningún amo, no necesitas dinero para comprar a esta vieja.

Mahoma hace una mueca de tristeza, pero ambos sabemos qué es lo que le falta. Primero necesita una esposa. Está muy mal visto que haya una esclava en la casa de un hombre soltero. Todos sabrían para qué está ella ahí. Dirían que a él le gustan las viejas.

—¿Cómo es que te volviste tan respetable? —le digo en tono de broma.

—No te preocupes. Es sólo un disfraz —me contesta, bromeando también. Mahoma se pasea por las calles con el pelo y la barba recortados como un próspero mercader. Lleva una capa teñida de azul oscuro, ribeteada con un galón. Sólo yo sé cómo es él realmente. Mahoma me permite que le acaricie las mejillas y que sienta con la mano el buen trabajo que ha hecho la navaja. ¿Y por qué no? Yo lo traje a este mundo. Era apenas un criaturita desnuda que chillaba. Cuando él me viene a visitar, su respetabilidad queda del otro lado de la puerta.

—Has venido a salvarme —le digo en voz muy baja—. Has venido a salvar a todos.

—Tonterías —me contesta—. Soy tan débil como todos los demás y estoy aun más confundido.

Yo niego con la cabeza.

—El vino fermenta antes de ser dulce. Eso es lo que estás haciendo. Lo dulce ya llegará.

Creo que nuestra confianza le agrada. Creo que yo no estaría en peligro aun si lo gritara desde los tejados. Es una de las ventajas de ser invisible. Todas las mujeres pobres son invisibles aquí, excepto en la cama. Durante media hora se convierten en criaturas divinas. ¿Qué soy yo, entonces? ¿Doblemente invisible? Nací esclava y duermo sola.

Jamás he podido olvidar a la madre de Mahoma. Amina le rindió culto a Abdalá más allá de la tumba. A los dioses no les agradaba que Abdalá fuese el único ídolo de Amina. Ella hizo ese último viaje para llorar sobre el pilón de piedras que marcaba la tumba. Cuando emprendió el viaje de regreso a La Meca, un mes después, la pena le había consumido la salud. Yo caminaba delante de su burro cuando oí que Amina decía, con una voz tan suave como la de un niño asustado: "Nos quedamos aquí". Se sentía muy enferma. Mahoma, que caminaba junto a ella, bajó la cabeza.

Yo sentí un escalofrío que me corría por la espalda. ¿Dos mujeres y un niño de seis años, solos, armando una tienda en el desierto? De alguna manera lo logramos y Amina se metió allí dentro, como si los paños de la tienda pudiesen protegerla de la fiebre que la hacía temblar. Murió muy rápido. Apenas me dio tiempo para pedirle a Mahoma que saliera, pero él no resistió y volvió a entrar enseguida, justo a tiempo para abrazar el cuerpo casi inerte de su madre. Lloramos como dos animales heridos y después la enterramos con nuestras propias manos. Todo el camino de regreso el niño no hacía más que mirarse las uñas rotas y resquebrajadas. La tierra de la tumba de su madre. Qué imagen espantosa.

Yo tenía mis propias imágenes espantosas. Ver a una mujer morir así, ardiendo por la fiebre en mis brazos era peor que ver mi propia casa ardiendo en llamas. Era un alma que había quedado reducida a cenizas. Amina me rogó que cuidara de su niño. Yo hice lo imposible. Por un tiempo pude hacerlo. El viejo Muttalib me llevó a su casa. Evitó que yo tuviese que vivir en el infierno. Me dieron una pequeña pieza en el fondo de la casona. Él amaba tanto a Mahoma que hasta echó a una vieja bruja que vivía en esa pieza como un fantasma olvidado. Me da escalofríos pensar dónde estará. Pero cuando Muttalib murió, él y sus hijos perdieron el poder. Yo lloré mucho que me alejaran de Mahoma, que en aquel entonces tenía sólo ocho años. Lo llevaron a la casa de Abu Talib, un hogar muy humilde donde rara vez se oía el tintinear del oro.

No le puedo hablar a Mahoma sobre esas cosas; se ruboriza inmediatamente.

—Tendría que haberme ido a vivir contigo a la calle —dice. Aunque ambos sabemos que habría sido imposible.

Mi muchacho se presenta en su majestuosa túnica azul, arrastrando el galón porque es muy distraído. Viene a traerme pan, aceitunas y una pequeña vasija de arcilla con aceite. Yo no me abalanzo sobre ellos. Detesto la manera en que los ricos faltos de educación toman la comida desesperadamente. Yo eduqué bien a Mahoma, lo he visto sentarse en silencio a esperar mientras los hijos de Abu Talib le daban zarpazos a la comida, como si fuesen hienas. Cuando Mahoma trae algo para comer, nos sentamos uno frente al otro sobre una alfombra raída y, bajando la cabeza en señal de respeto, esperamos que el otro empiece primero.

—Toma —me dice una vez, extendiéndome una pequeña ánfora de vidrio. No hacía falta quitarle el tapón para sentir el aroma de su contenido. Esencia de rosas. El perfume era tan intoxicante que creí que me iba a desmayar.

—Ábrelo —insiste cuando me ve guardar el ánfora dentro de la túnica.

—Nada de eso. Atraería a las moscas, y yo ya tengo suficientes. —En realidad estaba tratando de no llorar frente a él.

A medida que ha ido creciendo, a Mahoma se lo ve cada vez más apesadumbrado. Un día le pregunté por qué.

—Estar vacío es sentir una infelicidad extrema —dijo, lo cual no tiene mucho sentido.

Y ahora han llegado los tiempos difíciles. Las personas tienen miedo. Uno tiene que saber cómo interpretar los signos. Un día, caminando por la calle, veo algo: sangre sobre la arena en la entrada de la casa de un rico. No es la sangre marrón que queda seca después de una pelea callejera. Es muy fresca y muy roja. Generalmente cuando hay sangre, nadie quiere mirar. Mirar la sangre de lleno implicaría que uno tiene una opinión sobre la pelea, y quien tiene una opinión, toma partido por una de las partes, lo cual es muy riesgoso en La Meca.

Ese día hay un zumbido en el aire. Las personas que están allí reunidas no están solamente mirando; están hablando, encolerizadas. También veo otra cosa. El rastro de sangre se adentra en el patio. No fue una simple pelea entre dos jóvenes buscapleitos.

Inmediatamente me doy cuenta de lo que eso significa. Se ha roto el equilibrio. Los ricos no corren el riesgo de que corra su sangre, a no ser que la tribu sea incapaz de resolver sus conflictos puertas adentro. Una vez que se inicia el caos, nadie está a salvo.

—Aléjate. No puedes quedarte aquí —dice una voz, y yo siento que alguien me toma del codo. El zumbido de las voces había aumentado, como moscas sobrevolando un animal muerto. Veo que quien me había tomado del codo es Mahoma, y dejo que me aleje de ahí.

—No es la primera vez que veo una revuelta —le digo, porque en realidad, para qué mentir, quería quedarme a mirar. No para ver más sangre; he visto mujeres ensangrentadas bajo la garra del marido más veces de lo que puedo recordar. Yo creo que esa actitud cruel esconde una forma de vanidad. Un hombre hace alarde en las tabernas sobre sus habilidades en la cama y se compara con un toro, cuando en realidad su mujer sabe que se parece más a un conejo. Entonces ella tiene que pagar. Este es un mundo desquiciado, es espantoso que alguien tenga que pagar porque otro se sienta abochornado. Quería quedarme para ver quiénes iban a ser las próximas víctimas. Si los clanes estaban disputándose el poder, uno no quiere que le toque servir a los perdedores.

Mahoma me lleva a una calle menos transitada. Se lo ve preocupado. No quiere que me vuelva a acercar a esa casa. Yo me encojo de hombros. Cuando uno es invisible, no importa mucho dónde está. Pero Mahoma repite la advertencia y me dice que hay otras tres casas donde no deben verme.

—Todos miran. Saben quién entra y quién sale —dice Mahoma.

—Yo iré donde me plazca —le digo. Que en realidad es una manera irónica de recordarle que yo voy allí donde mi amo me lleve. Tengo que obedecer.

—No te llevarán a esos lugares —contesta, con la expresión adusta. Pero no me quiere explicar a qué se refiere. Cuando nos despedimos, en la esquina, Mahoma me dice unas palabras que no entiendo:

—El amanecer no viene a despertarnos dos veces.

Esas palabras me producen un cosquilleo muy grande, pero antes de que le pueda preguntar, él ha desaparecido en medio de la multitud. Bien, uno pensaría que algo oscuro se estaba aproximando. Tal vez un grupo se estaba preparando para arrasar una noche con todos los hombres de algún clan en particular. No sería la primera vez, y como a veces son un poco descuidados y degüellan algún que otro esclavo, mejor quedarme en mi casa, rogando que justo sean mis días impuros del mes.

El murmullo no se atenúa. Voy al pozo de agua con un canasto para lavar ropa y me paro junto a una abisinia que conozco. Es más fácil hablar con otra negra; las demás no se nos acercan.

—No creerás lo que pasó —me dice—. Uthman quiere ser rey. Por eso lo amenazaron con una daga. Sucedió mientras él volvía a casa. Gritó encolerizado, y se metió en la casa.

—Fue más que una amenaza —le digo yo, golpeando con más fuerza la ropa mojada sobre el pozo para hacer más ruido. No convenía que nos oyeran.

—Ese no es el problema. El problema es tener un rey. Los árabes no lo soportarían.

Algunos ojos apuntan hacia nosotras y dejamos de hablar. Pero en realidad la historia me hace reír. Un hombre que se autoproclame rey. Yo podría decir que soy la reina del Nilo, pero la última vez que me fijé debajo de la almohada, no había una corona.

A Mahoma no le causa gracia cuando se lo cuento.

—Uthman bin al-Huwayrith. No está loco. Solamente no sabe cómo guardar un secreto.

Los árabes aman el secreto incluso más que el conflicto. Tienen un proverbio: "El secreto es como un pájaro. Si lo dejas libre, volará a todas partes".

Mahoma me dice, consternado, que Uthman se ha convertido al cristianismo. Se sorprende cuando yo me echo a reír.

—¿Eso es todo? —le pregunto. Lo último que nos preocupa a los esclavos es a quién rendirle culto. El amo señala a su ídolo y eso es todo. Ellos se reclinan y nosotros nos reclinamos.

—Ojalá entendieras —dice Mahoma en voz baja.

—¿Por qué?

—Porque Uthman ha ido demasiado lejos. No sólo él. Hay otros también. Ya no quieren esconderse más.

Por respeto a Mahoma, me siento y lo escucho.

—Uthman es un Quraishi rico. Una noche, borracho, dijo que las tierras más allá de Arabia son civilizadas. Tienen leyes. Un hombre no tiene el riesgo de perder su fortuna. Incluso puede dar préstamos con intereses, como los judíos. Los demás escuchaban con atención, aunque les doliera que les estuviesen hiriendo el orgullo. Uthman explicó que los cristianos son hijos legítimos de Abraham, al igual que los judíos. Si en La Meca hubiera un rey cristiano, el comercio mejoraría para todos. Se podrían formar alianzas con el Imperio Bizantino, donde los cristianos pagan las dotes de sus hijas con tanto oro que cubriría sus cabezas. "Ah, ¿y quién sería ese rey?", gritó alguien, haciéndole burla. Y allí es donde Uthman tendría que haber cerrado su enorme boca. "Háganme rey a mí", gritó entre las risotadas de los demás. "Yo ya soy cristiano."

»Se hizo un silencio. Todos sabían que algunos de los que estaban allí eran *hanif*, y se creía que Uthman también lo era. Él iba asiduamente a la casa de Waraqa. Pero Uthman estaba jugando con una vara demasiado grande y, sin quererlo, golpeó el avispero. Rompió el equilibrio por una estupidez. Algunos lo amenazaron, otros se pusieron de su lado. También discutían entre murmullos sobre cristianos y judíos, diciendo que todos eran hijos de Abraham.

—¿Por qué no van a preguntarle al mismo Abraham? —le digo, completamente aburrida con la historia.

Mahoma esboza una pequeña sonrisa y tuerce la boca.

—Si pudiéramos... —Y comienza a explicar que Abraham es el abuelo de todos los abuelos, y que nadie sabe hace cuánto vivió ni quiénes son sus verdaderos hijos, aun cuando los Quraishi, para perpetuar su poder, aducen ser descendientes directos de Abraham. Pero Mahoma dice que no es verdad, que son sólo una tribu de matones.

—¿Estás tomando partido? —le pregunto. Y Maho- ·
ma me contesta con un proverbio:

—"Un lagarto no salta a otra rama hasta no estar
seguro de que llegará."

Los árabes aman los proverbios. Yo no debería criti-
car. Mahoma está siendo prudente. Se lo conoce por eso.
Ha ganado más dinero por rechazar la tercera copa de
vino que por habilidad.

—Esto no se va a detener —dice Mahoma, levantán-
dose y dejándome el último pedazo de pan—. El Zamzam
corrió por debajo de la tierra, fuera de la vista de todos,
por mucho tiempo. Nadie sabía que estaba allí hasta que
mi abuelo tuvo una visión. Dios ha estado por debajo de
la tierra también. Aún no ha brotado, pero el suelo está
humedecido y todos pueden ver eso.

—Puedes beber tierra húmeda —señalo. Mahoma
sonríe y se va.

Capítulo
6
Khattab, el anciano

Mucho tiempo atrás, el ejército cristiano entró en La Meca para destruirnos, y estuvo muy cerca de lograrlo. Pero la memoria no perdura mucho tiempo. Dicen que ahora ha empezado a haber disturbios. Esto no es nada comparado con el desquicio de aquella época. Metí a Mahoma en mi casa para que me escuchara. Él tiene cada vez más influencia en su tribu. Él conoce el comercio y yo comercio con el poder. Si La Meca colapsa, los árabes quedarán indefensos. Nos estamos devorando unos a otros.

—Cuando escuches lo que tengo que decir, alertarás a los demás —empecé—. Tú eres joven, pero tu consejo significa mucho.

—¿He venido aquí para una lección de Historia? —preguntó Mahoma con una sonrisa sobria.

—Es una lección sobre el peligro —le contesté—. La última vez el peligro vino desde fuera. Esta vez la infección se produjo dentro. La peste se está expandiendo. Créeme, he visto lo peor.

Mahoma hizo una reverencia de respeto y se sentó.

—Dime.

Yo traté de rememorar aquel tiempo.

—Empezó a correr la noticia de que un atacante estaba atravesando el desierto. Los niños beduinos que

113

estaban cuidando las ovejas en las montañas fueron los primeros en ver al enemigo. Corrieron al pueblo gritando que habían visto monstruos enormes que marchaban junto a miles de soldados. La Meca no tenía defensas. Nuestros hombres no podían formar un ejército decente. El desierto nos había protegido por tanto tiempo que habíamos olvidado cómo era la guerra. Seguramente ese Cristo sería un demonio que había protegido a sus soldados para que pudiesen atravesar más de ciento cincuenta kilómetros de desierto sin morir de sed. Cundió el pánico. Todos se convirtieron en nómades de la noche a la mañana. Los clanes corrieron al desierto para huir de los invasores. Todos decían cosas extrañas, llevados por la histeria: que los seguidores de Cristo comían carne humana, que los judíos les habían vendido planos secretos de la ciudad. Las puertas estaban marcadas con signos escritos con sangre en medio de la noche.

—Debe de haber sido horrible —dijo Mahoma. Estaba escuchando, pero uno nunca sabía en qué pensaba.

—¿Horrible? Tú y tu generación jamás le han visto la cara a la hambruna. El bazar quedó vacío, como si hubiese pasado una nube de langostas. Algunos vendedores trataron de sobornar a los invasores ofreciéndoles una granada a cambio de una perla. En su lugar, los invasores los amenazaban con una daga en el cuello y se llevaban la granada. Y bien merecido que lo tenían.

Mahoma asentía con la cabeza. Siempre fue impecable en materia de respeto. Sin embargo, aún quedaba en el aire la pregunta más importante. ¿Querría Mahoma unirse a nosotros, los guardianes?

Todos los mediodías tomo un poco de vino para el corazón, y a veces se me sube a la cabeza. De pronto me doy cuenta de que le estoy gritando:

—¡Esto no debe volver a pasar nunca más! ¿Me entiendes? ¡Nunca más!

—¿Es por eso que mandaste a atacar a Uthman? —me preguntó en una voz muy baja, que contrastaba con mis gritos—. ¿Él es parte de la infección?

—Nadie mandó a atacar a nadie —le contesté entre dientes, con resentimiento.

—¿La daga se le clavó sola?

—Uthman es un cristiano encubierto —le dije—. Tú no entiendes. Y dado que no eres ciego, eso significa que en realidad no quieres entender. Que se destruya todo. Yo ya estoy viejo. Qué más da.

Me volví a tumbar sobre una pila de almohadones y me serví otra copa. No había más que decir. Mahoma miró por la ventana. Yo miré dentro de los odres de vino y espanté una mosca. Hacía demasiado calor para discutir. Si La Meca se va al demonio, no van a poder culparme a mí.

—Te admiro —dijo Mahoma de pronto.

Yo estaba tan sorprendido que lo único que pude decir fue:

—¿Por qué?

—"El destino ama al rebelde." ¿Conoces ese proverbio?

—Yo no soy el rebelde. Están sucediendo cosas a puertas cerradas. Los conspiradores están intentando destruirnos. Fanáticos, zelotes. Si logran cumplir con su objetivo, tendremos otro ejército de demonios dentro de nuestros muros.

Mahoma ni se inmutó. Yo no estaba tan borracho como para no darme cuenta de que mis argumentos no estaban funcionando. No iba a soportar el hecho de sentirme responsable. Le volví a contar la historia de la invasión cristiana. Yo suponía que Mahoma ya la había oído, pero yo necesitaba contársela y Mahoma necesitaba volver a escucharla.

—Fue el año en que tú naciste. Yo conocía a tu madre, también conocía a todos los miembros del clan de tu bisabuelo Hashim. El vientre de tu madre estaba crecido cuando le fui a hablar. Amina no era de esas mujeres que entran en pánico. Ella quería saber todo, así que le conté todo tal cual era, como si le estuviese hablando a un hombre.

Mis palabras brotaban con soltura, pero yo estaba lejos de allí. Los ojos de mi mente volvían a ver a Amina. Las manos de ella, para no temblar, se aferraban a la parte superior de la túnica, justo debajo del cuello. Amina estaba demasiado embarazada para huir, y quedarse allí podría significar la muerte.

—Ella había oído apenas hablar sobre el rey de Yemen, cuyo nombre era Abraha al-Ashram. Sabes lo vanidoso que es ese pueblo. Ellos creen que su tierra es la más verde de todas y que llegar allí es entrar al Paraíso. Abraha odiaba a La Meca por una cosa: la Kaaba y la riqueza que nos traía. ¿Por qué esas hordas de peregrinos no iban a su reino en lugar de a ese maldito pueblucho del desierto? Abraha vio la solución en un sueño. Tenía que construir un templo tan grande y majestuoso que conmoviera a cualquier peregrino que lo mirase. Así, pues, obedeció su sueño y mandó a construir un sitio adornado con piedras preciosas al que llamó Qullays. Si hubiese sido un dios quien le había hablado a Abraha, su sueño probablemente se habría concretado, pero no fue así. Abraha había recibido un mensaje de los demonios, que rápidamente lo traicionaron. Ningún peregrino dejó de venir a la Kaaba. Los árabes cantaban canciones ridiculizando aquel chabacano templo vacío. Entonces la vanidad de Abraha se convirtió en ira. Reunió a un ejército de mercenarios, armados con lanzas y arcos; eran la escoria más grande, pero expertos en guerras. Marcharon hacia La Meca ¿y qué crees que hicieron nuestros hermanos beduinos? Les facilitaron el camino dándoles agua y comida, a cambio de una gran suma. Incluso les proporcionaron guías de los pueblos de las colinas que envidiaban a La Meca. Abraha logró maravillar a todos con su manada de monstruos grises, como los llamaban los ignorantes. Jamás habían visto un dibujo de un elefante.

Dejé de contar la historia y miré a Mahoma.

—Tú piensas que esto es sólo un cuento, pero el futuro depende de lo que te estoy contando.

Con una voz muy tenue me dijo que siguiera.

—Cuando se corrió la voz de que el ejército de Abraha estaba apenas a unos kilómetros de allí, los Quraishi se reunieron en concejo. El invasor envió el mensaje de que no mataría a ningún civil inocente. Su intención era entrar en La Meca, demoler la Kaaba y retirar sus tropas. El emisario que había ido a llevar el mensaje tuvo suerte de que no lo decapitaran ahí mismo. Los Quraishi enfurecieron y prometieron defender La Meca así les mataran hasta el último hombre. Sin embargo, un anciano no estuvo de acuerdo. "Podemos reconstruir hasta el edificio más sagrado, pero si morimos, no habrá nadie que pueda reconstruir la Kaaba", argumentó.

»Esa era la voz de tu abuelo, Abdul Muttalib. Los invasores habían estado en los montes en busca de animales para robar, y Muttalib era quien más había perdido. Le habían robado más de cien camellos. Si él se había podido mantener en calma después de eso, pues era la persona indicada para ir al campamento enemigo como embajador. Así fue como Muttalib fue al campamento y se inclinó para saludar a Abraha, aunque la reverencia se le atragantó como un puñado de espinas. Le dijo a Abraha: "Señor, retírate de nuestra casa. Nosotros no podemos darte batalla, pero los ídolos no están bajo nuestro control. Yo no puedo responder por lo que ellos puedan llegar a hacer. Acepta el tributo que te ofrecemos". Muttalib le ofreció dinero y frutas de los mejores huertos a perpetuidad. Pero Abraha se rió ante el tributo, el cual veía como un signo de debilidad.

—Como todo árabe —interrumpió Mahoma.

—No, esa es la parte más cruel. Abraha era abisinio, era extranjero. Yemen había caído en manos del rey de Abisinia. En aquellos días, el Cristo demoníaco había seducido Abisinia y su mano estaba guiando todo.

—Por lo que yo he oído, Cristo no inspira la guerra —dijo Mahoma con mesura.

Yo estaba cada vez más irritado. ¿Por qué se negaba a ver?

—Cristo inspira lo que sea que lo haga más poderoso. No es diferente de los otros dioses —dije yo, mirando la vasija de vino. Resistí a la tentación, ya que el poder de persuasión abandona la lengua sin control. Y continué:

—Muttalib regresó a La Meca con la mala noticia. Él aconsejó mantener la calma. Repitió que Abraha había prometido no lastimar a los civiles, pero el pánico se expandió sin control como la peste. Calles enteras fueron abandonadas de un día para el otro, quedando presas de almas vagabundas y ladrones. Los ancianos de la tribu no trataron de convencer a los demás de que se quedaran. Fueron los primeros en huir. Luego vino el momento decisivo.

Hice una pausa para incomodar un poco a Mahoma, que no estaba muy seguro de adónde estaba queriendo llegar. Él conoce muy bien mi reputación de hombre astuto y experto en asuntos de poder. Nada de lo que yo digo o hago es casual.

Dejé que el suspenso permaneciera en el aire. Después dije:

—La noche anterior a que llegaran los invasores a las puertas de La Meca, espié a tu abuelo.

—¿Por qué? —Mahoma claramente no esperaba eso.

—Porque la Kaaba era más importante para su clan que para todos los demás. Sin los ídolos, ¿qué pasaría con la venta de su tan preciada agua y el dinero que les daba? Muttalib había hecho todo lo posible para que su familia estuviera a salvo. A la única a la que no había podido convencer era a Amina y el peligro que ella corría le daba a él una motivación adicional. Muttalib se aferró al pasador de la puerta con las dos manos y se puso a llorar como un niño. Le suplicó a cada uno de los dioses que conocía. Invocó al Dios único, Alá, pero también se acordó de todos los demás, hasta del más insignificante ídolo, hecho de escayola resquebrajada. Cuando terminó, recobró la compostura. Desde las sombras yo ya no oía lo que él decía entre murmullos, pero ambos éramos árabes. Lo demás se lo dejó al destino.

Levanté las cejas y dije:

—¿Puedes creer que sus plegarias tuvieron respuesta?

Después continué:

—Ese mismo día una terrible enfermedad atacó al ejército de Abraha. A los soldados les salían pústulas en la piel que exudaban veneno. Algunos dicen que una nube de insectos se había abatido sobre el campamento, pero yo lo vi con mis propios ojos. En pocas horas las tropas comenzaron a desvanecerse. En tan sólo un día empezaron a morir uno tras otro. Yo salí a escondidas de los muros de la ciudad para espiarlos. No había ningún insecto. Una maldición invisible había caído sobre ellos. Los elefantes de guerra, con bolas de bronce en sus largos colmillos se mantenían de pie, inmóviles. Como un hombre atrapado en una pesadilla, Abraha se dio cuenta de que el predador se había convertido en presa. Las tribus olerían su desgracia y descenderían a devorarlo. Dio la media vuelta y ordenó la retirada. De pronto, el ejército demoníaco y sus monstruos desaparecieron como un espejismo.

—Te he escuchado —dijo Mahoma—. Pero me has contado un cuento dentro de otro cuento. ¿Qué tiene que ver esto conmigo?

—Ten paciencia. Tu abuelo, Muttalib, estaba exultante, y su prestigio se acrecentó. Las calles estaban atestadas de festejos embriagados. Los hombres ricos dormían con todas sus esposas y amanecían exhaustos. Muttalib se mantuvo sobrio. Llamó a un concejo para crear maneras de evitar que una amenaza como esa volviera a asediarlos. Se dictaron leyes que prohibían que judíos y cristianos vivieran en La Meca. Se creó una guardia y se designó un ejército de hombres armados para que cuidara los barrios más prósperos.

—Los guardianes a quienes tú lideras —dijo Mahoma en voz baja.

Sonreí y extendí un brazo.

—No te estoy amenazando.

—¿Y por qué lo siento así? —preguntó.

—Escúchame. El hombre que exigió que se expulsara a los cristianos y a los judíos fue tu abuelo. Tú cargas con ese decreto.

Mahoma tenía una expresión adusta en el rostro. No había pensado en la posibilidad de que hubiese espías. Yo sabía que él confraternizaba con los *hanif*. Los más viejos, como Waraqa, estaban más allá de mi poder.

Si yo no hubiese embebido en licor a esos matones medio locos, Uthman no hubiera recibido la advertencia. Pero era necesario.

Yo esperaba que Mahoma reaccionara con miedo o con vehemencia, pero no con violencia. Yo no había escondido una daga debajo del asiento para hablar con él. No obstante, me sorprendió su reacción.

—¿Sabes por qué te llamé rebelde? —preguntó con calma.

Yo negué con la cabeza.

—Porque lideras una revolución en contra del cambio. Lo nuevo te aterroriza. Esta vez el peligro no es una maldición invisible. Es lo invisible, punto.

Suspiré, irritado, y tomé la vasija de vino. Ya no había ninguna razón para contenerse.

—Hablas como uno de ellos.

—Ellos son nosotros. Eso es lo que tú no ves. ¿Qué es lo que proteges? La lenta putrefacción. Se huele en este lugar.

La voz de Mahoma sonaba fuerte y firme. Él estaba dispuesto a pronunciar palabras que harían que hombres murieran. ¿Lo habría subestimado? Simulé no inmutarme con sus palabras mientras fijaba todo lo que él decía en mi memoria.

—¿A qué te refieres con que ellos son nosotros? —le pregunté.

—Los Quraishi controlan esta ciudad por una razón. No es el dinero. Mi abuelo hizo y perdió una fortuna. Sus hijos quedaron débiles y despojados de todo. Yo tuve que vivir como un sirviente en la casa de mi tío; era el último en recibir el pan y el primero en recibir las golpizas cuando mis primos montaban en cólera. Pero sé que sin Abraham, nuestro padre, los Quraishi no somos nada. Le debemos todo. El agua de la vida brota de él. Durante años eso ha significado cada vez menos. ¿Pero qué es Abraham sin la fe de Abraham? Dame tu respuesta y me uniré a ustedes. Si no puedes, pues púdrete con los demás.

No comprendo cómo pudo decir todo eso sin desafiarme a una pelea. Los ojos de Mahoma emanaban fuego, pero las manos se mantenían calmas a los costados del cuerpo.

—No eres más bienvenido en mi casa —le dije, con fría formalidad.

—Obedezco apenado —me contestó.

Un momento después desapareció. Arrojé mi copa al otro lado de la sala. Se hizo trizas contra la pared y un líquido púrpura chorreó por la escayola. No tenía importancia, ya no se podía tomar, arruinado como estaba por el calor. Las moscas revoloteaban alrededor de mi cabeza, atraídas por el dulce hedor de mi ebrio aliento. Había demasiadas para espantar. Me cubrí con una manta y esperé a que el sueño llegara.

Capítulo
7

El mendigo errante

Yo llegué aquí deambulando desde el desierto, por eso nadie sabe mi nombre. Me llaman "el polluelo", porque estoy todo el día sentado con la boca abierta, esperando a que los que pasan me arrojen comida allí. Es una manera astuta de mendigar. Todos saben quién soy y toda La Meca se maravilla de cómo sobrevivo. A veces pasan cosas desagradables. Soy un hombre decente, de otro modo contaría los objetos inmundos que me tiran en la boca algunos majaderos.

Hoy soy un mendigo, pero tengo mis ambiciones. Mi deseo es convertirme en demente. La mayoría de las personas les tiene lástima a los dementes y el que no, al menos siente un temor supersticioso. Los mejores idiotas son los que han enloquecido en nombre de Dios. Incluso piensan que hablan con la voz de Dios, pero no es más que un simple parloteo. En las noches frías, acurrucado en un callejón, siempre reflexiono sobre eso. ¿Qué es mejor? ¿Que sientan lástima o desprecio por uno? Esas son mis dos opciones.

Yo no me tengo lástima. Los días festivos, especialmente cuando hay una boda, son un buen momento para sentarse con la boca abierta mientras pasan los invitados. Algunos están tan contentos que incluso me arrojan dulces. La última boda que hubo fue la de Mahoma. Las calles de La Meca no dejaban de comentar. Un mercader de veinticinco años casándose con una vieja. ¿Por qué habrá aceptado? Seguramente no por la belleza. La señora Jadiya tiene cuarenta años. Se le han muerto dos esposos ricos. Él debe de haber estado al acecho. La viuda es tan rica que pudo rechazar todas las ofertas de los pretendientes codiciosos. Tan rica que fue ella la que le propuso matrimonio a Mahoma, no al revés. Pero nadie considera que ella se haya rebajado, ya que la pureza de Jadiya es impecable. Ella estaba a la espera de un esposo puro, dicen.

La mayoría de las personas se alegra por Mahoma. Lo he observado entrar y salir por el portón de la casa de Jadiya los días previos a la ceremonia. Desde mi lugar de mendigo, creo que Mahoma es un gran hombre. Nunca me ha arrojado una piedra en la garganta para ver si me atraganto y así reírse un buen rato, como hacen los demás. Un día golpeó a un niño mugriento que estaba a punto de arrojarme una bola de estiércol en la boca.

Yo, por supuesto, tenía grandes expectativas sobre la boda de un hombre así. Llegué a la casa de la novia unos días antes. Entraban más que nada mujeres, siempre riéndose. Yo miraba para otro lado. Duele ver la hermosa expresión que se dibuja en la cara de las mujeres que me ven. También pasó un muchacho de sucias sandalias que llevaba un rollo de un delicado tejido de lana. Lo tomé de una pierna y me aferré a ella.

—Suéltame —gritó—. Estás loco, no ciego. ¿No ves que soy un sirviente?

Pero no lo solté hasta que empezó a batir la pierna y a saltar como un nómade picoteado por las pulgas. Era muy gracioso, porque no se atrevía a soltar el rollo de género para darme una golpiza. Después de esa broma el tiempo transcurrió muy lentamente. Yo estaba muy hambriento, sentado allí con la boca abierta, hasta que un dátil grande y maduro cayó dentro. Cuando abrí los ojos, vi a Mahoma delante de mí.

—Que Alá te brinde felicidad —murmuré, saboreando la fruta dulce con la lengua.

Mahoma estaba apurado, pero se detuvo un instante con una expresión de curiosidad.

—¿El nombre de Alá te ayuda a mendigar? Hubiera pensado que no es así.

Le hice fiestas como si fuera un perrito, esperando recibir otro dátil.

—Dios me señala quién es su hijo cuando tengo la fortuna de ver a uno de ellos.

—Entonces ¿Alá es uno de tus trucos, para buscar a quién adular?

El tono no era insultante. Mahoma sonreía mientras sacaba otro dátil de su faja y esta vez me lo ponía en la mano. Un gesto adecuado y decente. Yo me incliné hacia adelante en forma de agradecimiento.

—Te contaré un secreto, señor mío. Yo hablo de Alá porque estoy practicando para ser demente. Cuando los dementes hablan de Dios, es más probable que la gente supersticiosa les tema.

Mahoma negó con la cabeza, divertido y extrañado al mismo tiempo, y siguió su camino.

Cuando yo oía el tintinear de cascabeles en los tobillos, pero no risas, casi todas las veces era Jadiya quien pasaba frente a mí yendo a algún sitio. Ella siempre está en movimiento. Una mujer rica debe trabajar dos veces más que un hombre para mantener a los ladrones alejados de su riqueza. Todos los veranos sus caravanas parten a

Siria, y en invierno, a Yemen. Al amanecer, ella se pasea entre los camellos inspeccionando cada una de las pacas, cada uno de los costales. Pero no hay que creer que Jadiya anda con mala cara ni tiene mal genio. Ella se envuelve la cabeza de negro para salir por las noches. Muchos pobres infelices, temblando por el frío y la humedad, han sentido la mano de Jadiya en el hombro. Ella les da sopa y abrigo, incluso si no los conoce. Se mueve detrás de escena para casar a sus parientes pobres. Les reparte oro para sus dotes, de modo que las mujeres jóvenes no tengan que desposar a algún bravucón que ninguna mujer respetable debiera tocar.

Cuando ella pasa delante de mí, yo digo en voz baja *ameerat* o "princesa". Jadiya sonríe. Ha oído esa clase de cumplidos toda su vida. Y ella se los merece.

Aunque hay algo en ella que sí molesta a los demás. En los días festivos en que las mujeres van a cumplir con el rito de caminar alrededor de la Kaaba, ella cierra los postigos y se queda dentro de la casa. El *hajj* no es para ella, y Jadiya tiene tanto dinero que no necesita ocultar lo que piensa. Según dicen por ahí, ella no cierra las puertas para acariciarle la barba a Mahoma, sino que ellos se sientan a burlarse de los ídolos. Quién sabe el problema que puede traerles eso algún día.

A medida que se acercaba la boda, las visitas del novio se hicieron cada vez más asiduas. A veces él estaba demasiado abstraído como para darse cuenta de que yo estaba allí, pero si me veía, siempre tenía algo para convidarme. Una mañana, me vio renqueando hacia mi lugar, junto al portón.

—¿Qué te causó la cojera? —me preguntó.

—Unos perros me comieron los dedos de los pies —le contesté.

—Muéstrame.

Me quité los trapos que me envolvían los pies y dejé al descubierto una hilera de dedos y pequeños muñones.

—¿Es muy agudo el dolor? —me preguntó.

—No lo suficiente como para querer suicidarme, pero demasiado como para estar riendo todo el día —le contesté.

Nuestros ojos se encontraron. Él se dio cuenta de que yo no estaba buscando que se compadeciera de mí para gorronearle un pedazo de pan, y yo me di cuenta de que él estaba genuinamente interesado. Yo no mentía. Mi madre se casó con un borracho y la suegra la odiaba. Un día, cuando yo aún era un bebé, quedé al cuidado de ella. Por puro desprecio, mi abuela me dejó bajo un árbol mientras iba al pozo del pueblo en busca de agua. No era en La Meca, sino en uno de los pueblos de los montes que la rodean, al borde del desierto. Mi abuela sabía bien que había jaurías de perros salvajes que rondaban por ahí, y que eran lo suficientemente osados como para no tener problema en meterse en el pueblo. Dos de ellos me encontraron debajo del árbol y empezaron a morderme los dedos de los pies, que sobresalían de las ropas. Mis gritos trajeron corriendo a un hombre, que empezó a golpear a los perros con una vara. Después los perros huyeron habiéndome devorado unos dedos de cada pie. Dicen que cuando mi abuela estuvo de vuelta, no lloró. Ella tenía tanta maldad que no le importaba verme mutilado. Claro que no puedo recordarlo, pero uno se imagina.

No piensen que cuando Jadiya vio a Mahoma por primera vez en el mercado se desvaneció de amor. Tampoco piensen que él le dejaba en la ventana poemas de amor comparando sus ojos de almendra con un ciervo a la luz de la luna. Ambos eran personas muy sobrias. Ella sabía dos cosas sobre Mahoma que llamarían la atención a cualquier mercader. Lo primero era que él no tenía mucha experiencia, debido a que sólo había partido de La Meca en las pequeñas caravanas que su tío, Abu Talib, podía mantener. Lo segundo, que era una persona en quien se podía confiar. Una vez que los árabes te adjudican un nombre, ese nombre te acompaña por el resto de la vida. Yo seré siempre "el polluelo", y Mahoma espera ser siempre Al-Amin, o sea, "aquel en quien puedes confiar".

Jadiya envió a su administrador, Maysara, a hablar con Mahoma y a hacerle una propuesta formal. Le pidió que tomara a su cargo una de las caravanas de Jadiya que se dirigía a Siria y, a cambio de eso, le pagaría el doble de lo que habitualmente pagaba. Uno hubiese pensado que Al-Amin, "el confiable", no necesitaría de un soborno semejante, pero Jadiya comprendía que una mujer tenía que estar dispuesta a pagar lo que hiciera falta para evitar que su propia gente le robara.

La caravana fue y vino. Jadiya había enviado a Maysara para controlar las transacciones y hacer los balances, pero también para cumplir la función de espía. Él había trabajado para Jadiya desde que los padres de ella habían muerto. Jadiya siempre escuchaba su consejo. En todos los años a su servicio él jamás la había traicionado. Cuando Maysara volvió a casa con hermosas palabras de alabanza hacia Mahoma, Jadiya rompió la promesa que había hecho de no volver a casarse. Pero ella no se dejó llevar por el entusiasmo. Aguardó algunos meses. Continuó llenándole los bolsillos a Mahoma. Ella lo apreciaba cada vez más y un día envió a una mensajera, su amiga íntima Nufaysa, quien tocó con su frente el ruedo de la túnica de Mahoma, como si él fuese el amo, y le ofreció a Jadiya en matrimonio. Entonces comenzaron las negociaciones. Los tíos intervinieron, disputándose detalles como hombres a punto de ganar o perder mil camellos. Dos clanes, los Hashim y los Asad, se reunieron para decidir sobre lo apropiado de la unión y dieron su consentimiento de que así lo era.

Esta es la historia tal cual la oí de los sirvientes que chismosean en los patios.

¿Una mujer muere de amor por un balance positivo y buen comportamiento? Ustedes conocen la respuesta tan bien como yo.

Hubiera sido un buen presagio que lloviera el día de la boda, pero amaneció soleado y caluroso como cualquier otro día. Los primeros en llegar fueron los primos varones jóvenes, libres y salvajes. Como no tenían mujeres, se les antojó patearme, como para probar que alguien en este mundo era más miserable que ellos. Cerré la boca cuando ellos pasaron, para estar a salvo.

Aunque yo también estaba inmerso en mis pensamientos. Debía encontrar alguna frase especial para decirle al novio cuando pasara en la procesión. Me convenía causarle una buena impresión; él estaba a punto de ser rico. La misma pregunta me daba vueltas una y otra vez en la cabeza. *¿Qué diría un demente?* Para Mahoma, la mejor táctica era decir algo sobre Dios; yo sabía que él tenía una debilidad allí. Como si fueran civetas, los invitados dejaban un halo de perfume a medida que iban entrando a la casa de la novia. Espesas túnicas se movían con el viento suave. Las mujeres más ricas llevaban pequeñísimas perlas colgando de sus velos de gasa. Alguien me arrojó una moneda a la boca, y cuando la miré con detenimiento, me di cuenta de que parecía de plata.

Finalmente llegó Mahoma. Sonreía hacia la izquierda y hacia la derecha, pero los ojos estaban meditabundos. Arrastraba los pies como lo hacía siempre, sin levantarlos para proteger sus nuevas sandalias del polvo. Cuando se acercó a donde yo estaba, una decena de manos se estiraban para tocarlo. Yo no levanté la voz, sino que dije en voz baja:

—Afortunado sea el hombre que hoy desposa a Dios.

Tuve suerte. Se dio cuenta de que yo estaba allí y miró hacia abajo para hablarme:

—Hoy me caso con una buena mujer, no con Dios —dijo.

—También podría ser una mala mujer —le dije—, pues Alá está en todas las personas.

Los invitados que estaban cerca oyeron y empezaron a hablar entre dientes, encolerizados. Yo me estaba arriesgando si continuaba diciendo esas blasfemias sin sentido.

—Tus hijos varones serán hijos de Dios, aun si son borrachos e hipócritas. ¿Me crees? —le dije.

—Sí, te creo —dijo Mahoma, lo cual causó murmullos de sorpresa a su alrededor.

—Entonces tú eres más demente que yo —le dije.

—¿Por qué?

—Porque todas las palabras sobre Dios son mentira. Lo Infinito está más allá de las palabras.

Algunos pies trataron de patearme, pero no los de Mahoma. No sonrió ni frunció el ceño, pero sus ojos delataron su tristeza. Diciendo algo para sí en una voz apenas perceptible, me arrojó una moneda y entró a la casa de Jadiya. Una explosión de aplausos y risas lo recibió dentro. Un Quraishi llegó muy tarde; era un anciano que venía solo. Me sorprendió ver a Waraqa. Su debilidad por Dios es aun mayor que la de Mahoma. Lo ha llevado a perder casi toda su respetabilidad.

—Ahora Alá de verdad ha bendecido esta casa —dije, levantándome sobre las rodillas mientras él entraba, apresurado, por el portón.

Waraqa hizo una mueca.

—Olvídate de tus trucos. Soy el primo de la novia. Tengo que estar aquí.

—Para una ocasión tan alegre —murmuré, para devolverle el comentario. Todos sabían que el viejo Waraqa odiaba salir de su casa y de los estudios místicos que le devoraban los días y le arruinaban la vista.

—La alegría es el fruto del vino —dijo Waraqa—. No estoy interesado en eso. Ella quiere que hablemos de negocios cuando termine la ceremonia.

Habiendo dicho eso, entró rápidamente a la casa. No se extrañen si un rico gasta tantas palabras en un mendigo. El Dios de Waraqa ama a todos los hombres, lo cual demuestra lo lejos que puede llegar esa fiebre religiosa.

PARTE 2

El abrazo del ángel

Capítulo
8

Jadiya, la esposa del profeta

No teníamos ni idea. Tendría que haber habido algún presagio. Pero no hubo ninguno. Dios es tan inesperado como un rayo en el desierto. Antes de que caiga, el cielo está tan azul como cualquier otro día.

Mahoma y yo habíamos estado casados en paz durante quince años debajo de ese cielo azul. Era un hogar de mujeres, cuatro hijas y una esposa. Había duraznos sumergidos en agua de rosas sobre el estante. Cuando regresaba una caravana desde Siria, cada una de ellas compraba un precioso cascabel para colgarse del tobillo. Cuando mis hijas caminaban, un tintineo brillante les iba iluminando el camino.

Mahoma podría haber actuado como un rey entre estas paredes, o como una bestia. Era lo que generalmente sucedía. Pero yo lo había observado bien antes de abrir el deseo de mi corazón. No soy tonta. Él no era el único hombre que escuchaba a los poetas en el bazar y se sentaba a la sombra en días de calor sofocante a hablar con sus primos. La gente me ridiculizaba por haberme ofrecido a un hombre tan joven. "Es como comprar un camello y no querer dejarlo atado", decían. "Está en la naturaleza del animal vagar libremente." Aunque mi dinero hacía que ninguno se riera en mi cara. No me importaba que

Mahoma le hubiese pedido a su tío Abu Talib la mano de su hija. La joven era elegante como un felino y tenía los ojos tan suaves como un ciervo. El viejo Talib lo rechazó porque tenía los ojos puestos en un candidato mejor, del clan Makhzum.

Cuando apenas comenzábamos nuestra relación, Mahoma, tímido, me confesó su propuesta fallida de matrimonio. Yo me eché a reír.

—No me estoy riendo de ti —le dije, viendo su mirada alicaída—. Mis dos primeros esposos eran del clan Makhzum. Me dejaron doblemente rica. ¿Es suficiente venganza para ti?

Mahoma hizo una pausa, pensando en lo que iba a decir.

—Tú me elevarás a una vida que yo jamás he conocido. Mi abuelo Muttalib fue el último anciano del clan en tener poder. Yo deambulo entre los hombres. Escucho las canciones, pero no sé cantar. Oigo a los poetas, pero no sé leer lo que dicen ni escribir palabras mejores si es que se me ocurrieran, lo cual no sucede.

Le sorprendió que yo no le diera importancia a eso.

—Hay dos clases de personas que no saben leer: los analfabetos y los miembros de la nobleza. Haremos de cuenta de que tú eres el rey. Mi secretario leerá para ti.

Si Mahoma se hubiese convertido en un tirano después de nuestra boda, a la única persona que yo hubiese podido culpar es a mí. Nadie en La Meca vio lo que nosotros vimos el día anterior a la boda. Nadie lo hubiese creído. Negociamos sobre nuestro futuro. Bueno, yo negocié.

—¿Cómo piensas tratarme? —le pregunté.

—¿Cómo te gustaría que te trate? —respondió.

—Cautela. Me gusta eso en un hombre. —Él sonrió.

—Te llaman princesa, pero yo nací demasiado bajo como para ser un buen consorte.

—Trátame como a una joven hermosa —le dije—. Pero nunca dejes que adivine lo que verdaderamente piensas.

—Eso es lo que verdaderamente pienso —dijo, con tanta sobriedad como si estuviese evaluando el peso de una pieza de oro bizantina.

Estábamos recostados —sin tocarnos— con todos los postigos cerrados, habiendo excusado a todos los sirvientes de la casa. No es bueno esconderse a puertas cerradas. Ellos siempre espían, así como siempre roban de la vasija de aceitunas, así como siempre simulan que el cordero de ayer se ha echado a perder.

Recordé cómo me había visto en el espejo aquella mañana. Le dije:

—Nunca te dejes tentar por otras mujeres. La traición me llenaría de vergüenza, y la vergüenza me mataría. —Sin darme cuenta de lo que estaba haciendo, mis dedos trazaron una arruga incipiente alrededor de mis ojos. Era apenas una sombra. Pronto sería una arruga bien marcada.

—No debes temer. A mí me traicionan todos los días. Conozco la vergüenza —dijo Mahoma.

Yo no pude ocultar la sorpresa.

—¿Quién te traiciona?

—Mi lengua. Por eso es que rara vez hablo. —Mahoma estaba hablando sobre su acento, el cual, a decir verdad, todos notan. Estuvo demasiado tiempo con los beduinos porque su madre, temerosa, pospuso el regreso al sucio aire de la ciudad. Veinte años más tarde, su voz aún suena como si él acabara de regresar de pastar ovejas en los montes. Nos sentíamos muy cómodos el uno con el otro, recostados allí, cada uno perdido en un sueño de cómo sería nuestra vida conyugal. El acento de Mahoma me agradaba.

Finalmente, y con un sonrojo que yo no sabía que poseía, le dije:

—No reveles ninguna mujer con la que hayas estado. Pero yo tengo que saber si estás enfermo. —Si yo había elegido el candidato adecuado, tenía que ser puro.

—Pero sí estoy enfermo. A veces pienso que moriré.

Mahoma se levantó, caminó hasta la ventana y espió por entre las maderas del postigo. La cara tenía sombras negras y blancas, como la cebra que mi padre había traído de Abisinia cuando yo era pequeña.

—La Meca es mi enfermedad—murmuró—. Cada día me vuelvo a infectar. A veces con temor, a veces con ira. Veo a los muertos caminar por las calles y mi clan, los Hashim, son prácticamente mendigos. Puede que nunca me recupere. —Se dio vuelta y vio mi mirada perpleja—. En cuanto a mi cuerpo, no tiene debilidad alguna. Puedo almacenar vino en mi barriga y cargar pesados sacos en mi espalda como un camello.

Un árabe no puede considerarse respetable a no ser que tenga la habilidad de mentir. Nuestra vida es un constante regateo. Negociamos permanentemente con la sequía, la hambruna y los dioses malvados. Este intercambio de palabras con mi joven Mahoma podría haber sido el preludio para el desastre. Pero yo sabía que no lo era. No desde mi intuición de mujer. Lo sabía porque Mahoma había superado mis pruebas. No pidió nada para sí. No insinuó que yo debiera sentir pena por él por ser huérfano. No se sentó de perfil de manera tal que yo pudiese admirar su curvada nariz o dejarle caer un rizo sobre la frente. No es que una mujer no se dé cuenta.

Aun así, yo dudé. Mi padre me enseñó un proverbio: "Un camaleón no deja un árbol hasta no estar seguro de que haya otro". Le pedí al cocinero que preparara un banquete delicioso; pato asado bañado en almíbar de granada, pescado de las profundidades marinas, tan delicado que sus escamas brillaban como un arco iris. Lo hice para ver si Mahoma salivaba. Un hombre pobre no puede evitar salivar, y si saliva sobre un pato asado, seguramente estará salivando en secreto por mi dinero. Los ojos de Mahoma ni se acercaron a la comida. Él mantenía la mirada sobre mí. Una mujer puede resistir cualquier cosa, salvo que le presten atención.

No me sorprendería enterarme de que Alá vigilaba cada uno de nuestros movimientos, que oía cada una de nuestras palabras. Probablemente de alguna manera fueran sus propias palabras, selladas y predestinadas. Toda la vida yo pensé que mi voluntad provenía de mi ser. Yo tenía más fortaleza que diez mujeres juntas. Me llamaban "princesa" no "rendición". Me parece increíble darme cuenta de que lo que todo este tiempo yo pensaba que era mi propia voluntad, en realidad era la de Dios.

Fue por su voluntad que nuestros dos bebés varones murieron en la cuna. Una mañana desperté antes del amanecer. No era la hora en que un bebé generalmente llora. Aquella mañana, cuando el primer niño murió, el silencio de la casa era diferente, como si el ángel de la muerte hubiese susurrado en derredor. Yo no tuve el coraje de correr a la habitación del niño y envié a una criada. ¿Y la segunda vez? Soñé con un niñito que corría detrás de un rebaño de ovejas en las montañas. De pronto se miraba los pies y veía la sombra de un lobo. Antes de que él pudiese gritar, me desperté.

Mahoma no quería que viniera ninguna mujer a llorar por nuestros bebés muertos; prohibió la entrada de las lloronas en la casa. Cuando le pregunté por qué, me dijo:

—Si un huérfano no puede lidiar él solo con el dolor, difícilmente pueda sobrevivir.

Eran escasas las veces en que él hablaba sobre su pasado de esa manera. No importaba cuán profundo lo mirara a los ojos, jamás veía cicatrices en su corazón. Lo cual era muy extraño, dado que su vida está hecha de cicatrices.

Yo tampoco sentí la necesidad de llorar. Ya había casado a tres de mis hijos antes de conocer a Mahoma. Mis nuevos bebés eran preciados, pero si uno de ellos moría, yo no sentía que una parte de mí se desgarraba. Aunque yo mantuve eso en secreto, Mahoma lo percibía. Se disgustó cuando ordené que sacrificaran dos animales en la Kaaba. Se consideraba prudente calmar a los dioses después de cualquier tipo de desgracia. Cuando él entró a la habitación, yo me estaba vistiendo con un velo negro. Mahoma tenía los labios apretados y la cara pálida.

—¿Irás tú? No tienes que hacerlo —dijo. Yo le dije que no podía dejar una cosa así en manos de los sirvientes.

—¿Y qué dioses crees que nos ayudarán? —me preguntó. Nombró a Hubal, Al-Lat, Manat, y Al-Uzza. En La Meca todos les ofrecen sacrificios a ellos, incluso los que dudan. Somos un pueblo práctico. No cuesta mucho complacer a los ídolos.

—No sé cuál. Todos —dije. Traté de parecer natural mientras me pasaba una capa más de *kohl* alrededor de los ojos en señal de dolor. Pero yo me sentía culpable simulando ser creyente. ¿Quién sabe? Tal vez uno de los dioses echó una maldición sobre nuestros bebés, o sobre nosotros. Estas cosas son imposibles de comprender. Vi a Mahoma, que estaba parado detrás de mí, reflejado en el espejito que yo sostenía con la mano.

—Puedes prohibirme que vaya —dije.

En un tono sarcástico que él rara vez utilizaba, me dijo:

—¿Puede un esposo creerse más poderoso que todos los dioses? Ve si tienes que hacerlo.

Y así lo hice. No fue piedad por lo que me urgía ir, sino miedo y dolor. Yo no quería el enojo de los dioses. Pero tampoco quería su protección, como toda la gente supersticiosa. ¿Si yo hubiese arrastrado diez animales aterrorizados hasta el altar para que fueran degollados, habría salvado a mis bebés? Lo que yo quería era que me quitaran la daga que sentía clavada en el corazón. Aunque mantuve mi desesperación en silencio, necesitaba encontrar alguna clase de consuelo. Si los dioses existían —si al menos uno existiera— tal vez tenía el poder de ser piadoso con alguien que sufre. El sacrificio se hizo, delante de muchos ciudadanos mirando y asintiendo con la cabeza en señal de aprobación.

Cuando volví a casa, Mahoma me preguntó si me sentía mejor. Yo negué con la cabeza. Me sentía avergonzada por haber sido parte de esa tonta exhibición delante de todos esos inútiles y haraganes, a quienes lo único que les importaba era ver a una mujer rica sufrir.

Nunca pretendí poseer el don de la humildad, pero mi orgullo no impidió que corriera a rogarle a Mahoma que me perdonara. Me levantó la cara y me pidió que lo mirara. Después dijo:

—Entiendo tu desesperación. Tráemela a mí. La mitad de tu dolor proviene de mantenerlo en secreto.

No voy a decir que la daga salió de mi corazón inmediatamente sólo porque tengo un buen esposo. Llevó muchos meses. Pero aquella noche, él y yo nos quedamos despiertos hablando de cuestiones sobre las cuales las esposas rara vez hablan, como nuestra sensación de fragilidad. Cuando a uno le toca un lugar tan bajo en la creación, como se nos enseña desde niñas, nuestra esperanza es que al menos los dioses nos den fortaleza. Yo era esa clase de niña, preguntándome de dónde vendría la protección en un mundo tan violento como este.

Dar a luz es una sentencia de muerte para una de cada seis madres, tal vez más. Yo quiero creer, ¿pero en qué? El dedo del destino recorre una por una y elige: ésta para el dolor, ésta para la felicidad, ésta para la vida, aquella para la muerte. ¿Alguien habrá visto alguna vez esa mano invisible, incluso los más devotos? Una vez que uno la vea, ¿cambiará sólo porque una pobre mujer que sufre lo pide? Basta apenas un diluvio que baje de los montes o un verano de sequía para que el destino borre de la faz de la Tierra a miles de criaturas. Los humanos también somos criaturas y estamos sujetos al mismo capricho de las catástrofes.

El episodio del sacrificio podría haber hecho que Mahoma me condenara; pero en cambio, nos unió más. Nos dimos cuenta de que ninguno de los dos tenía respuestas brillantes. Lo que sí teníamos eran las mismas preguntas, y eso bastaba.

Yo tenía por costumbre ir al bazar todas las mañanas a inspeccionar las mercaderías y los precios. Una vez que me casé, ya no tenía sentido que yo lo siguiera haciendo. Había entregado todo lo que tenía que ver con negocios a Mahoma. Él al principio no quería.

—No hay ninguna necesidad. Tú te has ocupado de los negocios por muchos años —argumentó—. Y si lo que te preocupa es mi orgullo, no lo hagas.

—Es el orgullo de todos los demás hombres lo que me preocupa —le dije. Apenas toleraban que una mujer les diera órdenes. No quería que hablaran a espaldas de Mahoma diciendo que yo lo había desposado sólo para castrarlo.

No voy a decir que nos pusimos de acuerdo en una sola conversación. Es complicado cuando un hombre pobre está subyugado a una mujer rica. Mahoma lo entendió. Si un buey grande y uno pequeño intentan tirar de un carro al mismo tiempo, lo más probable es que el carro se caiga. Le pedí a mi viejo administrador, Maysara, que de ahora en más le presentara todas las cuestiones contables a mi esposo. Maysara levantó una ceja, pero obedeció. Así que, como ven, podría haber pasado el resto de mi vida encerrada en mi casa, enloqueciendo a los sirvientes, como cualquier mujer respetable. Lo intenté. Después de dos semanas Mahoma me suplicó, por mi propio bien y el de todos los demás, que continuara con mis tareas habituales. Los campamentos de las caravanas eran mi hábitat natural. Tal como él lo decía, yo seguiría siendo una dama aun si mis sandalias olían a estiércol de camello. Al contrario de lo que hacía el camaleón, yo salté a otro árbol, pero dejé un pie en el primero.

Continué con mis inspecciones incluso cuando estaba embarazada. Me faltaban dos meses para dar a luz a mi primer bebé cuando un anciano me gritó desde lejos:

—Entonces es verdad que has cambiado de sexo.

Era Waraqa, que a medida que envejecía estaba cada vez más extraño. Estaba sentado sobre un pequeño muro, debajo del tibio sol de invierno. Me dolían las piernas de caminar por las calles adoquinadas y decidí sentarme junto a él para descansar.

—Ah —dijo—, has abandonado esa vida de hombre pero todavía eres tan valiente como uno.

—Deja que hablen. No hace falta que sea valiente para sentarme junto a ti —le dije—. A no ser que yo esté equivocada y a ti te quede algún diente en la boca.

Waraqa echó la cabeza hacia atrás y largó una risotada.

—No soy yo quien te morderá si te ven conmigo. Hay otros que con mucho gusto lo harían.

En parte tenía razón. Los ancianos sospechaban del viejo rico. Waraqa ya no se sentaba con ellos en las tabernas. Él tampoco había hecho las cosas demasiado fáciles, rondando por la Kaaba, murmurando plegarias a los peregrinos que pasaban por allí.

Le dije:

—Tú no me engañas, sabes. —Las venas de mis piernas habían dejado de latir. Me balanceé un poco en la pared de manera tal que mi hinchado vientre no me causara tanto dolor en la espalda—. Tú no estás tan chiflado como dicen.

Waraqa me miró de reojo.

—Si no soy un chiflado, ¿qué soy?

Yo busqué en mi cabeza una respuesta, pero él no esperó a que la encontrara.

—La palabra que buscas es subversivo. Soy como una serpiente en un canasto de dátiles. Igual que tu esposo.

La expresión de mi cara le hizo largar otra risotada.

—Lo has hecho rico, y lo has hecho de un día para el otro. Pero vivir en la riqueza no hace que una mente peligrosa sea menos peligrosa.

Yo no sabía qué decir, y eso parecía complacer a Waraqa. La pena por el libre pensamiento había comenzado a ser más severa en los últimos años. La Meca ya no era la misma ciudad en la que yo crecí. Se respiraba sospecha. Mahoma quería mantener su buen nombre, pero ya no sería Al-Amin, "el confiable", si la gente no confiaba en lo que él pensaba. Para la mayoría de los hombres, las palabras son lo mismo que los pensamientos. Apenas un pensamiento entra en una mente, enseguida se desliza hacia la lengua. Mi esposo tenía pensamientos de los que no hablaba.

El cambio vino a la ciudad casi el mismo día en que los portones se cerraron dejando a Abraha y a su ejército del otro lado. No fue suficiente que los invasores se enfermaran y que sus elefantes guerreros se retiraran como un espejismo en el desierto. La Meca se sentía más desprotegida que nunca. Un extranjero había traspasado la única barricada que creíamos impenetrable: el desierto. Después de eso, los ancianos Quraishi decretaron que ningún cristiano ni judío podía pisar La Meca. Como los ídolos habían salvado la ciudad con un milagro, no debían tener competencia. Se prohibieron los dioses extranjeros y la veneración de estos podía llevar al exilio o a la muerte. Se descubrió que uno de los primos de Mahoma era un *hanif* y lo obligaron a abandonar el pueblo. No se vio más a los *hanif*, excepto a Waraqa, e incluso él había adoptado una actitud mucho más discreta.

Los derechos de los cristianos y de los judíos no significaban nada. Al común de la gente lo único que le interesaba era el dinero de aquellos. Si había algún judío tan rico cuya ausencia fuera un impedimento para la realización de un determinado negocio, se le cobraba un impuesto para poder ingresar a la ciudad. Una vez aquí, no se lo podía ver orando ni venerando a su dios, Yahvé.

Los Quraishi habían adquirido tanto poder que podían hacer cumplir esos decretos. Abu Talib escuchaba los ruegos de tolerancia que hacía Mahoma. Waraqa murmuraba en la puerta de la Kaaba. Pero, teniendo a toda la tribu en contra, carecían de todo poder para intervenir.

—He tratado de convencerlos —decía Abu Talib, apenado—. Pero mis palabras se evaporaban como la lluvia de verano golpeteando un muro caliente.

Los buscapleitos se organizaban en grupos que rondaban por los callejones propinándoles golpizas a los borrachos y asustando a las jóvenes sirvientas que iban al pozo de agua con sus vasijas. Un silencio acechaba la ciudad. Si uno reprime, las personas obedecen, y si escudriñas lo suficiente, los obedientes se pueden confundir con los que se oponen. Oír hablar a los ancianos sobre eso, "El Año del Elefante", como todos comenzaron a llamarlo, se convirtió en el principio de una era dorada.

Sentada junto a Waraqa, recordé todo por lo que estaba pasando La Meca.

—Procrea. Trae tantos niños al mundo como quieras —me dijo—, pero en el fondo eres una de nosotros.

Agaché la cabeza para mirar el suelo, presionando con los dedos el muslo para que la vena azul más grande dejara de engrosarse.

—Entonces no estoy tan equivocado —masculló, interpretando mi silencio—. Te digo algo más: Mahoma me rompió el corazón cuando dejó la causa. Había sólo cuatro *hanif* para resguardar la verdad, y estábamos envejeciendo. Pienso en tu esposo todos los días, pero apenas nos hablamos cuando nuestros caminos se cruzan. Tal vez tú y yo nos estamos entendiendo mejor.

—Tal vez.

Ahora era Waraqa el que estaba sorprendido.

—¿De dónde saca una mujer tanto coraje? Sólo te estaba provocando.

Yo me encogí de hombros. No era coraje. Mis caravanas han atravesado toda Arabia, desde Yemen hasta Siria. Cuando regresaban, yo sentaba a mis hombres y les pedía que me contaran todo lo que habían visto y oído. Mi padre no me crió en la ignorancia. Al igual que a Mahoma, a él le gustaban mucho los proverbios. Había uno que decía: "Una mujer gorda es mejor para el invierno que una manta". Mi padre fruncía el ceño y me decía: "Quiero que cuando crezcas seas más que un abrigo para el invierno".

Mis hombres me contaban especialmente cómo piensan los extranjeros, pues cuando uno sabe qué le pasa por la cabeza a un cliente, tiene una ventaja sobre él. Así es como comenzó todo. Después de un tiempo, la peculiaridad del pensamiento de los hombres se transformó en algo de por sí fascinante. Los árabes piensan que Abraham construyó la Kaaba, pero los judíos creen que fundó su tribu en Jerusalén. Nosotros decimos que Dios le ordenó a Abraham que sacrificara a su hijo primogénito, Ismael. Los judíos dicen que era a su hijo menor, Isaac. A Mahoma le sorprendía que yo supiese esas cosas, aunque tal vez lo que más le sorprendía era que me llevaran a tener pensamientos escépticos sobre los ídolos que había alrededor de la Kaaba. No obstante, rápidamente se dio cuenta de que eso era algo que nos unía. Rara vez hablábamos de ello.

—No me importa que me odien, sabes —dijo Waraqa sin preámbulo alguno—. Miles de insultos nunca rasgaron una túnica.

Sonreí. Ese era otro de los proverbios favoritos de mi padre. El viejo y yo estábamos más cómodos. Me señaló un burro que estaba atado a una vara unida a una piedra de moler. El burro caminaba pesadamente, en círculos lentos, y mientras lo hacía, un niño con cara de haragán arrojaba granos para que la molienda los fuera convirtiendo en una harina rudimentaria.

—Ahí tienes a un típico árabe —dijo Waraqa—. Camina en círculos pensando que está yendo a alguna parte. Átale un ídolo a la nariz y pensará que los dioses lo llevan al Paraíso.

El viejo se estaba quedando sordo, y dijo eso tan fuerte que dos mercaderes que pasaban por allí lo oyeron. Miraron en nuestra dirección y fruncieron el ceño. Después, viendo quién era, hicieron una reverencia y siguieron caminando con rapidez.

Yo me levanté y me limpié las faldas, que estaban salpicadas por las cáscaras que volaban del molino.

—Tú conoces a algunas personas que tuvieron que marcharse de La Meca —le dije—. Hablaban igual que tú.

—No sabían lo que está por venir. Yo he visto los signos. Puedo darme el lujo de esperar.

Con ese extraño comentario, Waraqa me despidió con la mano, diciendo que nos volveríamos a ver. Cuando volví a casa, le conté todo a Mahoma. También le dije que le había roto el corazón a Waraqa. Mahoma hizo un gesto de dolor, pero no dijo nada, y cuando le pedí que abriera su corazón, me contestó: "Mejor un perro libre que un león enjaulado". Hombres. Se pueden pasar la vida repitiendo viejos proverbios. Aun así, yo sabía que mi encuentro le había tocado algo bien adentro.

Capítulo
9
Jafar, un hijo de Abu Talib

Finalmente sucedió. Un *jinn* había enloquecido a Mahoma. Lo atrapó en los montes, en una cueva, dicen. ¿Pero qué estaba haciendo ahí? Es bien conocido que los *jinns* habitan en las cuevas, y que el viento que sopla a través de su negra boca es su aullido. Ni siquiera los niños pastores se animan a entrar a una cueva a buscar algún cordero perdido sin antes tajearse el antebrazo para ofrecer unas gotas de sangre a los dioses.

Un extraño me contó en la calle lo que había sucedido, lo cual quería decir que la noticia estaba propagándose con rapidez. Corrí a la casa de Mahoma, cerca del centro de la ciudad. ¿A quién encontraría allí? Mi familia es Hashim, y nuestro primer instinto es reunir al clan junto al miembro que está en problemas. Pero estar en problemas no es lo mismo que estar poseído por un demonio. Eso es infeccioso. Era posible que me encontrara con espías enviados por los ancianos Quraishi. No me extrañaría que ellos lo usaran como pretexto para tomar el control sobre los negocios de Mahoma. Son capaces de hacer cualquier cosa con tal de acercarse al dinero de su esposa.

Sin embargo, no había ningún espía ni ningún Hashim pululando por allí. No había nadie. Un perro vagabundo olfateaba el portón cerrado. Yo me quedé allí, tra-

149

tando de escuchar algo. En una casa de mujeres siempre hay movimiento. El chismoseo femenino, el golpeteo de las cacerolas, el claqueo de un telar. Allí no había nada. Pensé en golpear la puerta y llamar para que me abrieran. Estaba muy ansioso por verlo. Le rogaría a su esposa que trajera a un sacerdote o a un hechicero. Miré a mi alrededor. Las casas están pegadas unas a otras cerca de la Kaaba, y todos escucharían mis gritos. Muy a mi pesar, me alejé de allí. Yo no era uno de los ancianos, y con la debilidad que han adquirido los Hashim este último tiempo, queda en manos de los ancianos ayudar o condenar a uno de los suyos. Que nunca se diga que fui yo el primero en dar la alarma contra él.

Volví a mi casa muy preocupado. Mahoma es un poco extraño. Todos lo sabemos, especialmente la familia. Me enteré de que él y otros, incluso su viejo amigo Abu Bakr, se habían estado reuniendo por las noches para sellar un pacto. ¿Una ceremonia secreta? Odio a los *hanif*, pero, a decir verdad, la idea sonaba interesante. Mi primo es demasiado sobrio por su propio bien. El condimento de la intriga no le vendría mal. Una vez que la promesa se hizo pública, corrí a ver a Mahoma muy disgustado.

—¿Qué es esto? ¿Has jurado dar a los pobres? ¿Lo que no hacen los dioses lo harás tú?

Era absurdo. Yo aún no he llegado a los cuarenta años, pero estoy de acuerdo con los viejos que protestan diciendo que ese tipo de sacrilegio causará la destrucción de la sociedad. Mahoma oyó mis protestas un buen rato, sin decir palabra. Su silencio me ponía más ansioso.

—¿Te crees que la vida del hombre debe consistir en ayudar a los sucios y raquíticos esclavos? —le grité.

—No sé en qué debe consistir la vida del hombre. Precisamente por eso ayudo a los sucios y raquíticos esclavos —contestó con calma—. ¿Tienes algunos que te sobren?

Después de su casamiento, Mahoma se volvió aún más extraño. Yo, su primo favorito, ya no podía golpearle la ventana para irnos de aventuras. Nadie se imaginó que él enloquecería. Ansiaba mucho saber si estaba bien. Mahoma no quería salir de la casa, pero los chismes se pueden escurrir por las grietas más pequeñas de una fortaleza. Pronto los esclavos salieron de la casa de Abu Bakr para ver cuánto estaba mi padre dispuesto a pagar por unas migajas de información. Estaban exaltados, con la respiración entrecortada. Abu Talib estaba tomando una siesta como de costumbre, así que yo los recibí. Los senté y les di dátiles y agua. Vi cómo se escondían la fruta con disimulo dentro de la túnica en lugar de comérsela.

—Cuéntenme, rápido —demandé—. Si están contando chismes escandalosos los haré azotar.

El más joven de ellos, un sirio de cabello rizado, que era muy apuesto y, por esa razón, presentable para la gente de bien, habló.

—Él estaba solo, vagando por los montes. Muy peligroso. Algunos nunca regresan. Los que nunca regresaron también tenían ideas, igual que él.

—¿Qué quieres decir con ideas? —le pregunté, encolerizado.

El sirio me miró con insolencia, y mi mano estaba tentada de sacar el látigo de cuero que siempre llevo bajo mi túnica, pero lo dejé continuar.

—Yo sé sobre *tahannuf* —dijo—. Mi amo también ha ido. Él cree que está solo cuando va al monte, pero me envían a mí para que lo cuide. Fuera de su vista, claro está. A él no le gustaría.

Ir a un *tahannuf* no es ningún crimen. Por cientos y cientos de años, los árabes han ido en busca de consuelo a las afueras de la ciudad. Las praderas que rodean La Meca son ideales para eso; verdes y silenciosas, más cerca del cielo. En cuanto a mí, yo ayudo a que La Meca se mantenga sucia, no sé si me entienden. Pero el amo del sirio, Abu Bakr, se recluía en un *tahannuf* todas las primaveras, y Mahoma también lo hacía. El interés de Mahoma en los negocios había ido mermando año a año. Incluso sus cuatro hijas lo encontraban retraído; él se había alejado de nuestro mundo, en vano, a la espera de encontrar uno nuevo.

—¿Qué dices? Eso no es ninguna novedad —le dije. Le recordé al insolente esclavo un viejo proverbio: "Un perro agradecido vale mil veces más que un hombre desagradecido". Para subrayar lo que yo le estaba queriendo decir, le mostré una moneda pequeña. A pesar del esfuerzo por ocultarlo, los ojos se le agrandaron con codicia. Dijo:

—De veras, mi señor, he visto cómo secuestran a los hombres cuando están en esos retiros. Escondido detrás de rocas he visto cómo los degollaban y tiraban sus cuerpos por el barranco. Algunos de ellos todavía llevaban dinero en el costal.

—Aunque el dinero no se quedó allí mucho tiempo —le dije con antipatía—. ¿Tú puedes dar cuenta de eso, verdad?

No se podía negar que había emboscadas. ¿Quién que no sea devoto va a un *tahannuf*? Y nadie es más devoto que esos alborotadores que vociferan en contra de nuestras costumbres sagradas. Algunos van al monte a buscar a su Dios, y nosotros nos aseguramos de que lo encuentren. Funciona como advertencia para los demás. Mahoma tenía más sentido común.

—¿Entonces te enviaron en secreto a espiar a Mahoma? —le pregunté.

—Para protegerlo, mi señor, no para espiarlo.

—¿Abu Bakr tenía alguna razón para temer por la vida de su amigo?

El sirio se mordió la lengua, no era apropiado que hablara sobre las intenciones de su amo. Parecía sorprendido cuando le puse la moneda en la palma de la mano y se la cerré para que la conservara.

—Has hecho bien —murmuré. Yo estimo mucho a Mahoma. Cuando Mahoma se quedó huérfano y mi padre lo trajo a vivir con nosotros, pasó a ser mi hermano. Con tolerancia en la voz le pedí al esclavo que me contara todo. Tenía que contarme qué era lo que había visto que había vuelto loco a Mahoma.

—Por un tiempo no hizo nada fuera de lo común. Al amo Mahoma le gustaba caminar sobre el Monte Hira, porque está a tan sólo a una hora a pie desde el muro de la ciudad. Yo me aburría siguiéndolo. No me daba cuenta de que estaba buscando algo, como un sitio para esconderse. Un día encontró una cueva cuya boca estaba escondida por la maleza. Limpió la cueva de toda la suciedad y esqueletos de animales, incluso lavó el suelo con trapos que mojaba en un arroyo. Empezó a pasar largas jornadas allí dentro, a veces incluso desde el amanecer hasta el anochecer. En ocasiones tenía que guiarse con las estrellas para volver a la casa. Como dije antes, yo me aburría mucho. Me ponía muy ansioso, sentado al pie del monte sin nada que hacer más que esperar a que se fuera. ¿Qué sentido tiene alejarse de la gente? Un hombre rico debería divertirse. Debería gastar su dinero donde hay mujeres y vino.

El esclavo pensaba que a mí me interesaba eso, pero yo no mostré ningún interés. Continuó:

—El amo Mahoma empezó a ir a la cueva con más frecuencia. Una vez no pude resistir. Me quedé dormido bajo el sol y cuando abrí los ojos, Mahoma estaba parado delante de mí. Esbozó una sonrisa, pero no dijo ni una palabra. Bajamos el monte juntos. Pero eso no hizo que mi amo cambiara de parecer. Quería que yo siguiera vigilando aunque Mahoma lo supiera.

—Escucha con atención —le dije—. ¿Viste algún signo?

—¿De locura? No, señor mío.

—¿Algún signo de algo fuera de lo común? —pregunté con cautela. Me parecía imposible que Mahoma estuviese preparando conjuros o tratando de atraer a los *jinns* para ayudarlo en algún asunto demoníaco. Él no era capaz de hacer esas cosas (aunque conozco a más de unos pocos que sí son capaces).

El sirio pensó un momento antes de responder y dijo:

—Tenía cambios de estados de ánimo. De eso estoy seguro.

—¿Qué clase de estados de ánimo? Pensé que te quedabas alejado, escondiéndote de él —le pregunté.

—Al principio sí. Pero después de que me vio, nos hacíamos compañía. Él quería hablar. —La voz del esclavo dudaba. La gente de bien comparte su vida con los esclavos. No hay otra opción. Estamos rodeados por ellos el día y la noche, pero existe una barrera entre nosotros. El esclavo no haría ningún bien a Mahoma si decía que había abierto esa barrera.

¿Quieren una prueba de lo nervioso que yo estaba? Fui hasta la alacena y traje el mejor pan y el mejor cordero frío que teníamos. Sin decir una palabra presenté la comida sobre la mesa. El esclavo miraba con recelo. Tomé un trozo de pan de pita, lo envolví en un buen bocado de carne y se lo di. Yo estaba dispuesto a levantar la barrera lo suficiente como para obtener más información, pero la mirada en mis ojos le advertía al sirio que no me presionara. Yo sabía que tendría que haber llamado al esclavo por su nombre, pero olvidé preguntarle. Seguramente no lo volvería a ver.

—Está seco —farfulló. El muy desfachatado quería que le trajera un poco de vino. Yo continué como si no lo hubiera escuchado. Cuando hubo tragado, le dije que terminara de contar lo que había sucedido.

Prosiguió:

—Mahoma y yo hablábamos casi todos los días cuando bajábamos del monte. A él le gustaba hacerme preguntas.

Yo no pude ocultar mi sorpresa:

—¿Qué clase de preguntas?

—Dependía de su estado de ánimo. Eso es lo que estoy tratando de decirte. —El esclavo miraba el cordero. Yo asentí con la cabeza, con antipatía, y él tomó otro trozo, y lo sostuvo en el puño hasta que terminó de decir lo que yo quería escuchar—. Un día vimos un cabrito muerto en una zanja. Se había caído y se había roto una pata. Los perros lo encontraron antes de que nadie pudiese oírlo. Mahoma se quedó un buen rato ahí, mirando la carcasa mordisqueada. "¿Dónde estará ese cabrito ahora?", masculló. Yo supuse que estaba preguntándose a sí mismo, así que no respondí. Me miró y me dijo: "Yo perdí a dos hijos antes de que supieran que tenían un padre. Yo perdí a mi padre antes de que él supiera que tenía un hijo. ¿Dónde estarán ellos ahora?".

»Yo estaba nervioso, pero le contesté. "Donde sea que estén, es diferente de donde van los cabritos muertos", le dije. Él se rió y dijo: "Es una buena respuesta, pero no contesta a mi pregunta". Después de eso no dijo más nada en todo el camino de vuelta a casa.

Levanté una mano para que dejara de hablar. Yo necesitaba un momento para pensar. Mahoma nunca había llorado la muerte de sus hijos frente a los dioses como correspondía. Se empezó a correr el rumor de que él no creía. Como el clan Hashim estaba muy debilitado, mi padre, Abu Talib, no podía enviar a nadie a castigar a quienes hablaban en contra de Mahoma. Tuvimos que tragarnos el orgullo y tolerar lo que decían. Pero si el sirio estaba diciendo la verdad, las dudas sobre esos dos bebés muertos se habían hecho presa de él. Los *jinns* pueden olfatear la debilidad de la mente, saben cómo desatar el tormento dentro de un hombre.

—¿Alguna vez volvió a hablar sobre sus hijos muertos? —le pregunté. El esclavo negó con la cabeza—. ¿Alguna vez llevó a su nuevo hijo a la cueva? —El esclavo volvió a negar con la cabeza.

Ese hijo nuevo también era un asunto extraño. Mahoma tendrá cuarenta años este año. Pero su esposa, que es quince años mayor que él, ya no puede darle más hijos. Él jamás dio señales de que eso fuera un problema para él. Pero un día regresó a la casa y dijo: "Quiero que me compres un hijo".

Jadiya casi se quedó muda por la sorpresa, pero mantuvo la calma y preguntó: "¿Quién?".

Mahoma le explicó que estaba caminando por el bazar cuando sus ojos se posaron sobre un niño a quien vendían como esclavo. Una banda de asaltantes acababa de regresar al pueblo con cautivos que habían apresado en las rutas de comercio. Lo único que les importa a esos asaltantes es tomar su presa y huir antes de que los maten. Jamás piensan en cuidarlos para que estén sanos y poder venderlos bien. Al igual que los otros, el niño estaba hambriento y escuálido. Tenía los ojos grandes y hundidos, pero cuando Mahoma lo miró con detenimiento, el niño le devolvió la mirada, desafiante. Como si tuviera el poder de hacer lo que quisiera. Pero a Mahoma le causó una buena impresión y pensó en el futuro.

Una mujer de la edad de Jadiya por lo general no quiere hablar del futuro. Ella aceptó comprar el niño para Mahoma. Cuando lo llevaron a la casa, a Jadiya le causó la misma impresión que a su esposo. Le cambiaron el nombre de "Zayd, el hijo de quién sabe quién" a "Zayd, el hijo de Mahoma". Pues ahora la riqueza acumulada durante toda una vida puede quedar en manos de un cautivo extranjero. Quizás hasta un día tenga que luchar con él por parte de lo que me corresponde.

El sirio aguardaba con impaciencia la siguiente pregunta. La pregunta que me quedaba era la más obvia de todas.

—¿Qué es lo que pasó que enloqueció a Mahoma?

—*Jinns* —dijo el esclavo rápidamente.

Yo fruncí el seño.

—No repitas lo que todos dicen. Tú estuviste allí. ¿Qué es lo que viste?

El esclavo confiaba en mí lo suficiente como para contarme la verdad.

—Vi a un hombre escapando de algo que jamás comprenderá. Estábamos en el monte, pero el amo Mahoma no salió de la cueva hasta la caída del sol. Yo no sabía qué hacer. Él se ha quedado más de una vez toda la noche, cuando no hace mucho frío. Yo podría irme a dormir a una cama y regresar al amanecer sin que nadie lo notara. Pero me quedé. Ramadán es un mes extraño, dicen. Yo no sabía qué podía pasar. Así que me acurruqué en el suelo y traté de dormir. Después de eso, sentí que Mahoma saltó por encima de mí. Me lastimó el hombro con su talón y yo miré hacia arriba para verlo. Estaba blanco como un muerto. Parecía como si no me hubiese visto allí. Siguió caminando, a paso rápido; estaba huyendo de algo. Me incorporé y corrí tras él. No parecía un hombre de este mundo. No importaba cuán fuerte yo lo llamara, él no miraba hacia atrás ni me respondía. Seguimos así hasta que llegamos a la ciudad. Mahoma dejó de caminar y miró al cielo. No miraba como cualquier lunático, sino como esperando que alguien descendiera de allá arriba. Si hubiésemos estado del otro lado del muro, la gente se habría burlado de él, te lo puedo asegurar. De pronto comenzó a temblar tanto que yo notaba cómo el cuerpo se movía dentro de la pesada túnica. Unos minutos después, entró por la puerta de la ciudad y yo lo seguí hasta la casa, y se encerró allí dentro.

Pues ahí tienes. Lo peor había llegado a lo peor. Yo di vuelta la cara hacia el otro lado. No quería que el esclavo sintiera la satisfacción de ver el efecto que su historia había tenido en mí. Con un movimiento de la mano le indiqué que se retirara. Él y los otros esclavos no perdieron tiempo en salir y cerrar la puerta con el cerrojo. Abu Bakr se daría cuenta de que su confiable sirio estaba vendiendo información. Yo suspiré. Mañana encontraría alguna otra casa de ricos y otro que estuviera dispuesto a arrojarle algunas monedas. La reputación de Mahoma estaba hecha trizas. Nuestros enemigos ya se reían con júbilo.

¿Qué es peor? ¿La maldad del mundo o la maldición de los demonios? Me quedé allí sentado sopesando esa pregunta hasta que la noche le quitó toda la luz a la habitación. Mahoma no se merecía ese destino. O tal vez sí se lo merecía. La mala suerte recae sobre el hombre que piensa que puede quitarles a los dioses los secretos que encierran en su puño.

Capítulo
10
Ruqaya, la tercera hija de Mahoma

Mi padre temió antes que nada por él mismo. Me refiero a su alma. Él sabía que algo debió haber salido terriblemente mal. No fue hasta más tarde que descubrimos que había huido de la cueva y que había corrido hasta la cima de la montaña para arrojarse al vacío. Él nunca había pensado en la ira de Dios. Sin embargo, cuando llamó a la luz, ésta lo quebró en mil pedazos. Alá puede enloquecer a alguien tanto como los demonios.

Yo estaba en el patio enseñándole a juntar flores a mi hermana menor, Fátima, que apenas tenía cinco años, cuando mi padre entró tambaleándose a la casa. "¡Mi hija!", gritó, apretando contra el pecho a Fátima con tanta fuerza que ella apenas podía respirar. Estaba tan consternado que me hizo temblar. Después de mirar a Fátima largamente a los ojos, mi padre corrió a su habitación y cerró la puerta con el pasador. No creo siquiera que me haya reconocido.

Nunca olvidaremos el séptimo día del Ramadán. La más afectada fue mi madre. Yo la veía caminar de un lado a otro, empalideciendo más y más. Aquel primer día vivimos un silencio espantoso. Mi padre no dejaba que nadie se aproximara. Mis hermanas y yo nos acercábamos a la puerta y oíamos sollozos y fuertes gritos atormentados. Yo había oído hablar de la expresión "rechinar los dientes", pero nunca hasta ese momento había escuchado ese horripilante sonido, era como piedras moliéndose unas con otras.

Al segundo día, mi padre le permitió a mi madre entrar a la habitación. Cuando ella salió de allí tenía una expresión tiesa y adusta. Pensé que mi padre estaba muriendo. Cuando le pregunté, mi madre me respondió:

—Algunas cosas son peores que la muerte. También existe la muerte en vida.

No me dejó hacerle más preguntas y me envió a buscar a los sirvientes. Una vez reunidos, mi madre tenía una expresión increíblemente calma.

—No voy a mentirles. Puede que lo peor no haya pasado, pero si no ha pasado, que Dios nos salve de eso —dijo.

Mi madre no pudo detener las protestas de ansiedad que sus palabras habían incitado entre la servidumbre, pero enseguida continuó hablando para aplacarlas.

—Ninguno de ustedes tendrá que irse. Están a salvo conmigo. Ustedes han oído el tormento de su amo. Si lo aman y confían en mí, obedezcan mis órdenes.

Habiendo dicho eso, les pidió que fueran a buscar a nuestros parientes Hashim.

—No les cuenten nada sobre lo que han visto aquí. Tampoco develen nada con el tono de voz o con la mirada. Este es un momento decisivo. Es una crisis que me dirá cómo es cada uno de ustedes a partir de este día.

¿Qué podían decir? La voluntad de mi madre estaba circunscripta a los muros de mi casa. Una vez que los sirvientes corrieran a reunir al clan, podían entrar en pánico o dejarse llevar por cualquier clase de fantasía. A todos nos pasó. Apenas la casa estuvo vacía, mi madre me reunió a mí y a mis dos hermanas mayores en un espacio privado de la casa. A Fátima la podíamos distraer con una muñeca para que jugara en la habitación contigua.

—Su padre no ha enloquecido. Está confundido —dijo—. Nosotras cuidaremos de él. Nosotras lo cuidaremos. No hace falta decirlo. Sé que esos deseos están en el corazón de ustedes. Pero hay que darle tiempo al tiempo.

—¿Qué es lo que lo ha confundido? —preguntó Zaynab. Como era la mayor, tenía derecho a preguntar. Más tarde, a medida que se fueron desarrollando los acontecimientos, no le fue tan fiel a mi padre. Mientras estaba despierta, lo único que hacía Zaynab era pensar en conseguir un esposo. Aun en un momento tan crítico como ese, sus pensamientos estaban lejos de allí, en la casa de otro hombre.

—Todavía no está lo suficientemente recuperado como para que entendamos lo que dice —dijo mi madre, que siempre fue directa con nosotras—. Balbucea la palabra "poder" una y otra vez.

Lo que mi madre dijo en árabe fue *qadr*. La única forma en que puedo explicárselo a quienes no conocen el idioma es con el término "poder". Para nosotros esa palabra está cargada de sentidos y sombras. Significa misterio, una presencia sagrada que ha descendido para resquebrajar el cuerpo y la mente de uno.

Mi segunda hermana, Umm Kulthum, me miró de reojo. Al principio se negaba a entender lo que estaba pasando. Su instinto era proteger a los pequeños. Además de Fátima, estaba Zayd, el niño esclavo. Era nuevo en la familia, todavía no nos acostumbrábamos a la idea de que fuera nuestro hermano. Era un poco mayor que Fátima, pero aún era muy pequeño para comprender cómo era posible que un hombre, en sólo una noche, pudiese convertirse en un puñado de nervios.

Los hombres del clan Hashim vinieron rápidamente, demandando a gritos ver a Mahoma. Mi madre se negó.

—Lo verán cuando vuelva en sí. Lo que está en esa habitación no es Mahoma.

No fue la mejor elección de palabras. Comenzaron a alegar que esto tenía que ver con los *jinns*. Mi madre sabía que eso pasaría, pero ella estaba preocupada por otra cosa. Debía preservar el nombre de Mahoma. En lugar de disipar los rumores, decidió tomar la ofensiva.

—¿Cuándo estuvo la Kaaba en ruinas? ¿Cuándo fue reconstruida? El que haya hecho más por reconstruirla que mi Mahoma que dé un paso al frente.

Las protestas fueron acallándose. Es que los Hashim estaban tan pobres y los habían pisoteado tanto, que lo único que les quedaba era el honor. Mi padre era el más honorable entre ellos. Se había ganado ese respeto hacía cinco años. La Kaaba era una calamidad. Un bromista decía que era una suerte que los peregrinos vinieran al *hajj* a correr alrededor de la Kaaba, porque si vinieran a tocarla, las paredes se caerían. Así como estaba, nadie se atrevía a reparar el techo combado y las grietas que corrían de arriba abajo. Pero el destino intervino. Una inundación arrasó el centro de la ciudad. Las aguas avanzaron sobre la Kaaba, casi sumergiéndola.

Llevada por el pánico, la gente corrió a salvar a los ídolos. Mi madre se reía. "Corren a rescatar a los mismos dioses que causaron esto", decía. Para cuando el agua se retiró, el techo ya había colapsado. Ya no había opción. El grupo más supersticioso se negaba a intervenir; decían que las paredes eran sagradas, aunque estuviesen a punto de derrumbarse. Tocarlas despertaría la ira de los dioses aún más.

A otros les enfurecía esa actitud. El asunto se resolvió cuando Al-Mugira, un hombre rústico pero sensato, fue hasta la Kaaba frente a todos con una masa. La llevó hacia arriba y golpeó una de las paredes, abriéndole un gran hueco.

—Si los dioses quieren matarme, que lo hagan —bramó.

Nada ocurrió. Entonces se decidió volver a empezar y construir un santuario que durase para siempre. Todos los clanes que hacía instantes habían estado a punto de matarse para evitar que tocaran la Kaaba, ahora competían para construir una nueva. Pero eso también fue inútil, puesto que cuando llegaron a la base, se encontraron con una capa de piedra color verde que no se podía picar, sin importar cuántos fornidos esclavos lo intentaran. Los Quraishi declararon que esos cimientos habían sido colocados por Abraham y que nadie los debía tocar.

Mi padre observaba en silencio desde un costado. Una noche, cuando regresó a casa, dijo:

—Hoy un hombre trajo a donde estábamos trabajando un cuenco lleno de sangre. Lo sostuvo en el aire, vociferando que era su clan el que tenía el derecho de terminar el trabajo y no otro. Había venido acompañado por veinte matones con un cuchillo en la mano. Quién sabe de dónde habría sacado tanta sangre. La sangre rebalsaba por el borde del cuenco y le manchaba la cara mientras gritaba.

No obstante, ese raro episodio le trajo suerte a mi padre de una manera muy extraña. Había una piedra enclavada en la pared este de la Kaaba que nuestro padre nos había enseñado a reverenciar. Era negra y pulida, y tenía el tamaño de la mano de un hombre corpulento.

—Somos el pueblo de Abraham y cuando él construyó este santuario, colocó una piedra de la época de Adán y Eva. En esa piedra se halla nuestra esperanza —dijo—. Yo no entendía a qué se refería él con "nuestra esperanza", pero no recuerdo que haya habido época en que la Piedra Negra no fuera tocada y reverenciada por todos y cada uno de los peregrinos.

Cuando hubo que volver a colocar la Piedra Negra en su lugar, se desató un pleito entre los clanes. Ningún clan quería ceder el privilegio a otro clan. Al mismo tiempo, todos temían la ira de los dioses si no reclamaban ese derecho. Todos los días había peleas en el lugar, hasta que se decidió que en el único hombre en quien todos los clanes confiaban plenamente para resolver el conflicto era Mahoma.

Mi padre no estaba muy convencido con la idea. Lo encontré dando vueltas cerca del portón, vestido con su mejor túnica, lavándose las manos en un lavabo, luego pidiendo más agua limpia para volver a lavárselas.

—Que me hayan convocado es parte de una astuta estrategia. Nadie merece el privilegio sobre otra persona. No importa a quien yo elija, el resto se enfurecerá conmigo de todos modos. Se atacarán unos a otros, y cuando todo se calme, culparán a nuestra familia. Estaremos más débiles que nunca, que es lo que quieren lograr.

Uno jamás pensaría que ese mismo hombre regresaría dos horas más tarde cubierto de sonrisas.

—Lo he hecho —dijo, con calma exultación. Pidió que trajeran el mejor vino dulce e incluso lo diluyó en tres partes de agua para que nosotras pudiésemos tomar.

—¿Qué has hecho? —preguntó mi madre, tan perpleja como los demás.

—Observé la roca con solemnidad por un largo rato, como si ella fuese a darme una respuesta. En realidad, estaba tratando de pensar una respuesta desesperadamente. De pronto, se me ocurrió una idea muy simple. Ordené que trajeran un amplio manto. Dije que colocaran la Piedra Negra en el centro y les indiqué a los ancianos de los cuatro clanes más importantes que cada uno tomara un extremo del manto.

—Ahora todos levanten el manto al mismo tiempo hasta la altura donde debe estar la piedra —dije—. Así todos compartirán el mismo honor y cosecharán la misma retribución de los dioses.

A partir de ese momento mi padre se ganó el saludo respetuoso y las copas levantadas en su honor en las tabernas. Pero él nos decía, a nosotros, su familia, que él no era sabio.

—Yo soy sólo un hombre entre los hombres. Tenía que darles a esos exaltados una solución para que no quedaran como tontos. Eso es todo. Si los dioses lo advirtieron, seguramente les habrá parecido tan absurdo como a mí.

Los esfuerzos de mi madre por recordarle al clan que estaban en deuda con mi padre funcionaron por un tiempo para detener el espiral de la ruina.

Unos días más tarde mi padre apareció en la puerta de su habitación. Todavía estaba pálido y consternado, pero nos extendió los brazos y sus hijas, una a una, corrimos a ellos. Cuando lo abracé, sentí como si él hubiese perdido la mitad de su cuerpo. La última en abrazarlo fue Fátima, que estaba asustada por los círculos negros que mi padre tenía alrededor de los ojos.

Nos dimos cuenta de que se sintió herido cuando Fátima se alejó de él.

—¿Qué sucede, mi niña?

—Quiero que vuelva mi *papa* —dijo impulsivamente y estalló en un llanto.

Mi padre la tomó en los brazos para calmarla, y mientras lo hacía, nos miró a las demás. Sus ojos decían "¿Ustedes creen que su *papa* no está aquí?".

Deben entender, durante esa terrible semana mantuvimos a la familia unida eligiendo no hablar sobre nuestros miedos más profundos. Yo pedí que me llevaran a la Kaaba a orar. Estoy segura de que mis hermanas también lo hicieron. Evitábamos mirarnos a los ojos durante las comidas. Algunos de los sirvientes no resistieron y comenzaron a hacer correr rumores; mi madre no tenía fuerzas para castigarlos.

Pero así como lo habíamos perdido de un día para el otro, mi padre volvió a ser él mismo otra vez. Como un paciente cuya fiebre ha cedido, él logró dominar su crisis. No sé cómo lo hizo. Así y todo, un día lo encontré sentado en el suelo de la despensa, estaba solo, comiendo pan de pita y trozos de cordero y bebiendo agua de los jarros. Cuando me vio, se echó a reír.

—Perdóname, Ruqaya, no deberías ver a tu padre con el mentón engrasado y migajas colgando de la barba. ¡Es que estoy muerto de hambre!

—¿El mentón? Deberías verte en un espejo, *papa*. Tu cara parece la de Fátima cuando juega con la mantequilla. —Yo me reí con él, aun cuando las lágrimas me nublaban los ojos.

Después de comer hasta el hartazgo, mi padre se durmió. Cuando cayó la noche nos llamó a todas, sus hijas y su esposa. Olía a recién bañado, con un toque de aceite de rosas en el cabello. Su barba ya no era una mata enmarañada, y sus ojos brillaban, aunque parecían estar muy lejos de allí.

—Queridas mías —comenzó, dirigiéndose a todas como si fuésemos una persona amada—, ha ocurrido algo grandioso. Mi alma ha luchado con la locura. Tambaleé entre la destrucción y la grandeza. Pero gracias a la intervención de Dios, esto se ha resuelto.

Ninguna de nosotras esperaba eso. El desconsuelo de mi padre se había transformado en alegría. Él estaba tan exultante como un novio el día de su boda.

—Zaynab, deja de mirar así a tus hermanas. No estaba loco antes y no lo estoy ahora.

—Entonces, ¿cómo estás, señor mío? Explícanos con palabras simples, para que podamos entenderte. —Como era la mayor, y algo consentida, Zaynab podía hablar así, al borde de la insolencia.

Mi padre se dio cuenta de que lo que motivaba ese comportamiento era la ansiedad.

—Quiero que celebren conmigo, querida mía. Es una victoria del alma. Alá me ha tocado el corazón.

Se le hizo un nudo en la garganta por segunda vez. Se daba cuenta por nuestros rostros ansiosos que debía mantener la compostura. Cuando lo hubo logrado, continuó con voz calma:

—He gozado de los frutos de una buena vida, y cualquier otro hombre estaría satisfecho por eso. Ustedes, pobres hijas mías, han sido castigadas con un padre que no puede cerrar su mente. Los hombres comunes piensan que es su deber solemne no abrir nunca la mente. Pero yo no puedo hablar por ellos. Todo lo que sé es que a pesar de que en esta casa estoy muy a gusto y recibo mucho amor, yo he estado muy intranquilo e infeliz.

No había signos de acusación en la voz de mi padre, pero él se percató de nuestro desasosiego.

—Mi intención no es culparlas a ustedes, todo lo contrario, soy yo el que les tiene que pedir disculpas.

Él hubiese querido tomarnos en sus brazos, pero mi madre habló y se interpuso.

—Si quieres calmar nuestro temor, haz lo que te ha pedido Zaynab. Explícate de manera tal que podamos entender.

Mi padre agachó la cabeza mansamente.

—He estado llevando una vida secreta. Dentro de los muros de La Meca, he vivido una vida como la de cualquier otro hombre. Pero cuando salgo a los montes, La Meca desaparece como un ensueño en medio de una fiebre. Detrás de mis espaldas, el resto del clan niega con la cabeza y siente pena por este pobre buscador. Ellos no creen en Dios y no confían en ninguno de los dioses en los que creen. Mi secreto es que Dios no es alguien que uno pueda buscar. Él está en todas las cosas, y allí es donde siempre ha estado. Él creó esta Tierra y luego desapareció en ella, como una gota de agua que desaparece en el océano. He visto muchas cosas en mi cueva, pero este misterio ha sido lo más importante.

Zaynab lo interrumpió.

—Más simple, *papa* —le rogó.

Mi padre suspiró.

—Un ángel vino a mí. Me dijo que yo era el elegido de Dios.

Nunca sabré si Zaynab estaba por chillar o reírse a carcajadas. Jamás lo sabremos, porque mi madre le echó una mirada fulminante. Zaynab reunió todas sus fuerzas y, aunque con la cara enrojeciendo, logró quedarse callada.

—¿Existen los ángeles? —preguntó mi madre con calma. Todas sabíamos, aunque ninguna nunca hubiese dicho nada, que mi padre hablaba con vagabundos, algunos judíos, otros cristianos. Para los árabes, los ángeles eran de fantasía, algo casi desconocido.

—Sí que existen. Son muy reales —dijo mi padre en voz muy baja. Uno podía ver que por dentro le estaba costando avanzar, como si estuviese caminando sobre arenas movedizas—. En la mitad de la noche un ángel se me acercó con todo su resplandor. Yo estaba envuelto en una manta, sobre el suelo frío de la cueva. Temblé cuando él me llamó, y al principio no me daba cuenta de que el temblor se debía a un sobrecogimiento, no al frío. Vi una imagen llena de luz, de pie, frente a mí. Su voz era firme, como un soldado a quien no se le podía desobedecer, pero también era tan amable que casi me conmueve hasta las lágrimas. "¡Recita!", me ordenó.

Mi padre miró al pequeño grupo que conformábamos su esposa y sus hijas. Estábamos atentas a cada una de las palabras.

—Ustedes saben, mis queridas, que el ángel me estaba pidiendo lo imposible.

Era verdad. Mi padre jamás recita versos ni canta canciones. Era algo que le había aquejado desde que vivía con los beduinos, cuando era pequeño; era casi una humillación. Él sólo escuchaba, jamás hablaba, y quienes escuchan no reciben la gloria.

—Le dije al ángel que yo no sabía recitar. Saben, a pesar de mi sobrecogimiento, mi mente seguía pensando. Me di cuenta de que esto tenía que ser un sueño o un truco de los demonios. Se me ocurrió pensar que si le hablaba a ese fantasma o *jinn* de manera razonable, aparecería alguna forma de escapar. El ángel aumentó su tamaño y la intensidad de su luz. Con el doble de fuerza me ordenó: "¡Recita!". Antes de que yo pudiese responder, me envolvió el torso con sus brazos y me abrazó, para probar que él no era una aparición. Yo grité, pues temía desmayarme, sus brazos me rodeaban el torso como si fueran tiras de hierro. Tres veces traté de zafarme y tres veces me asió con los brazos.

Como podrán imaginarse, mi padre no pudo mantener la compostura mientras nos relataba el encuentro con el ángel. Estaba extremadamente agitado, y Fátima empezó a llorar. Mi madre le pidió a una nodriza que se la llevara, antes de que Fátima volviera a suplicar "¿Dónde está mi *papa*? Quiero que vuelva". Oímos cómo su llanto se iba perdiendo a lo lejos mientras la nodriza se la llevaba, envuelta en sus faldas, al extremo más lejano de la casa.

—¿Eso fue la victoria de tu alma? —preguntó Zaynab, que parecía determinada a dejar que sus dudas hablaran por ella.

—Todavía no. Estaba demasiado perturbado y eso no me permitía pensar —dijo mi padre—. Cuando el ángel finalmente me soltó, huí de la cueva. Mi deseo más profundo era librarme de esa carga espantosa. Ser el mensajero de Dios le correspondía a cualquier otro hombre excepto a mí. Mi corazón latía, furioso, y en lo único que yo pensaba era en arrojarme de la montaña. Les ruego que me perdonen. En ese estado de desconsuelo no pensé en mi familia y en la suerte que correrían si yo muriera. Parado en la cumbre del Monte Hira, con las piernas temblando como un gatito indefenso, yo miraba las rocas que me esperaban allí abajo. El ángel no me había seguido. Eso era un alivio. Me dio unos instantes de respiro. Luego miré hacia el cielo, y allí estaba

él. El ángel estaba allí arriba, sobre mí, tan alto como las
nubes de tormenta. Me di vuelta, y estaba allí, detrás de
mí, y a cada lado. En ese momento me di cuenta de que
la figura del ángel que había visto en la cueva era infini-
tamente más pequeña que esa presencia. Era una imagen
que se ajustaba a la vista del hombre. El verdadero ángel, que venía de Alá, vive en Alá. Debe de ser infinito
si es que es real.

—¿Cómo llamas a este que vino a ti? —preguntó mi
madre, con sobriedad.

—Gabriel. Me dijo que lo llamase así —dijo mi padre.
Ahora yo hablé.

—No nos has dicho si le obedeciste. ¿Has recitado?
Los ojos de mi padre se iluminaron.

—Ese es el milagro, querida mía. Un hombre humilde cuya lengua no es más elocuente que el cuero de
una sandalia de pronto pudo hablar.

Mi padre cerró los ojos y dijo:

¡Recita en el nombre de tu Señor, que ha creado,
ha creado al hombre de sangre coagulada!
¡Recita! Tu Señor es el Munífico
que ha enseñado el uso del cálamo:
ha enseñado al hombre lo que no sabía.

Mientras hablaba, mi padre estaba transformado. Tenía
la cara iluminada, parecía transportado al Paraíso. Y ese
verso. No encuentro palabras para explicar lo bello que
sonaba al oído, como un cántico líquido. Esas palabras
preciosas no podían ser de mi padre. ¿De dónde provenían?

Zaynab interrumpió el encantamiento yéndose de
pronto de la sala. Miré a mi otra hermana, Umm Kulthum,

que había estado en una especie de trance, jugando con su cabello trenzado, como una niña acariciando a su muñeca.

—Qué hermoso —musitó.

La escena concluyó. Mi madre salió al corredor a llamar a Zaynab. Mi padre tosió brevemente y volvió en sí y le preguntó a Umm Kulthum si se encontraba bien. Un sirviente entró para anunciar que Abu Bakr se encontraba en la puerta.

—Dile que estaré allí enseguida —dijo mi padre, ajustándose la túnica y buscando sus babuchas. No podía recibir descalzo a un amigo respetable.

Mientras salía de la sala, lo tomé del brazo.

—Dime, *papa*, ¿qué es lo que te ha ocurrido realmente?

—Hay un hombre interior que nadie ve —me contestó—. Ahora ha salido, y el hombre exterior, el que todos ven, se ha ido para siempre.

Capítulo
11

Abu Bakr, mercader de La Meca

Al principio éramos sólo unos pocos. No sé cómo describir lo extraño que se sentía, puesto que estábamos apartados de la sociedad. No era como tener una peste. Todo lo contrario. Imagina que te estás muriendo de hambre, que te han echado de tu casa para vagar por el páramo. En toda dirección que mires hay un vacío, y la voz del temor susurra: "Esto es todo lo que hay en la vida".

Hasta que un buen día, Dios despliega un gran banquete en medio del desierto. Comidas suculentas, vino del color más oscuro, los dulces más empalagosos. Al principio no puedes creer lo que ves, pero pronto te has devorado todo y, oh, un segundo milagro. Sin importar cuánto comas, el banquete se renueva una y otra vez. La mesa cruje ante la generosidad de Dios.

Eso es lo que éramos nosotros, almas hambrientas alimentándose con las palabras de Mahoma.

—No pongan cara de oveja desprotegida —decía Mahoma—. Yo no soy su pastor. El único pastor es Alá. Yo soy sólo un hombre entre los hombres.

Hacía treinta años que yo conocía a Mahoma. Lo conocí de niño y de hombre, pero esa actitud de extrema humildad aún me sorprendía. ¿A quién no le gustaría que lo venerasen? El que conteste que no, o bien está mintiendo o se ha dado por vencido en la vida. Mahoma no estaba haciendo ninguna de las dos cosas. Sabía que él no había preparado el banquete ni lo había hecho aparecer en el desierto. Él era simplemente el anfitrión que convidaba a los comensales para que se acercaran a llenarse con el banquete.

Ustedes también se habrían llenado, de haberse sentado a los pies de Mahoma cada vez que Dios enviaba un nuevo mensaje. Primero, había un momento de contacto, siempre con el mismo saludo:

En el nombre de Dios, el Compasivo, el Misericordioso.

Nunca sabíamos qué venía después. El mismo Mahoma tampoco lo sabía. Dios es experto en sorprenderte.

¿No ves cómo hace tu Señor que se deslice la sombra?
Él es Quien ha hecho para vosotros de la noche vestidura,
del sueño descanso, del día resurrección.

¿Quién ha visto jamás la noche como un manto y la mañana como la resurrección? Era maravilloso cómo Dios podía combinar lo bello con una promesa. Era mágico.

Dilapidé mi buen nombre parándome frente a todos en las tabernas, antes de que todos estuviesen borrachos, para recitar una sura, un pasaje como esos. Yo sentía el impulso de hacerlo, así como el hombre común siente el impulso de discutir, pelear, eructar, y hacer el amor. Con una sura nueva en la cabeza, venía de la casa de Mahoma y recitaba cosas que nadie podía comprender:

Hemos preparado fuego de la gehena
para quienes desmienten la Hora.

Invocarán entonces la destrucción.
"¡No invoquéis hoy una sola destrucción sino muchas
destrucciones!"

Los haraganes y los borrachines reunidos junto a los toneles de vino se miraban unos a otros con asombro. ¿Por qué les arruinaba yo su hora de borrachera con comentarios sobre la muerte? O este:

El día que se desgarre el nubarrón del cielo y sean
enviados abajo los ángeles,
ese día, el dominio, el verdadero, será del Compasivo, y
será un día difícil para los infieles.

El Apocalipsis no es muy bueno como introducción. Pero los hombres no podían hacer oídos sordos cuando era yo, Abu Bakr, quien proclamaba esas advertencias. Yo no era un estúpido lunático. Había superado en el comercio a la mayoría de los que estaban ahí y había cosechado los beneficios de sus pérdidas. Mahoma estaba encantado de que yo diese semejante espectáculo.

—Cuando te ven parado sobre una mesa para hablar, te ven como si estuvieses parado sobre un montón de oro —me dijo Mahoma—. Ya estás a mitad de camino de llegar hasta Dios.

Esos mismos hombres hubiesen despreciado mi verdadera motivación. Yo no quería atracarme solo, quería compartir el alimento celestial. Imagínense el dolor en mi alma cuando tantas personas se dieron vuelta para irse. Todos, a decir verdad. Ellos despreciaban el mensaje de

Mahoma sin siquiera haberlo oído, como alguien que se va de una fiesta porque corre el rumor de que la comida está envenenada.

Ni siquiera era una cuestión de creer. Los árabes somos una raza asesina, según dicen nuestros enemigos. Si así fuera, debemos de estar asesinando dormidos, porque pocos en La Meca quisieron despertarse, aun cuando era Dios quien estaba tratando de despertarlos.

No empezaron a atacar a Mahoma todos al mismo tiempo. Es lo único que puedo decir de ellos. Las sospechas se desperdigaron lentamente, como humo colándose por las hendijas de un muro. Las autoridades fueron las primeras en ponerse en guardia. Los ancianos Quraishi fijaron su mirada de acero en Mahoma como hienas esperando la reacción de un león herido: o cae o lucha. Mahoma no hizo ninguna de las dos cosas. Un buen día su portón se abrió y él salió caminando al mercado como si nada hubiese ocurrido.

El tío de Mahoma, Abu Talib, respiró aliviado. Su sobrino había vuelto a ser respetable.

—Si quieres que los dioses te protejan, debes ser inofensivo —dijo Abu Talib cínicamente—. Si Mahoma tuviese el más mínimo poder, ellos se lo quitarían. Al menos ahora puede llevar una vida todo lo extraña que quiera, siempre y cuando no abra la boca. —Abu Talib nunca había perdido el sabor amargo de su propia caída.

Yo estaba sentado al pie de la cama del viejo y asentía con la cabeza ante lo que él decía. Abu Talib tenía razón en lo que al poder respectaba. Nosotros tenemos un proverbio: "Si el poder se comprara, vende a tu madre para comprar un poco. Siempre puedes volver a comprarla".

Sin embargo, Abu Talib se equivocaba con respecto a otra cosa. Me habían enviado a mí a darle la mala noticia.

—Mahoma no abrirá la boca en público, pero sí lo hará detrás de los muros. Es un mensajero de Dios. En su cabeza todo ha cambiado. Ya no puede volver atrás.

Abu Talib se sentó en la cama, la cara se le iba poniendo roja.

—¿En su cabeza? En mi cabeza yo puedo ser el emperador de Abisinia, ¿y qué hay? —Entrecerró los ojos lagañosos y agregó—: ¿Y tú? ¿Tú qué piensas sobre esta locura?

—Creo que deberíamos esperar a ver qué pasa —dije.

Abu Talib se echó para atrás en su almohada.

—¡Estamos perdidos!

El viejo amaba a su sobrino. Abu Talib nunca olvidó la promesa que le había hecho al alma de Abdalá, que su hijo encontraría siempre un refugio bajo el techo de su tío. Abu Talib sabía que sería catastrófico alterar el orden de las cosas. Los Quraishi tenían vigilado cada rincón de la ciudad. Se comentaba que tenían las ratas avanzando en fila. Pero Alá puede dar vuelta el mundo entero a Su antojo. ¿Qué le importa a Alá un puñado de gordos mercaderes Quraishi y sus mullidos traseros?

Me retiré diciéndole a Abu Talib que descansara.

Volvió a sonreír, esta vez mostrando más preocupación que cinismo.

—¿Le llevarás un mensaje al Profeta? No proviene de Dios, pero es importante. Dile a mi sobrino que no me visite a no ser que yo lo llame. Quiero morir mientras duermo. —Abu Talib gimió levemente, acariciándose su rala barba—. Pobre alma ingenua. Dile que he girado la cara contra la pared. No me importa si Alá le abrió los ojos. Es problema de él. Pero si trata de abrir los nuestros, no habrá más que conflictos.

Le llevé el mensaje a Mahoma. Lo tomó con calma. ¿Quiénes le creían lo que decía? Sus parientes más cercanos, su esposa y sus hijas, el pequeño Zayd, que no sabía mucho pero que adoraba a su padre adoptivo. Y yo, que no tenía la misma sangre que ellos. Mientras viviera, Abu Talib seguía siendo la cabeza del clan Hashim. Aun así, cada año que pasaba él estaba cada vez más tiempo en la cama y perdía demasiado dinero. No hablaba por nadie más que por él mismo ahora.

Me sorprendía cuán de cerca Alá observaba todos nuestros movimientos. Había oído los comentarios del pueblo, porque una vez envió este mensaje:

Y dicen: "¿Qué clase de Enviado es éste que se alimenta
y pasea por los mercados?".

Antes de ti no mandamos más que a enviados que se
alimentaban y se paseaban por los mercados.

Antes de que el ángel apareciera, Mahoma había contado siempre con la buena voluntad del pueblo. Lamentablemente la buena voluntad es como una rosa en el desierto. Si no la cuidas con cariño, se echará a perder de un día para el otro. Por supuesto que todos estaban felices de ver a Mahoma de pie y entre los vivos. Bueno, hasta que abrió la boca. Un hombre que había cultivado el don del tacto de pronto tenía la lengua desfachatada de un niño. Una vez, poco después de que el gran cambio descendiera sobre Mahoma, llevé a un mercader a la casa para que lo viera. Se trataba de un hombre precavido, y yo quería que se comentara que Al-Amin seguía siendo tan confiable como siempre.

Zayd nos recibió en el portón. Estaba en cuclillas, reacomodando el hilo de una cometa. Le alabé su juguete, diciéndole que seguramente volaría como un ave.

—No cualquier ave. Un halcón —dijo Zayd con seriedad—. Le arrancará los ojos a quien intente lastimar a mi padre.

El mercader sonrió apenas y yo lo llevé de prisa adentro. Mahoma estaba sentado en la parte de atrás de la casa. En aquellos días, él podía recibir un nuevo mensaje de Dios en cualquier momento, fuera de día o de noche. Sólo la familia lo sabía. Yo me arriesgué a traer a un extraño únicamente porque conocía los signos que anunciaban que Alá le hablaría a Mahoma. Se producía un cambio completo en él, como un farol al que de pronto le quitan la tapa. Si yo veía eso, podía hacer de cuenta que había visto una avispa, o que olía algo quemándose, cualquier pretexto para sacar al visitante de la sala.

Mahoma nos hizo una seña para que nos sentáramos. No hablamos, al menos no al principio. Cualquier comentario que uno oyera sobre Mahoma, ya fuera de sus amigos o de sus enemigos, siempre reconocía que él tenía una dignidad silenciosa. Eso también había cambiado con el ángel. Ahora no sólo estaba en calma, sino que además generaba un silencio que sobrevolaba la habitación como el aroma de un denso perfume.

Con torpeza, empecé una conversación trivial sobre negocios. El visitante se sintió en terreno seguro. Contó cómo una tormenta de arena había afectado su última caravana. La tormenta había irrumpido sobre la fila de camellos como una gigantesca ola marrón. Cuando sus hombres recuperaron la visión, se percataron de que faltaban dos camellos. Aunque buscaron por horas y horas nunca los encontraron:

—Ellos juran que la tormenta hizo volar los camellos por el aire y se los llevó hacia las nubes. Y yo les creo —dijo el visitante con una risa tiesa—. Los mandé a torturar a la bodega por unos días y nunca negaron la historia. —El hombre llevó los brazos hacia arriba—. Qué terrible pérdida. Tú debes de saber lo que se siente. —Mahoma, al igual que otros mercaderes, había sufrido ese tipo de desgracias.

Mahoma miró detenidamente al hombre. Confieso que por dentro, yo rogaba en silencio: *No hables sobre Dios. Necesitas aliados.*

Con voz sobria, Mahoma dijo:

—Si confiaras en Alá como debieras, Él te sostendría en todas las cosas. En Dios no puede haber pérdidas.

Nadie jamás le había hablado así a este hombre, que se daba cuenta de que era el más rico de los tres. Para los Quraishi más tolerantes, Alá era el dios más importante entre varios. Pero para la mayoría, Alá era uno más que les succionaba monedas a los peregrinos. Yo veía cómo las mejillas del visitante empezaban a enrojecer. Antes de que pudiese responder, Mahoma agregó:

—Dios nos sostiene a nosotros tanto como a las aves, que salen hambrientas por la mañana y regresan llenas al anochecer.

El hombre rico había recuperado la compostura y sonrió con tolerancia.

—Perlas de sabiduría —musitó.

Los ojos de Mahoma se agrandaron con inocencia.

—Mis palabras no significan nada para un glotón, cuyo vientre hinchado le hace pensar que nunca necesitará a Dios.

Y eso fue todo. El hombre rico empalideció.

—Extraordinario. —Con esa sola palabra, se levantó de un salto y salió corriendo de la sala. Las suelas duras chasqueaban por el pasillo como un cabrito asustado huyendo de una jauría de perros salvajes. A nadie le sorprenderá escuchar que se convirtió en enemigo acérrimo de Mahoma.

Los pocos que creíamos en el nuevo profeta comenzamos a escribir sus mensajes. Cada sura llegaba de una manera muy clara. Si Mahoma estaba por hablar por orden de Dios, la cara se le encendía y se llenaba de luz. La voz salía con mayor volumen e intensidad. Juro por mi alma que era imposible no darse cuenta de que esa era la voz del Ser sagrado, que bajaba del Paraíso a este mundo de arcilla.

La primera vez que presencié ese trance, me tocó el corazón. No somos todos ignorantes en La Meca. En una caravana al norte de Yatrib, vi judíos y cristianos caminando abiertamente por las calles, vendiendo en los mercados. Cuando yo era niño, ver a un judío era como ver un ternero de seis patas. Le pregunté a alguien sobre ellos, y me dijo que eran seguidores de un sacerdote que había venido a Arabia siguiendo las órdenes de Dios. Pregunté por qué. Para preparar el camino a un profeta. Después pregunté cuántos creían. El hombre con quien yo hablaba abrió los brazos y dijo: "Tantos como sean recibidos, incluso algunos árabes". Pues ven, Dios no fue tan tonto como para arrojar semillas sobre un suelo yermo.

Le pregunté a Mahoma si él oía las palabras que decía cuando estaba transportado.

—Las oigo, y me conmueven tanto como a ti. Siento el mismo sobrecogimiento.

—Entonces eres un profeta que puede compartir la felicidad que trae —le dije con entusiasmo.

Me miró largamente. No era una reprimenda. Bajó los ojos y dijo:

—No es la misma felicidad. Debo cargar con la vergüenza de que Dios hable a través de una vasija agrietada.

Los mensajes eran cada vez más y más abundantes, a veces descendían como una nube de langostas. Había días en que se podían tomar puñados de ellos en el aire. Dios no hablaba a no ser que hubiese alguien en la sala que pudiese oír y recordar sus mensajes. Yo me quedaba allí sentado, como hipnotizado por largas horas. Nunca se ha cambiado al mundo desde dentro de una habitación. Yo lo sabía. Pero me resultaba difícil mostrar mi cara sin una máscara, hasta que un buen día, me dirigí a la peor parte del pueblo y golpeé una puerta.

La puerta fue abierta por Halima, la vieja nodriza de Mahoma. Había dejado el desierto para venir a vivir a La Meca hacía unos años. Era una mujer orgullosa, envuelta en un chal negro con decenas de remiendos. Había sobrevivido a la mayoría de los familiares de Mahoma y tenía tanta fortaleza que probablemente nos sobreviviera a nosotros también.

—Ven conmigo —le dije.

—No veo dinero en tu mano. ¿Qué clase de trabajo quieres que haga? —contestó. Desconfiar de los ricos era algo natural en ella.

—El trabajo de una muleta —le dije.

Halima todavía era astuta. Le gustaban los acertijos.

—¿Qué clase de muleta necesita un hombre que tiene dos piernas? ¿Un préstamo? No soy la mejor para eso. ¿Una hora de amor para aumentar su autoestima? No vendo a mis sobrinas.

Levanté una mano.

—Necesito tu voz, porque la mía es demasiado débil. —Halima había oído hablar a Mahoma y sus palabras la habían conmovido de sobremanera. La cara se le iluminó, casi tanto como había visto iluminarse la de él.

Mientras caminábamos por las calles, Halima no preguntó nada más. Me siguió hasta el pozo sagrado en el centro de la ciudad. Como era la costumbre, las mujeres se reunían allí con sus vasijas a juntar agua y a charlar. Hicieron silencio en cuanto me vieron. Algunas miraban con detenimiento mis babuchas de terciopelo, manchadas con el barro de la calle donde vivía Halima, por donde corría agua con desechos.

—Háblales —le ordené.

Halima se echó atrás.

—¿Qué quieres que les diga?

—Repíteles lo que el Amo Mahoma nos ha dicho ayer —yo sabía que ella lo había memorizado.

La vieja nodriza, falta de dientes y de humilde condición social, no tenía ninguna razón para creer que tenía el derecho de hablar. Pero yo aprendí que cuando los más humildes repiten las palabras del profeta, lo hacen emanando algo de ese mismo fuego. Halima envolvió a todas las mujeres con una única mirada detenida, y luego recitó:

Dios ha prometido a los creyentes y a las creyentes,
jardines por cuyos bajos fluyen arroyos,
en los que estarán eternamente,
y viviendas agradables en los jardines del edén.
Pero la satisfacción de Dios será mejor aun.
¡Ése es el éxito grandioso!

No voy a decir que no tropezó en alguna que otra palabra aquí o allí. El viento silbaba a través de sus faltos dientes. Las mujeres estaban anonadadas. Se miraban unas a otras, incrédulas. La mitad de ellas ni siquiera hubiese permitido que Halima barriera el suelo que pisaban. Así y todo, ninguna mujer o hija árabe jamás había pronunciado esas palabras. ¡Y tantas! Halima no sabía cómo reaccionar, pero se sentía orgullosa. El ángel le había ordenado a Mahoma que recitara, y ahora sus seguidores también lo harían, una y otra vez.

Corrí a contarle a Mahoma lo que había ocurrido.

—¿Así es como cambiaremos el mundo? —le pregunté—. ¿De a un creyente por vez?

Mahoma respondió:

—¿Ha habido alguna otra manera alguna vez?

Capítulo
12

Zayd, el hijo adoptivo

Yo veo más de lo que ellos creen. No soy simplemente un niño a quien pueden decirle que se vaya a jugar con su cometa. Me escondo entre las sombras y espío por entre las hendijas de la puerta de la habitación de mi padre. Me refiero a mi nuevo padre, al que le brotan lágrimas en los ojos cada vez que yo le toco los pies.

Lo vi sentado en la cama. Su esposa, mi nueva madre, estaba sentada junto a él ofreciéndole un vaso. Él tomó un sorbo. En una voz muy baja ella preguntó:

—¿Lo estás viendo ahora?

Mi padre asintió.

—Está justo delante de mis ojos.

Mi madre miró a su alrededor.

—No veo nada.

—El ángel está aquí. Apareció justo cuando entraste —dijo mi padre—. Hace unos minutos que está.

—Pero es invisible para todos los demás —dijo mi madre, en una mezcla de pregunta y afirmación. Era como una bañista probando que el agua no estuviese ni demasiado fría ni demasiado caliente.

No me pregunten lo que pasó después. Oí que la pequeña Fátima corría por el pasillo. Estaba lloriqueando, lo cual significaba que lo siguiente que saldría de su boca sería "*ummi, ummi*", y mi madre iría con ella. Cuando Fátima me vio entre las sombras, apoyado contra la puerta, abrió bien grandes los ojos. No me podían ver allí. Le dije "shh" y le prometí que después la iba a llevar afuera a jugar. Fátima me miró con sospecha, pero le gusta más jugar que acusar.

Esa noche, cuando yo estaba en la cama, me acordé de lo que mi madre estaba preguntando "¿Lo estás viendo ahora?". Eso es lo que se le pregunta a los locos. *Si mi padre está loco, yo volveré a estar solo.* Ese fue el primer pensamiento que tuve, y no me lo podía sacar de la cabeza. Créanme, lo intenté. Sabía que tenía que ser un niño perfecto. De esa manera, incluso si se llevaban a todos los sirvientes y ataban a mi padre a la cama para que no pudiese patalear ni gritar como lo hacen los mendigos locos en la calle, se quedarían conmigo.

Esta es una casa que está llena de voces, de ruidos en la cocina: golpeteos de ollas y sirvientas que reprenden a los nómades si la leche que traen no está fresca. Pero cuando mi padre descendió de la montaña, una sensación extraña bajó sobre nosotros: el sonido del silencio. ¿Por qué será tan extraño? Porque es el mismo silencio que hay cuando están a punto de ahorcar o cortarle la cabeza a alguien. Eso les pasa a los asesinos en esta ciudad (a los asesinos y a los enemigos capturados en un asalto si nadie envía un rescate por ellos). Una vez estuve a punto de ver cómo le cortaban la cabeza a alguien, pero Jafar me sacó de allí a la rastra y me llevó a mi casa. Jafar es el primo a quien más quiero.

La idea de que mi padre se hubiese vuelto loco me estaba volviendo loco a mí. De pronto se me ocurrió una idea. ¿Qué cosas haría un niño perfecto? Fui corriendo a la cocina, donde la cocinera estaba haciendo bolitas de dátiles con miel y almendras. Cuando le dije que quería ayudar, me miró con sorpresa y me dijo que había muchachas para hacer esa clase de trabajo. Me senté a su lado y sumergí los dedos en el cuenco de masa pegajosa de color marrón. La cocinera suspiró y me mostró cómo hacer para que las bolitas quedaran lisas como canicas.

—No te comas ninguna. El amo come primero —me advirtió. Yo sabía por qué. Mi madre piensa que las confituras le endulzarán los pensamientos a mi padre. Eso también lo oí. Le rogué que me dejara llevarle los dulces a la habitación. La cocinera miró por encima de los hombros.

—No deberías entrar allí —susurró. Pero yo protesté, y cuando finalmente me dejó ir con la bandeja de plata cubierta con un paño muy rojo, creo que se sintió aliviada. Al menos no tenía que ir ella.

Así fue como logré entrar en la habitación de mi padre. Se lo veía muy cansado. Tenía la barba revuelta y el sudor le había pegoteado el pelo. Entré en puntas de pie y le dejé la bandeja junto a la almohada. Después le pregunté en voz muy baja si quería agua.

—Puedes hablar más alto. No me estoy muriendo —dijo—. No es tan fácil. —Quién sabe qué quiso decir con eso. Fui a buscar el agua. Pero él no la tocó y tampoco tomó ninguna de las confituras. Cuando se dio cuenta de que yo estaba mirando la bandeja, la empujó hacia donde yo estaba.

—Vamos. Les gustará pensar que he empezado a comer otra vez.

Comí cinco. Uno puede ser un niño perfecto incluso si come dátiles confitados, ¿verdad? No sé si endulzaron mis pensamientos, pero sí sé que yo sentía menos temor. Y me sentía más valiente.

—¿Lo estás viendo ahora? —le pregunté.

Mi padre se quedó mirándome.

—¿Cómo sabes eso?

Yo me encogí de hombros y esperé. O me saltaba al cuello por esconderme a escuchar detrás de las puertas o me contaba lo que veía. Supongo que no tenía ganas de saltar, puesto que suspiró y me dijo:

—Yo no puedo elegir ver o no ver. Viene cuando Dios lo envía.

—¿A quién envía? —pregunté, sabiendo que mi padre siempre tenía un don especial.

Pausa. Primero, tengo un acertijo. ¿Qué palabra de tres letras hace a un niño invisible si se la sacas y lo vuelve a hacer visible si se la devuelves? Yo siempre pregunto ese acertijo, pero nadie lo adivina. Cuando se dan por vencidos, me voy. "Ey, el sentido del acertijo es que des la respuesta", me dicen cuando me voy. Yo simplemente sonrío. "Si te doy la respuesta, podrás hacerme invisible." Nadie volverá a hacerme eso jamás.

La respuesta es *ibn*, que hasta los extranjeros saben que significa "hijo". Si no eres el hijo de nadie, eres invisible. Nunca pensé que me fuera a pasar a mí. Yo estaba ligado a mi padre, Haritha, quien a su vez estaba ligado a su padre, de la misma manera que un chivo está amarrado a la parte de atrás de un carro. Pero Alá tenía otros planes y decidió hacerme tan invisible como Él.

Una noche, yo dormía bajo mi abrigada manta cuando de pronto alguien me la quitó. Una banda de asaltantes estaba haciendo una incursión en nuestro pueblo. Dos rudas manos me sujetaron de pies y manos. Ni siquiera se molestaron en ponerme una mordaza, directamente me arrojaron en la parte de atrás de una montura.

Esto es un sueño, pensé.

Oía los cascos de los caballos golpetear contra las rocas, veía cómo las herraduras iban encendiendo chispas con su galope. El jinete que se erguía delante de mí comenzó a dar latigazos para aumentar la velocidad. La punta del látigo me lastimó la cara. Yo me estremecí por el dolor, y sentí el sabor de la sangre, que me caía por la mejilla. No era un sueño. Los faroles de la ciudad se iban apagando en la noche, a medida que nos alejábamos. Yo me había vuelto invisible.

Nadie necesita oír los detalles de lo que pasó después. Alá quería que yo sobreviviera, y sobreviví. Un día en La Meca, mi nuevo padre me vio parado sobre la plataforma que usaban para exhibir esclavos. Yo tenía puesta una túnica sucia, que levantaron para mostrar que yo tenía con qué reproducir. No cerré los ojos cuando lo hicieron. La vergüenza no existe cuando un niño es invisible.

Ahora saben por qué interrumpí mi historia con un acertijo. Mahoma podía verme. Y si mi nuevo padre podía verme, entonces no me sorprende que también pudiera ver otros seres invisibles.

—¿A quién ha enviado Dios? —repetí.

—A un ángel. Los ángeles son Sus mensajeros —dijo mi padre.

—¿Y mi madre no puede verlo?

Él negó con la cabeza.

—Ella tiene que preguntar. Y si el ángel está allí, yo le indico dónde está. Ella me cree. Dice que tengo una reputación de decir la verdad. ¿Por qué he de mentir ahora? Especialmente con una mentira que me haría parecer un loco.

Ahora había aparecido una pequeña mueca en el rostro de mi padre. Me hacía sentir mejor. Una vez, yo iba caminando con Jafar, cuando vimos un mendigo en cuatro patas, ladrando como un perro. Jafar le dio una moneda.

—¿Sabes por qué es loco? —me preguntó Jafar mientras nos alejábamos. Él siempre arrojaba monedas, uno nunca sabía a quién había elegido para arrojarle una.

—¿Porque ladra como un perro? —le pregunté.

—No. Es loco porque no sabe que está loco.

Traté de recordar eso, porque las personas hacen todo tipo de locuras, y es útil saber diferenciar las que realmente han perdido la razón de las que no. A mi padre le preocupaba haber enloquecido, entonces eso significaba que no estaba loco. Se lo dije, pero no parecía muy convencido.

Lo peor para él vino después de eso. Él seguía viendo al ángel —nunca sabía en qué rincón estaría escondido— pero Dios no tenía nada para decir. Había recibido dos mensajes solamente. Primero, cuando tenía miedo, recostado en su cama, cubierto con su capa. Dios vio a mi padre escondido allí, ¿por qué no? Él puede ver a través de los muros y los corazones y las mentiras que el hombre dice. El ángel apareció diciendo:

> ¡Tú, el envuelto en un manto!
> ¡Levántate y advierte!
> A tu Señor, ¡ensálzale!
> Tu ropa, ¡purifícala!
> La abominación, ¡huye de ella!
> ¡No des esperando ganancia!
> La decisión de tu Señor, ¡espérala paciente!

Mi padre le dio el mensaje a mi madre inmediatamente. Cada día se iba dando cuenta más y más de que era el elegido, ¿pero a quién tenía que advertir? ¿Quién lo oiría si lo hiciera? A su modo, mi madre también había recibido un mensaje. Su primo era el viejo Waraqa, que ahora estaba ciego y confinado en su casa. Sólo una vez le vi la cara, tenía los ojos nublados con una delgada capa blanca. Aun así, la cabeza del viejo se dirigió a mí, a pesar de que yo no había dicho ni una palabra. Mi madre me contó que él se había hecho cristiano en secreto. Yo no conozco esa palabra, pero ella me dijo que Cristo era un profeta tan importante como Moisés.

—¿Entonces por qué lo odia la tribu? —yo me refería al viejo, aunque no era muy diferente con Cristo.

Como respuesta, mi madre me dijo un proverbio: "Los ojos ciegos ven más que un corazón ciego".

Yo no estaba con ella cuando se topó con Waraqa cerca de la Kaaba. Él había pedido que la familia lo llevara allí para orar, sin importar los peligros que lo circundaban. Cuando oyó que un ángel había visitado a mi padre, el viejo tembló y le dijo a mi madre:

—Jadiya, lo ha visitado el Espíritu Santo. Lo llamarán blasfemo, lo perseguirán. Debe ser fuerte.

Mi madre veía lo exultante que estaba Waraqa, pero ella temía por él, puesto que su voz aumentaba cada vez más y más.

—¡Santo, santo, santo! Él será el profeta de esta nación. Pero tendrá que luchar. Si Dios me da vida suficiente, yo estaré a su lado.

Mi madre trató de calmarlo. Dentro de su corazón estaba muy feliz, y corrió a casa a contarle todo a mi padre. A pesar de ese presagio, el ángel no trajo más mensajes. Los días parecían semanas. El silencio de la casa aumentaba en ansiedad.

—Si Dios tiene algo para decirte, ¿por qué no lo hace todo de una vez? —le pregunté.

—Quiere estar seguro de que yo tenga la fortaleza suficiente. Si me dijera todo junto podría destruirme —me respondió mi padre.

La gente de afuera no sabía lo que le había hecho a mi padre estar a la voluntad de Dios. Todos estamos a la voluntad de Dios. Yo lo sé mejor que nadie. Pero para mi padre era peor.

Yo estaba exhausto de tratar de ser perfecto. Nada de lo que yo o los demás hiciéramos lograba levantarle la mirada a mi padre. Hasta que un buen día, mi padre llenó la casa con un grito. Todos acudimos corriendo a él. Era una mañana calurosa y él se había despertado en un baño de sudor. Acababa de recibir un segundo mensaje del ángel. Mi padre lo recitó con rapidez, casi sin aliento, palabra por palabra.

¡Tú, el arrebujado!
¡Vela casi toda la noche,
o media noche, o algo menos,
o más, y recita el Corán lenta y claramente!
Vamos a comunicarte algo importante:
la primera noche es más eficaz y de dicción más correcta.
Durante el día estás demasiado ocupado.
¡Y menciona el nombre de tu Señor y conságrate
* totalmente a Él!*
El Señor del Oriente y del Occidente. No hay más dios
* que Él.*

Mi madre y mi padre estaban aliviados. Nos dijeron a mí y a mis hermanas que nos sentáramos a la mesa todos juntos, como una verdadera familia. Nadie se sintió loco esa noche. Mi padre sonreía como solía hacerlo antes de la llegada de Dios. Era como si el sol hubiese vuelto a salir.

Aunque unas semanas más tarde volvería a empalidecer. El gran mensaje nunca llegó. Todos lo esperamos. Mi padre actuaba con tranquilidad, aunque sabíamos que tenía muchos motivos para estar inquieto y nervioso.

—Dios me ha dicho cómo tengo que vivir —dijo—. Tengo que obedecer.

Se quedaba la mitad de la noche rezando. Mi habitación está cerca de la de él, y si yo abría la puerta, lo oía recitar con voz gruesa los mensajes que ya había recibido, una y otra vez. Yo no entendía sus palabras, pero a él le daba mucha paz. Eso significaba que podíamos dejar de preocuparnos. Yo salí a jugar otra vez. La Meca es como el Paraíso para cualquier niño al que le guste atrapar ratas, correr perros, y remontar cometas. Pasaron los meses y casi me olvidé del ángel. Un día me dijeron en voz muy baja que mi padre había empezado a recibir mensajes otra vez. Había esperado seis meses. Había empezado a visitar gente otra vez, y todos creían que los días de locura habían terminado. Todos respiraban aliviados.

Yo estaba seguro de que era bueno para él recibir alguna señal de Dios otra vez. En la casa mi madre me dijo que sí era bueno, pero que yo no tenía que hablar sobre eso. Ella veía la preocupación en mis ojos.

—Sé feliz. Dios está cumpliendo con Su promesa —me dijo.

Yo sonreí, mostrándome más tranquilo. Por dentro recordaba un proverbio: "Una promesa es como una nube. El cumplimiento de esa promesa es la lluvia". Corrí afuera cuando oí que mis primos me llamaban.

Todavía no llovía. Pero no me importaba. Cuando un extraño pregunta mi nombre yo le digo lo que mi padre me dijo que dijera: Soy Zayd, *ibn* Mahoma.

Ya no soy invisible.

Capítulo
13

Alí, el primer converso

La batalla contra el Profeta es feroz y empeora día a día. Ya hace siete años de esto. Para proteger a algunos de sus seguidores, Mahoma los envía a Abisinia, donde los cristianos nos reconocen como hermanos bajo un mismo Dios, lo cual es una amarga ironía, puesto que nuestros propios hermanos de sangre, los Quraishi, nos persiguen sin piedad. Yo me mantengo paciente, como ordena el Profeta. Llevo una daga conmigo y aguardo el día en que Dios escoja a los verdaderos hijos de Abraham.

Hay otra razón por la cual me niego a correr. Perdí todos mis bienes terrenales para poder obtener lo sagrado. Ahora lo veo claramente, tan claramente como uno puede verse la palma de la mano. Ya no me avergüenzo de mi pobreza. Solía avergonzarme cuando los matones se reían de mí por las calles. Mis sandalias estaban rotas, yo apenas tenía una moneda con qué pagarle a una lavandera para que lavara la suciedad impregnada en mi túnica. Cuando voy a la Kaaba a orar a Alá, les sonrío a los malvados. ¿Por qué no? Tengo un lugar asegurado en el cielo, nadie me puede quitar eso.

Ustedes, hijos de Ismael, hagan caso a la advertencia del Profeta:

*Aquel cuya fe sea igual a una semilla de mostaza no
descenderá al infierno, así como aquel cuya soberbia sea
igual a una semilla de mostaza no entrará al Paraíso.*[1]

Ojalá tuviese su coraje, para pararme en la boca del infierno y no temer. Ustedes deshonran el nombre del Profeta y escupen en el suelo. Pero él no estaba solo en eso. He visto a hombres escupir a Dios desde las sombras de la Kaaba. Ustedes, Quraishi arrogantes, no tienen vergüenza. Han envenenado a los camellos de Mahoma y han levantado terribles calumnias sobre las hijas. El plan les ha funcionado. ¿No se ha casado Zaynab, la hija mayor del Profeta, con un hombre que se niega a creer? Ella ama a su padre, pero teme más a su esposo.

He sostenido la mano de un niño pequeño a quien habían golpeado hasta casi causarle la muerte porque, de acuerdo con un rumor, uno de sus primos venera a Alá. Mientras le vendaban la cabeza ensangrentada, yo lo consolaba con una promesa de Mahoma: "Quienquiera que me haya visto, ese hombre ha visto la verdad".

Pues deshónrenme a mí también, es lo que les digo. Eso me acercará a mi recompensa con mayor rapidez.

Los creyentes me dicen que de todos los que siguen al Profeta, yo tengo la sangre más pura. Mi madre encinta estaba pasando por la Kaaba cuando comenzó el trabajo de parto. Para conservar su privacidad se metió allí dentro, y así es como nací en ese lugar sagrado. Esto no significa nada para ustedes, que hacen de cuenta que la Kaaba es sagrada, pero ofrecen prostitutas a una distancia tan cercana de ahí que se los oye cuando pregonan. Mi madre

1 La traducción de este hadiz se ha hecho a partir del original en inglés.
 (N. de la T.)

se quedó allí dentro tres días, hasta que recobró fuerzas para levantarse. Cuando abrí los ojos, el primer rostro que vi fue el de Mahoma. Él había venido a proteger a mi madre en cuanto se enteró de sus penurias. Yo era pequeño y rojo como una manzana silvestre arrugada, pero él previó mi destino.

—Llámalo "el excelso" —dijo, y por eso me llaman Alí.

Mi padre es un jeque, el mismo Abu Talib de quien se ríen tan abiertamente. Él estaba perplejo por el hecho de que yo hubiese nacido en la Kaaba, pero lo tomó como un presagio. Aunque no fue uno bueno al principio. Yo me nutrí del pecho de la desgracia. Recuerdo que tenía cinco años cuando llegó la hambruna. La sequía había liquidado los rebaños de mi padre y arrasado con los cultivos de toda la zona. Mi padre no tenía dinero para alimentarme, y un día me sentó en el suelo y me dijo:

—Yo me enfrento ante el oprobio pase lo que pase contigo —me dijo, casi sin poder contener las lágrimas—. El oprobio por perderte es mejor que el oprobio por que mueras de hambre bajo mi techo. Búscate un padre mejor que yo si puedes.

Yo rogué que me llevaran con mi primo Mahoma. Conocía su casa desde antes de dar mis primeros pasos. Jamás me habían dicho nada si yo tomaba un puñado de dátiles de un jarro y me los comía en un rincón. Cuando aparecí en su puerta, Mahoma me abrazó y me besó en la mejilla. Me convertí en su hijo en ese instante, sin siquiera intercambiar palabras. Era como si, de pronto, en un gélido día de invierno, el tibio sol me abrigase la espalda.

Déjenme que les cuente cómo el Profeta me abrió las ventanas del alma, para que pueda abrir las de ustedes también. Yo tenía once años cuando él recibió la visita del ángel. Cuando Mahoma bajó de la montaña y se escondió en su habitación, yo estaba muy asustado, pero lo que más me asustó fue la cara de Jadiya la primera vez que ella salió de allí.

Me hizo a un lado y me dijo con voz seria:

—Debes creer. No le estoy diciendo esto a nadie más. Sé que eres sólo un niño, pero debes creer de todos modos.

Le pregunté por qué. Jadiya dudó.

—Tu primo Mahoma es tu padre ahora. La fe de un hijo comienza con el padre.

—¿Mi padre? Abu Talib ni siquiera podía alimentarme.

Jadiya negó con la cabeza.

—Abu Talib no lo sabía, pero él estaba obrando bajo la voluntad de Dios. Fuiste separado para que te pusieran bajo protección divina. Cualquier ladronzuelo podría haberte acuchillado sólo por diversión. En cambio, fuiste enviado a ser el hijo del Profeta.

En aquellos primeros días ella nunca usaba la palabra "profeta" con nadie, excepto conmigo. Mahoma me confesó muchos años después que él mismo tenía dudas sobre quién era. Estaba debajo de las sábanas, muerto de miedo, cuando Jadiya se las quitó y dijo:

—Dios no castigaría a un hombre tan recto como tú. Deseo con todo mi corazón que tú seas el profeta que nos han prometido por tanto tiempo.

Ella no veía ninguna razón para desconfiar del ángel. Fue una mujer, no yo, ni ningún otro hombre, la primera persona en creer.

¿Qué es lo que sabe un niño de once años? Yo corría por las calles con mi nuevo hermano Zayd, arrojándoles piedras a los perros callejeros, espiando a los camellos aparearse a través de la cerca y sin entender por qué esa escena hacía que yo sintiera mi cuerpo encendido. Por las noches, yo hacía preguntas.

—Padre, ¿cómo era el ángel?

—Al principio pensé que era como un hombre bañado de luz. Pero después lo vi transparente y llenaba todo el cielo.

—Si no he visto nunca un ángel, ¿cómo conoceré a Dios?

—Cuando te conozcas a ti mismo, conocerás a Dios.

—Pero tú dices que Alá está en todas partes. Aunque recorriera el mundo entero, no lo vería a Él.

—El Señor me ha dicho: "Ni el cielo ni la Tierra pueden contenerme. El corazón de mi fiel servidor sí puede".

Entonces creí sin dudar, del mismo modo en que uno cree en el sol. Una vez que miras el sol, ¿cómo puedes dudar de su existencia? Sentarme a los pies de Mahoma es como oír las fuentes del Paraíso. Cuando se acercan nuevos conversos, Mahoma me pone una mano en el hombro y dice: "Este es mi primer seguidor. Su rostro es puro, porque nunca ha tocado el suelo reverenciando a un ídolo".

Yo solía sonrojarme cuando oía eso. Detrás de mis espaldas algunos dicen que yo no fui el primer converso porque yo no adoraba a nadie antes que Alá. Entonces, ¿de qué me convertí? De la nada. Pero eso fue un secreto los primeros tres años. Mahoma hablaba de sus revelaciones sólo con unos pocos de nosotros. Hasta que un buen día recibió un mensaje que indicaba que tenía que invitar a todo el clan Hashim a aceptar al único Dios. Yo no tenía aún quince años, pero Mahoma me encargó preparar un apetitoso banquete. Preparamos comida para cuarenta comensales, cada uno de los hombres del clan.

Los mensajeros se esparcieron por toda La Meca para entregar las invitaciones. Mahoma les había dado instrucciones muy precisas.

—No le den la invitación a ningún sirviente. Esperen en el portón hasta que los hagan pasar o hasta que el señor de la casa salga a recibirlos. Saluden con respeto, y usen estas palabras: "Mahoma no ha reparado en gastos".

Eso último fue muy astuto. Mucha gente había comenzado a sospechar de Mahoma. Todos conocían la palabra "islam", "aceptación", que es lo que él predicaba. Pero los enemigos del Profeta recordaban que esa palabra también significaba "sumisión".

—¿Ven? Quiere ser jefe de toda la ciudad. Su Dios es sólo una fachada para su propia ambición —decían con desdén. Y sin embargo, ni el más desconfiado de los Hashim se perdería un banquete por nada del mundo.

Cuando cayó la noche, los invitados se apiñaban para entrar por el portón de la casa de Mahoma. Mahoma había cumplido con su palabra. Había tanta comida y tanta bebida como para atiborrar a ochenta hombres. Los sirvientes terminaron exhaustos, todas las muchachas se despertaron amoratadas por los pellizcos que habían recibido. Yo miraba a mi alrededor, sabiendo que cada uno de los hombres que estaba allí de juerga dudaba. Me molestaba haberlos llenado con cordero y pan de miel. Sabía que al otro día estarían diciendo las peores cosas sobre Mahoma.

Él se mantenía tranquilo y me recordó una vieja broma para calmar mis nervios.

—Un hombre que estaba todo el tiempo quejándose murió y se fue al infierno. Cuando llegó, miró a su alrededor, frunció el seño y dijo: "¿Lo único que tienen para encender el fuego aquí es madera húmeda?".

Una vez que los convidados se hubieron saciado, cuando ya estaban reposando sobre los almohadones dando quejidos de satisfacción, Mahoma se levantó.

—Hijos de Al-Muttalib, en nombre de Alá no conozco a ningún otro árabe que hubiera podido ofrecer un banquete semejante. Les he ofrecido lo mejor que hay en este mundo y en el más allá. Alá me ha ordenado que los invite a entrar en el cielo.

Se desataron miradas incómodas por toda la sala. Si no hubiesen estado tan atiborrados de comida, alguien hubiese rezongado al oír a Mahoma mencionar el nombre de Alá. Había una ley que prohibía mencionar Su nombre.

Sin prestar atención, Mahoma levantó la voz.

—¿Quién me ayudará en mi misión? Quien dé un paso adelante será mi hermano, mi sucesor, el líder de esta fe cuando yo muera.

Su pedido fue tan apasionado que mi corazón empezó a latir a toda velocidad. Yo miré a mi alrededor, pero los Hashim estaban mirando hacia abajo o hablándose unos a otros en voz baja. Mahoma preguntó otra vez quién quería dar un paso adelante, y luego, una tercera vez. Yo no me pude contener. Me puse de pie y dije:

—Yo te ayudaré.

Se hizo un silencio.

Los ojos de Mahoma barrieron la sala, tocando con la mirada a cada uno de los tíos y primos. Ninguno se movió. Algunos se reían por lo bajo.

—Por la voluntad de Alá —dijo con sobriedad— declaro a Alí mi hermano, mi sucesor y regente de esta fe cuando yo muera. Le deben respeto, y deben obedecerle.

Después de eso, las risas reprimidas se transformaron en carcajadas. Uno de los tíos de Mahoma, Abu Lahab, se dirigió a mi padre.

—¿Ves lo que significa la sumisión? De ahora en más, Abu Talib debe obedecer a su propio hijo.

Ese comentario provocó que las carcajadas fueran más fuertes, y yo percibía el descontento en la cara de todos. Cada uno de los tíos que estaba en esa sala tendría que obedecer a Mahoma si lo aceptaban como mensajero de Dios.

Aquel banquete fue hace cuatro años, y por como se fueron desarrollando las circunstancias, Abu Lahab se convirtió en nuestro más acérrimo enemigo. Organizó ataques en contra de los creyentes. En una ocasión vio a Mahoma orando cerca de la Kaaba y se enfureció tanto que tomó las vísceras de una cabra sacrificada y se las arrojó al Profeta.

¿En verdad creen que actuó con rectitud? Abu Lahab se había acercado a Mahoma en secreto y le había preguntado:

—¿En qué me beneficiaría aceptar tu fe?

—Serás bendecido por Alá, al igual que todos los creyentes —respondió el Profeta.

Abu Lahab se impacientó. Los Hashim recibían un diezmo por el agua del Zamzam que tomaban los peregrinos y todos lo aceptaban. Volvió a preguntar en qué se beneficiaría si aceptaba la fe. Esta vez fue doblemente altivo.

—Aceptar la fe es volverse humilde en nombre de Dios. Tu recompensa será el júbilo ante Sus ojos. ¿Qué más podría alguien querer? —dijo Mahoma.

Como era de esperarse, Abu Lahab quería mucho más. Se retiró con furia y redobló sus denuncias. No era el único mercader que temía al llamado del islam. Todos estaban aterrorizados cuando sus esclavos comenzaron a seguir al Profeta, que se metía en secreto entre los pobres.

En esas casas con poca luz, llenas de humo y de pestilencia de la necesidad más elemental, Mahoma levantaba las manos y decía:

—Así como los dedos de mis manos son iguales, también lo son los hombres. No existe la preferencia de uno sobre el otro.

Un esclavo negro llamado Bilal fue un ferviente converso. Cuando su amo se enteró, ordenó que un grupo de matones Quraishi se llevaran a Bilal al desierto y lo golpearan y lo metieran dentro de una armadura de metal y lo dejaran bajo el sol despiadado.

Todo ese tiempo, el esclavo repetía: "Dios es Uno, Dios es Uno". Cuando se lo informaron al amo, éste ordenó que aplastaran al esclavo bajo piedras pesadas. La tortura recién empezaba cuando Abu Bakr pasó por allí. Abu Bakr corrió a la casa del amo y le arrojó dinero sobre la mesa para comprar a Bilal. El amo dudó —pensaba seguir enseñándole al esclavo su lección— antes de aceptar. Abu Bakr liberó a Bilal y luego de eso adoptó la práctica de comprar otros esclavos que se habían convertido.

El pánico se propagó entre los Quraishi. Después de los primeros tres años, el Profeta comenzó a predicar en público. No había más de cuarenta seguidores, pero los ancianos no eran tontos. Sabían el peligro que significaba el mensaje y temían que se desatara una guerra entre hermanos. Un Dios que da todas esas cosas a quienes lo aceptan es difícil de resistir por mucho tiempo. El único recurso que ellos tenían era acudir a Abu Talib, quien, como cabeza del clan, había extendido su protección sobre Mahoma. Por más furiosos que estuvieran, los Quraishi no podían romper el código tribal. La protección era absoluta y tenía que ser honrada. De lo contrario, habría guerra y sangre eternas en las calles.

Abu Talib se negó a actuar. Una y otra vez, su respuesta a los ancianos era:

—Mantengan su silencio y su dignidad, actuemos con Mahoma de la manera en que debemos. No debemos pisotear nuestras costumbres sagradas.

Abu Talib no iba a romper su promesa de proteger a su sobrino huérfano como si fuera su propio hijo.

Los ancianos Quraishi no se dieron por vencidos. Encontraron un muchacho fornido en el mercado de esclavos y se lo llevaron a Abu Talib.

—Toma a este muchacho como tu hijo y renuncia al otro. Saldrás beneficiado con el cambio —le dijeron. Abu Talib los echó de la casa disgustado.

Les diré qué es lo que más preocupa a los Quraishi. Es el misterio de la palabra. ¿Cómo es posible que este Corán, un río de palabras pronunciadas por un hombre común, sea más poderoso que sus espadas? Incluso rodeadas por amenazas y por el ridículo, las personas se convertían, porque oían la voz de Dios en la voz de Mahoma.

Si fueran a creer los rumores, los seguidores de Mahoma realizamos rituales satánicos cuando nos reunimos a puertas cerradas. Si sólo supieran la verdad. Mahoma predica la paz. Dice: "El luchador más fuerte no tiene fuerza comparado con aquel que sabe controlar su ira". A veces alguno de nosotros, los musulmanes —así nos llamamos entre nosotros, para expresar que no nos hemos rendido— peleamos porque nos han provocado. Cuando nos llevan ante el Profeta, él nos reprende diciendo: "La creación es como la familia de Dios. Todo lo que la sostiene proviene de Él. Por lo tanto, Él ama más a quien es amable con Su familia".

Jamás voy a decir esto frente al Profeta, pero Abu Lahab es el hijo del Diablo. Él mira detrás de escena como si fuese una serpiente esperando que se acerque su presa. Él fue quien dispuso que se ataque la casa de Mahoma por las noches. Por un tiempo, hubo que montar una guardia armada en el portón. Hasta que un día Mahoma recibió un mensaje que decía que retirara la guardia. Dios lo protegería. Tal vez fue esa breve sura la que inspiró al Profeta a adoptar una nueva estrategia.

—Nuestro padre Abraham hizo trizas los ídolos de su pueblo cuando todos se fueron. Se rió de esos dioses insignificantes diciendo que eran apenas montones de arcilla ciegos y sordos a las oraciones de los idólatras —dijo Mahoma.

Después de eso, Mahoma empezó a ridiculizar a los ídolos que había dentro y fuera de la Kaaba. Durante los meses sagrados, partía al amanecer para esperar a los peregrinos que llegaban a La Meca y les cuestionaba su idolatría en la cara.

—Si sus ídolos, que no tienen ni ojos ni oídos, pueden oír mi blasfemia, que hagan lo peor —les decía—. Ellos no los van a salvar a ustedes. En realidad, ellos son simples servidores de Dios. ¿Por qué confiar en el esclavo cuando tienes al Amo? Solo Él responde a las plegarias y da protección.

Cuando los peregrinos se dieron cuenta de que ninguno de sus dioses podía hacerle daño a Mahoma, algunos de ellos se convencieron y se convirtieron. Abu Lahab no podía tolerarlo, así que cada vez que se enteraba de que Mahoma se dirigía hacia la Kaaba, enviaba a sus hombres para que gritaran: "¡No oigan lo que dice! ¡Un loco intentará arengarlos!". Su clamor no dejaba oír los sermones del Profeta. Después de eso, Mahoma dejó de predicar en público y comenzó a organizar las reuniones de noche, a escondidas.

Abu Lahab, que ahora tenía el apoyo de toda la tribu, seguía con la misma determinación. En lugar de exterminar a todos los fieles de una vez, a lo cual ni siquiera él se atrevía, decidió hacerlo como a las moscas, de a uno por vez. Por cada persona que se convertía al islam, se mataba a un viejo converso o se lo aterrorizaba hasta que abandonara La Meca. A Mahoma no lo podían tocar, no estando bajo la protección de Abu Talib. Pero casi todos los demás estaban en peligro, especialmente los sirvientes y esclavos que se atrevían a tener una creencia diferente de la de sus amos.

Un día llamé a la puerta de un viejo *hanif* que se había pasado a nuestro bando. La puerta se abrió con un crujido. No había nadie dentro de la casa. Yo fui de habitación en habitación, llamando al *hanif*. El viejo había huido por la noche con su familia. Había un signo demoníaco en la pared, escrito con sangre de animal.

Corrí a la casa de Mahoma y le dije, gritando, que los ataques de sus enemigos ya eran intolerables.

—Déjame responder esos ataques. ¿Qué más se puede hacer con hombres que te odian?

—¿Quieres demostrar cuánto amas a tu Creador? —dijo con calma.

—Con todo mi corazón —exclamé.

—Pues comienza por amar a tus hermanos —dijo él.

Después de muchos meses ninguna de las partes podía salir del lugar al que habíamos llegado: un hombre de Dios con cuarenta seguidores contra todas las familias poderosas de la ciudad. La única opción que le quedaba a Mahoma era pedirle a Dios una solución.

PARTE 3

El guerrero de Dios

Capítulo
14
Un escriba judío

Qué criaturas extrañas somos los humanos. Si golpeas a un perro, se estremece por el miedo. Si golpeas a un caballo, huye al galope. Pero si golpeas a un hombre, a veces empieza a soñar. Esos sueños pueden llevarlo a lugares que ni te imaginas. Siendo judío, yo sueño constantemente.

En mi sueño favorito, me veo corriendo detrás de vendedores de pájaros. Yo solía hacer eso, mucho tiempo atrás. Cada primavera, recostado en la cama, en casa de mi padre, yo los escuchaba venir antes del amanecer. Los vendedores de pájaros no se perdían ni una primavera. Uno podía oír el canto de sus cautivos —pinzones, alondras, gorriones— cantando desde sus jaulas de mimbre. Otros vendedores les colgaban cencerros alrededor del cuello a sus mulas para que, aun desde la distancia, todos supieran que se estaban acercando. Pero los vendedores de pájaros no necesitaban hacer eso.

—¿Vendían ruiseñores? —me preguntó Mahoma una vez. Hacía calor, fue unos meses después de que él hubiese llegado a Yatrib. Yo era su escriba, y, sin embargo, no había nada que escribir. Nadie acudía con urgencia a Mahoma para que decidiera sobre un divorcio, o con una bolsa de trigo que un vecino había "encontrado" en la calle.

—Tal vez —le dije—. Pero como sumergían los pájaros en tinturas para que parecieran hermosos, nunca sabíamos qué eran. —Al menos un niño no se daba cuenta.

—Las aves del desierto son grises, pero en el Paraíso tendrán colores brillantes, rojo y verde —musitó Mahoma— y sus canciones no tendrán nostalgia. La nostalgia no existe cuando uno está cerca de Dios.

—¿Las aves extrañan a Dios? —le pregunté.

—Todas las criaturas extrañan a Dios—contestó Mahoma.

Él es un soñador, saben, como yo. Pero su sueño le da esperanzas a su gente. Los musulmanes son nuevos para nosotros. Atravesaron el desierto para venir a esta ciudad lejana, Yatrib, a más de trescientos kilómetros de La Meca. Enviados por Dios, dicen, así como los judíos fueron enviados lejos de Egipto. Ellos le llaman hégira o "migración". Yo no sé qué pensar. Tal vez los envió su Dios. Tal vez el odio y el rechazo constante los derrotaron.

Una broma sobre ser odiado:

Una mujer da a luz y la comadrona se acerca a felicitar al padre, que está nervioso, caminando de un lado a otro en la habitación.

—Buenas noticias —dice la comadrona—. Es un varón y está sano.

Pero al padre aún se lo ve preocupado.

—¿Está segura de que es normal? —le pregunta.

La comadrona asiente con la cabeza.

—Tiene diez dedos en las manos y diez dedos en los pies. Tiene un miembro pequeñito. Ah, sí, y odia a los judíos.

El primer musulmán que conocí se rió cuando le conté esa broma. Era un sirviente de Abu Bakr, que había venido aquí con Mahoma. Todo había ido de mal en peor en La Meca. Durante los doce años que pasaron desde que Mahoma recibió la visita del ángel, el odio se fue acrecentando más y más. Abu Bakr construyó junto a su casa una estructura especial para orar a la que llaman mezquita. Era evidente que nadie quería que los musulmanes profanaran los templos donde guardaban sus ídolos. Esa mezquita tenía apenas cuatro paredes sin techo. Abu Bakr se metía allí dentro y se arrodillaba ante Dios cinco veces al día. Eso es lo que Mahoma les había dicho que hicieran. Las paredes eran bajas, cualquiera podía mirar allí para ver lo que pasaba. El sonido de las devociones de Abu Bakr llenaba la calle. Los ancianos de la tribu lo tomaron como una provocación deliberada.

Los enemigos de Mahoma mascullaban que no había suma de dinero que alcanzara para evitar que castigaran a Abu Bakr. Mahoma ya había probado que los antiguos ídolos no podían lastimarlo ni a él ni a sus seguidores. Sin embargo, esos enemigos tenían razón en que ninguna suma de dinero sería suficiente.

Abu Bakr le debía la vida a un protector que había jurado protegerlo y mantenía a la tribu controlada. Ese protector, Ad-Dughunnah, llegó una mañana y le suplicó a Abu Bakr que lo dejara entrar en su casa a orar. En lugar de aceptar, Abu Bakr lo miró con dureza y le dijo:

—Te libero de tu juramento. La protección de Alá es todo lo que necesito.

El odio enseguida hizo ebullición. Los clanes de la tribu tramaron un complot para librarse de Mahoma sin desatar una guerra en la ciudad. Cada clan acordó la elección de un muchacho joven y fuerte que supiese usar un cuchillo. Los asesinos designados irían en grupo y cada uno le clavaría su daga a Mahoma. De ese modo, la culpa se distribuiría por igual entre todos los clanes de la tribu. Se haría una ofrenda de dinero manchado con sangre para absolver a todos del crimen cometido. La nueva religión se marchitaría como una rosa sedienta cuya agua ha sido robada. Como todos bien sabían, Mahoma era el agua del islam.

Un mercader musulmán me contó esa historia. Lo interrumpí para preguntarle:

—¿Era su propia gente la que estaba intentando matarlo?

—Todo el que esté afuera de Dios no es su gente —me contestó.

La noche designada para el asesinato llegó. La banda de asesinos aguardaba junto al portón en la casa de Mahoma, esperando a que saliera a dar su caminata habitual al amanecer. No se habían ocultado bien, y Mahoma y su devoto y joven primo Alí advirtieron la presencia de los asesinos y el peligro que los acechaba.

Mahoma y Alí no tenían mucho tiempo. Mahoma pensó rápidamente en un plan. Tomó una capa de lana verde, como las que usaban los nómades, con la que todos habitualmente lo veían. Envolvió a Alí con ella y le dijo que se recostara en la cama, simulando ser el Profeta.

Alí no quería, porque de ese modo iba a dejarlo solo y sin protección. Pero finalmente Mahoma lo convenció. Cuando Alí lo dejó solo, Mahoma empezó a recitar unos versos que había recibido en una revelación. Cuando llegó a la frase: "Los he cubierto con un sudario, de modo tal que no puedan ver", Mahoma comprendió lo que Dios quería. Se envolvió en una capa común y corriente y salió de la casa, pasando frente a sus asesinos sin que ninguno de ellos lo advirtiera.

A unas cuadras de allí se topó con alguien a quien conocía, que lo saludó con la cabeza y siguió su camino. Pero esa persona estaba al tanto del complot contra Mahoma y corrió a la casa para avisarles a los asesinos que acababa de verlo en la calle. Ellos juraron que era imposible que nadie hubiese podido salir de la casa sin que lo advirtieran. Para probarlo, espiaron por la ventana de la habitación de Mahoma donde estaba durmiendo, envuelto en su capa verde. El engaño no fue descubierto hasta el amanecer, cuando Alí salió de la casa y anunció que su primo había huido.

Mahoma había logrado llegar a la casa de Abu Bakr. No había otra opción más que huir. Había recibido un mensaje que le anunciaba el peligro que se avecinaba. La voluntad de Dios era clara. Quedarse allí significaría la muerte de todos.

Con una pequeña caravana de camellos, Mahoma y Abu Bakr partieron de La Meca a toda prisa. Pasaron tres días en una cueva de montaña, cerca de la ciudad. Alí se había quedado para resolver los negocios de Mahoma. Una vez que estuvo absolutamente seguro de que Dios quería que él se fuera, Mahoma aceptó cruzar el desierto a su nuevo hogar, en el norte.

Después de oír esa historia, la curiosidad me acechó aún más. Una tarde, cuando noté que Mahoma estaba particularmente tranquilo y de buen humor, le pregunté:

—¿Siempre confías en tus mensajes?

—Es Alá quien confía en mí —me dijo.

—Pero él te envió al desierto. ¿Eso es un signo de amor? ¿Por qué no mató a tus enemigos directamente?

Mahoma me miró. Él sabe más sobre judíos de lo que uno se pueda imaginar, y su mirada decía *Estás hablando sobre ti*. Dejó pasar un momento, como si estuviese decidiendo qué podía contarme.

—Mi esposa creyó en mí cuando nadie más lo hacía —me dijo con seriedad—. Ella oyó cada una de las palabras de Dios y las aceptó, a tal punto que allí donde yo terminaba, ella empezaba y donde ella terminaba, yo empezaba. Nuestra fe era un segundo matrimonio. Su nombre era Jadiya. Un día, ella entró en mi habitación con un cuenco de sopa en las manos. Justo en ese momento en que yo oí sus pasos, Dios me habló sobre ella. Cuando Jadiya entró en mi habitación, le dije: "Querida, el Señor me dice que eres una mujer bendecida. Te espera un lugar en el Paraíso, donde no existe el cansancio, sólo la tranquilidad". Ella no sonrió, sólo me miró largamente. Compartimos el mismo pensamiento: *Esta es la manera que tiene Alá de anunciarle la muerte.*

Los ojos de Mahoma se llenaron de tristeza. Me conmovió que confiara en mí, y sentí la necesidad de abrazarlo y consolarlo. Pero un momento después el cuerpo de él se tensó.

—El hecho de que Dios me cuente los secretos de la vida y la muerte no significa que yo decida sobre la vida y la muerte. Esos son grandes misterios. La voluntad de Dios ha querido que esté más cercano a esos misterios que el resto de los hombres. Eso es causa tanto de dolor como de alegría.

Nunca más volvió a confiarme nada y, sin embargo, estoy casi convencido de que él entendía a los judíos, porque así es como Dios ordena que vivamos: cercanos al misterio, pero jamás resolviéndolo. Nuestra pena y nuestra alegría están entreveradas. Más tarde me enteré de que Jadiya había muerto poco después de aquel mensaje. Fue tres años antes de que los musulmanes huyeran de La Meca. Ese año se lo conoce como el año de la tristeza de Mahoma, porque su tío, Abu Talib, murió también en esa época. Abu Talib nunca llegó a convertirse al islam, pero bendijo a Mahoma. Me han contado que en su lecho de muerte lo acechaban los parientes que querían que Abu Talib diera órdenes en contra de la fe de Mahoma. Pero él siempre se negó.

Hay algo que tengo que reconocerles a estos musulmanes. Oran en silencio. Se purifican y recitan los versos que Mahoma les ha enseñado. Y no son abogados. Antes de que llegaran los musulmanes, mi vida estaba circundada por abogados en las cortes de los rabinos. En las cortes, yo me sentaba con las piernas cruzadas y la tabla de escribir sobre ellas, escribiendo interminables argumentos. Los jueces asentían con la cabeza desde el estrado, espantando las moscas que se acercaban a los platos de dulces. Los litigantes les llevaban dulces para que estuvieran de buen humor. Los abogados creían que ellos eran más sabios que la Torá. Ellos y sus mentes malhumoradas. Un mezquino desgraciado me descontó una hora de trabajo porque decía que yo había borroneado una línea.

—Ustedes borronean la verdad y les pagan más por eso —le señalé.

Me gritó y me echó de la corte. Después de eso, me resultó difícil conseguir trabajo con los rabinos y es por eso que tomé el trabajo que me ofrecían los musulmanes. Hay muchos judíos en Yatrib, y muchos de nosotros sabemos escribir.

—Tú no escribirás la palabra santa del Profeta —me dijeron— para eso tenemos a nuestros propios escribas. Tu trabajo es seguir los procedimientos legales, las disputas y los problemas cotidianos. Cuando el Profeta emita un juicio, debes tomar nota de cada palabra. Si el Profeta da consejos sobre algún asunto en particular, debes tomar nota de cada palabra. Esto es importante. ¿Comprendes?

Yo asentí con la cabeza. Quería el trabajo, ¿no es así? Hacía varios años que los musulmanes venían llegando poco a poco a Yatrib, pero pasaban desapercibidos. Formaron un pequeño grupo solemne cuando Mahoma ingresó por las puertas de la ciudad a la caída del sol. Algunos judíos los invitaron a refugiarse aquí. En Arabia, si le rindes culto a un único Dios, quieres aliados. Ahora que Mahoma se encuentra entre ellos, su gente no sólo se siente segura, siente que Dios les ha mostrado el camino. Incluso han proclamado que Yatrib debería tener un nuevo nombre: Medinat al-Nabi, que quiere decir "la ciudad del Profeta". Si están apurados, simplemente dicen Medina.

—Los cristianos también escriben, tal vez más que los judíos —dijo Mahoma. Como ya les conté, hacía calor, y por eso yo no estaba escribiendo. Cuando escribía, a él le gustaba mirarme hacerlo, con una mirada casi de asombro en los ojos. Por un momento, a pesar de su barba cana, no parecía de cincuenta y dos años. Parecía un niño otra vez.

—Los cristianos tuvieron que escribir para sobrevivir —dije.

—¿Por qué?

—Porque los romanos odiaban a su profeta, Jesús, y los hubieran matado a todos —le dije—. Por suerte para ellos, los romanos ricos eran muy haraganes. Muchos ni se molestaron en aprender a leer y ni a escribir.

Dejé de hablar. De pronto me di cuenta de que Mahoma podía llegar a ofenderse por lo que yo había dicho.

—No me refiero a ti, señor. Tú no eres haragán. Tú eres muy trabajador. —Mahoma sonrió, lo cual era bastante increíble. Cualquier otro rico de Medina me hubiera dado una patada por mi insolencia.

Luego continué.

—A los primeros cristianos los obligaban a leer las escrituras. No les dejaban esa tarea a los sacerdotes. Después de un tiempo, había tantos que sabían leer y escribir que resultaron útiles como escribas. Los romanos los contrataban en las provincias. El tiempo pasó, y cada vez que a algún nuevo emperador se le ocurría perseguir a los cristianos, sus gobernadores le decían: "No puedes. El sistema de recaudación de impuestos caería sin la ayuda de esos mugrosos". Unos siglos después, todo el imperio fue cristiano. —Esa ironía me daba mucho placer.

Mahoma estaba intrigado.

—Primero te persiguen. Después te necesitan. Y al final, se convierten a tu religión.

Mahoma se repitió esa misma frase varias veces durante ese día. Más tarde, me di cuenta por qué. Nadie que esté en el poder necesita a los musulmanes, no por ahora. No son muchos, al menos no los suficientes como para formar una tribu armada. A Mahoma le preocupa cómo harán para sobrevivir. Dios le ordenó que llevara la buena noticia, como Jesús, ¿pero cómo lo haría?

Los musulmanes me contaron que en La Meca Mahoma se sentaba todas las mañanas cerca del pozo del pueblo a enseñarles a sus seguidores. Si un sirviente se acercaba, se sentaba a escuchar como todos los demás. Aun un esclavo podía sentarse a escuchar.

La gente de clase alta no estaba muy contenta con eso, pero no se querían acercar, puesto que uno no habla con un hombre respetable cuando hay esclavos alrededor. Finalmente, uno de los ancianos se acercó a Mahoma y le dijo:

—Quiero hablar contigo, hermano. Diles a los esclavos que se vayan.

Mahoma asintió con la cabeza como si estuviera por concederle ese pedido, pero de pronto no pudo hablar y la cara se le llenó de sudor. Como no obtuvo respuesta, el anciano se retiró enfurecido. Poco después de ese episodio, Mahoma recibió otro mensaje: "No ahuyentes a quienes creen, o pasarás a estar del lado del mal". Pues no tenía opción. Tenía que salvar a cada adorador de ídolos en La Meca, fuera rico o pobre. La tarea parecía imposible. Cuando Mahoma acudió a los gordos ancianos de su tribu, ellos ridiculizaron la idea de que uno de su tribu pudiera ser el elegido de Dios. Cuando se acercó a los pobres, fueron demasiado fáciles de convencer. Esperaban obtener favores y dinero de un mercader rico que de pronto se fijaba en ellos.

—¿Encontró la respuesta? —le pregunté a uno de los musulmanes.

El musulmán se encogió de hombros.

—¿Estaríamos aquí si la hubiera encontrado?

Sé de algunos judíos que sospechan de los recién llegados. Les digo que Mahoma es como Moisés guiando a sus niños perdidos, pero se ríen de mí. "¿Y Yatrib es su tierra prometida? ¿Dónde está la leche y la miel? Deberían seguir caminando."

Le pregunté a Mahoma si esta era su tierra prometida.

—Eso a mí no me concierne —me contestó—. Dios puede encontrarla en cualquier parte de la Tierra. Hay algo más importante que eso. —Apuntó a una pila de pergaminos que se encontraban en el suelo—. Este es el Libro de Dios. Ha estado aumentando su tamaño desde hace doce años. No hay nada más preciado. Ustedes son un pueblo del Libro, así que comprenden.

Me contuve. Si decía que sí, que entendía, ¿me haría eso un mal judío? ¿Es un pecado trabajar para un musulmán cuyo libro no es el mío? Oigo el susurro en mi mente, y esto es lo que le digo al pueblo de la Torá: si el Mesías viene mañana y echa a los gentiles al mar, tal vez se dirija a mí y me diga: "Eli, hijo mío, siéntate a mi derecha. Estaré ocupado reconstruyendo el templo de David. Tú cuida de todo mientras yo no estoy". En ese caso yo reinaría en el mundo y ningún Dios sería superior al mío.

Pero no hay Mesías, ni Templo, ni manera de sacarse de encima a los gentiles. Debo de merodear como José entre los que no creen, sólo que yo no lloro. Me adapto. Y si estos musulmanes han encontrado a su propio Elías o Moisés, ¿por qué he yo de patear la vaca que me da leche? Mi trabajo es escribir, no juzgar. Jamás he visto a Mahoma cuando recibe los mensajes, que llegan una y otra vez, según dicen. Aparecen nuevos pergaminos junto a él. Algunas veces ni siquiera se me permite pasar. Otras veces lo veo empezar a cambiar. Los ojos se mueven hacia arriba y tiembla un poco, como un gorrión sobre una mano. Ante el primer signo me sacan de la habitación.

Hay una cosa que sí sé. Mahoma transmite las leyes, al igual que Moisés. Entonces, si el Profeta dice: "Dios me ha dicho esto", sus seguidores dicen: "Te creemos". ¿Cómo puede alguien probar lo contrario? Cuando estoy en la seguridad de mi casa puedo encender las velas en memoria de los macabeos, que murieron como héroes defendiendo a los judíos, y puedo insultar a nuestros enemigos. Hay tiempo para eso. Siempre hay tiempo para eso.

Mahoma no llegó a los cincuenta años sin haber adquirido algo de astucia, y ha notado esos pensamientos preocupantes que me pasan por la cabeza. Un día me pidió que hiciera a un lado mi tabla de escribir.

—Mírame a los ojos —me dijo—. ¿Ves a un fraude o a un mentiroso?

Yo estaba demasiado sorprendido como para poder contestar.

—Si no ves a un fraude ni a un mentiroso, entonces estoy diciendo la verdad. Dios me ha convertido en Su mensajero.

Yo estaba avergonzado y masculeé algo entre dientes, no recuerdo bien qué. Mahoma adoptó una actitud de firmeza.

—No pongas en riesgo tu alma. Dios me pide que salve a los judíos. Quiere que salve al mundo.

Mahoma hizo una pausa, y por un momento temí que quisiera que yo escogiera, ahí y en ese momento. Pero, en cambio, miró hacia el otro lado y continuó:

—Durante tres años ni siquiera podía contarles a mis primos y tíos. ¿Tienes idea de la ansiedad que yo sentía? Saber por boca de Dios que todos los pecadores están condenados. Él lo ve todo. Él hace cada uno de los hechos que vemos sobre esta Tierra, y el último día los condenados atestiguarán en contra de ellos mismos. ¿Cuán lejos crees que pueda estar ese día?

El corazón me latía con fuerza. Había acero en sus palabras, pero no el acero de un loco. La fortaleza de Mahoma provenía desde algún lugar fuera de su cuerpo. Una fuerza como un rayo, que puede convertir un alma en cenizas o forjarla en una llama.

Yo tartamudeé.

—No me pidas que crea. Pero puedo ver. Tú sobreviviste a ese fuego.

Mahoma miró, sorprendido.

—¿Lo puedes ver? Porque es verdad.

Estoy recostado, preguntándome si el mundo llegará a su fin antes del próximo amanecer. Mis recuerdos todavía se remontan a mi niñez, cuando aguardaba a los vendedores de pájaros. A veces un pájaro se muere de pronto. Tal vez le dieron la comida equivocada, o tal vez tiene el corazón roto porque lo han separado de su pareja. El vendedor de pájaros les arrancaba las plumas a los pájaros muertos para hacerse un sombrero bellísimo, que brillaba con las tonalidades de todos los colores, más que un arco iris. Era difícil diferenciar al vendedor del vendido.

Espero que Mahoma llegue a ver los pájaros del Paraíso, como Dios le ha prometido. Y espero que no me dejen afuera cuando ese día llegue.

Capítulo
15
Fátima, la hija menor de Mahoma

Los fieles se están preparando para la guerra. La noche en que me enteré, tuve una pesadilla. Una jauría de hienas traía un león y comenzaba a roer la carcasa del animal mientras estaba todavía vivo. Las hienas reían al tiempo que le arrancaban las entrañas al animal. El león rugía, desafiante, mientras se iba muriendo. Me desperté temblando y pronuncié una palabra: *Padre.*

Debo de haber gritado sin darme cuenta, porque Alí, que estaba durmiendo a mi lado, se dio vuelta y balbuceó. Me quedé inmóvil hasta que se volvió a dormir.

¿Será esta guerra que se aproxima una prueba de Dios?

Las caravanas de verano que salen de La Meca pasan por Medina de camino a Siria. La mayoría de ellas son caravanas Quraishi, y las más importantes tienen mil camellos. Desde lo alto debe de verse como un camino de hormigas que va desde un extremo del horizonte hasta el otro. La mayor parte de los musulmanes son pobres. Algunos cultivan una pequeña extensión de tierra que les dieron a regañadientes. Muchos otros intentan comerciar, pero padecen muchas dificultades en una ciudad donde ninguna tribu es la de ellos.

Mientras un musulmán hambriento tira de un pequeño carro con hortalizas que difícilmente pueda vender, junto a él pasa una fila de camellos cargados con sedas, joyas y especias. La tentación del pillaje es muy grande.

Cuando el pillaje comenzó, no era muy diferente de la costumbre que tenían los árabes pobres de tomar de los ricos un poco de lo que les sobraba. Las caravanas eran retenidas durante una hora y después continuaban el camino. Alí lo encontraba muy divertido.

—La mitad de las veces ni siquiera encuentran la caravana y se vuelven a la casa con las manos vacías. El desierto tendría que ser más pequeño.

Era como un deporte, un juego. Los nómades lo han estado jugando desde tiempos inmemoriales. Si se llevan cautivos, pueden pedir un rescate. Mientras tanto, cautivos y captores se reúnen a cantar canciones alrededor de una fogata. Nunca se producen muertes, porque eso desencadenaría un derramamiento de sangre, lo cual representaría un problema para ambas partes.

Ahora todo ha cambiado. Todo comenzó cuando uno de nuestros grandes guerreros, Abdalá ibn Jahsh, arriesgándose más, fue por el camino hacia el sur, hasta cerca de La Meca, asumiendo un gran riesgo. Su banda encontró una pequeña caravana acampando bajo un palmar. Tres mercaderes cuidaban tímidamente de un puñado de camellos escuálidos. Cuando la banda de Abdalá los atacó, la primera flecha que Abdalá lanzó atravesó el corazón de uno de los mercaderes. Había sido intencional. Conmocionados, los otros dos mercaderes se tiraron al suelo en señal de rendición. Se los llevaron a Medina y a Alí dejó de parecerle gracioso. La muchedumbre no recibió a Abdalá como héroe, sino como alguien que había quebrantado la paz.

—Mira a la multitud. —Alí señaló a través de la ventana a la gente que había en la calle, judíos y árabes que alguna vez nos habían dado la bienvenida. Estaban molestos y encolerizados. El juego había llegado demasiado lejos. Un rumor que decía que Abdalá había desafiado el mes santo de Rayab, cuando no están permitidas las peleas, se propagó como el fuego. Su ataque fue profano, y muchos pensaban que contaba con la bendición de Mahoma para realizar actos de violencia. La confianza en el Profeta se resquebrajó.

—No es nuestro mes sagrado —argumentaba Alí—. Es el mes sagrado de los adoradores de ídolos. ¿Cómo podemos estar ligados a las costumbres de nuestros enemigos? —Alí se enfureció cuando se enteró de que los poetas que actuaban en el mercado inventaban canciones que ridiculizaban al Profeta.

Hacía apenas un año que estábamos casados. Todo el tiempo yo miraba hacia otro lado cuando ocurrían los pillajes y jamás pregunté si Alí formaba parte de ellos o no. Hasta que un buen día me trajo la noticia. Mi padre había recibido un mensaje de Alá: "Está permitido luchar". El mensaje era más largo que eso. Hablaba sobre quienes habían sido injustamente perseguidos por adorar a un Dios y habían sido expulsados del lugar donde habían nacido. Dios apoyaba los actos de Abdalá. Un crimen menor cometido por un musulmán se perdonaba cuando los débiles eran oprimidos, porque eso es un crimen mayor ante Dios. Pero lo único que yo oí fue la frase que nos cambió la vida: *Está permitido luchar.* El grado de excitación de Alí era comparable con mi grado de temor.

—Fe, pureza, bendiciones —dijo—. No alcanzan para combatir el mal. A veces es necesario que corra sangre.

Me tomó de la mano para consolarme, pero no eran sus palabras lo que me asustaba. Era la mirada en sus ojos. No podía soportar devolverle la mirada. Una batalla. Cuando llegara el momento, él correría a luchar en el frente. Un defensor de la fe no haría menos. Jamás he visto una batalla, pero no hace falta verla para saber quién muere primero. Retiré mi mano, para que él no sintiera mi miedo.

—¿No hemos venido aquí para traer la paz? —pregunté.

—Si nos exterminan, no habrá paz. No es una elección que provenga del mal, porque no es una elección. El enemigo ha decidido venir sobre nosotros.

Cuando yo era niña, un mensajero golpeó a la puerta de nuestra casa pidiendo ver a nuestro padre. Tenía la cara manchada con sangre, y estaba muy sucio porque había estado todo el día llevando mensajes a La Meca desde los montes. Un pequeño grupo de fieles había buscado un lugar remoto para orar en paz, pero los Quraishi los habían mandado a perseguir. En medio de las plegarias fueron sorprendidos por atacantes con cuchillos y palos. Mi padre palideció y escuchó con atención la historia del mensajero. Los fieles eran jóvenes fornidos, hicieron correr tanta sangre como ellos habían perdido. No había sido suficiente para los Quraishi prohibir el comercio con cualquiera que se atreviera a seguir al Profeta. Recurrían a la tortura, especialmente si uno de los fieles era esclavo. Un hijo adoptivo de mi madre había sido acuchillado en la mismísima Kaaba.

Los ojos de Alí me recordaban todo aquello. Le rogué a Dios que me diera palabras.

—Al menos no tendrás que volver a comprar tu escudo —le dije.

La cara se le enrojeció. Era cruel traerle malos recuerdos. Me sentí avergonzada. Pero cuánto más cruel era para los guerreros masacrarse unos a otros.

Esta es la historia de cómo Alí perdió su escudo. Cuando vinimos a Medina el año pasado, mi padre había empezado a unir a las personas. Había traído la paz entre las tribus judías y las árabes, quienes habían estado peleando a lo largo de tres generaciones. Para los judíos era ojo por ojo; para los árabes, un conflicto de sangre. Ninguna de las dos partes podía perdonar jamás el daño hecho a su clan. Cien años de violencia los habían extenuado. Recurrieron a mi padre, que había llevado consigo a la nueva ciudad su reputación de ser una persona justa. Acordaron un pacto de paz, y ambas partes colocaron una mano sobre la otra, jurando mantener la ciudad segura y jurando brindar protección a los pobres.

Cuando todos se hubieron ido, mi padre, frustrado, negó con la cabeza.

—Los pactos y los tratados no alcanzan.

Tenía que haber otras maneras de unir a las tribus de Medina. Él sabía que los Quraishi llegarían tarde o temprano. Eligió entre los árabes de la ciudad un compañero para cada hombre musulmán y conformó con ellos una hermandad. No obstante, mi padre sabía que el lazo más importante era el lazo de sangre, lo cual significa matrimonio. Yo no sabía nada sobre eso. A los diecisiete años una piensa en casarse, lo sé, pero mi padre estaba haciendo el duelo por la muerte de mi madre. Yo me sentaba a sus pies todos los días, y aunque sabía que él se volvería a casar, jamás amaría a nadie como había amado a mi madre. Entre nosotros había ese entendimiento.

Un día ocurrió algo extraordinario. Entré en la habitación de mi padre y allí estaban mi padre, Abu Bakr, Umar y Alí. Abu Bakr me sonrió. Siempre me sonreía cuando me veía, pero una mujer se da cuenta cuando una sonrisa es diferente. Ese día él no me sonreía como un tío. Sólo unos pocos hombres venían a mi casa. Hombres en quienes mi padre confiaba. Umar, que es muy astuto, también empezó a sonreírme, al igual que Alí, el primo que había vivido en nuestra casa desde que tengo memoria.

—Eso era todo lo que yo tenía —recuerda Alí con una sonrisa de nostalgia.

En verdad era pobre. Cuando oyeron que mi padre necesitaba un hijo político para reforzar la fe, Abu Bakr y Umar le pidieron mi mano. Mi padre levantó una mano en señal de que debían esperar. Todos esperaron. Pasó un tiempo y todavía no había tomado una decisión. Alí apenas podía tolerar la espera. Yo ya no era la niña que le pedía que me buscara alguna muñeca que yo había perdido, y él hacía ocho años ya que se sentaba con los hombres del concejo. Sin dinero ni siquiera podía ofrecerme un regalo de casamiento. Un día, estando frente a mi padre, Alí suspiró.

—¿Qué sucede? —preguntó mi padre.

Alí se sorprendió.

—No dije nada, señor.

—Ah, pensé que querías preguntarme por Fátima.

Mi padre lo quería mucho, y sugirió con sutileza que Alí tenía un objeto de valor: un escudo con bordes de plata. Podía venderlo y obtener dinero para comprarme un regalo de casamiento. Alí tomó coraje y obedeció. Después de eso, mi padre se me acercó y me anunció que era el deseo de Dios que yo desposara a Alí. ¿Aceptaría?

Algo me paralizaba la lengua. ¿El temor de abandonar a mi amado padre? ¿No saber qué pasa entre un marido y su esposa? Alí había ocultado tanto sus deseos, por respeto a mi padre, que jamás me había demostrado nada, ni siquiera con la mirada. Antes de que yo pudiera decir nada, mi padre sonrió:

—Dios te ha quitado el habla. Sé que en tu corazón aceptas.

Yo me di cuenta de que él tenía razón.

Nos casamos aquí en Medina, un año después de la hégira. Los musulmanes, rodeados de extraños, estaban agradecidos de tener algo por qué celebrar. Mi hermana Ruqaya reunió a todas las mujeres para preparar el banquete. Sobre el suelo alfombrado abundaban dátiles, higos, cordero, y vasijas de vino. Era como estar en casa otra vez. Muchas lágrimas cayeron tanto por eso como por alegría. Todos los invitados se rieron cuando Uthman, el invitado más rico, esposo de Ruqaya, se levantó para darle un regalo al novio. Con una gran pantomima mostró el escudo de Alí. Uthman lo había comprado, pero no quería quedárselo. Los ojos de mi padre brillaron. Hay maneras de vender cosas y, aun así, no perderlas.

A mi esposo le molestó que yo le recordara que él no había podido comprar el escudo. Yo suspiré. Ese mismo escudo lo protegería cuando llegara la batalla. Qué caminos tan extraños toma Alá para hacer cumplir su voluntad.

—No te puedo detener —le dije—. Si eres un *ghazi*, que Dios te acompañe.

—¿Qué es un *ghazi* para ti? —me preguntó Alí. ¿Cómo podía encontrar las palabras para responderle sin ofenderlo? Yo ya sentía el calor de sus mejillas encendidas.

—Un *ghazi* es alguien que hace un esfuerzo en nombre de Dios —le contesté.

—¿Y existe algún límite para ese esfuerzo?

Bajé la mirada.

—No, esposo mío.

—Bien, entonces. Que la paz te acompañe.

—Y a ti.

Alí parecía satisfecho. Cualquier extraño estaría horrorizado con esta conversación, lo sé, y todo lo que significaba para el futuro. Tal vez todo nuestro destino dependía de una palabra con varios sentidos. *Ghazi* significa luchador, pero también es la palabra que utilizamos para referirnos a los asaltantes que participaban de los pillajes. Era una palabra inocente antes de que la flecha de Abdalá la bañara en sangre. Ahora nadie lucha por Alá en paz. Los *ghazi* provocan peleas con los Quraishi. Declaran que reciben las órdenes de Alá, y de pronto, sus asaltos son sagrados. Es difícil separar la lógica del hombre de la lógica de Dios. Él debe de ver un propósito en toda esta violencia.

Con desazón, me acerqué a mi padre cuando estaba solo. Él se sienta en la oscuridad a pensar cuando no está en el concejo. Medina lo ha vuelto gris, y también temible. Su modo es tan duro que algunos le tienen tanto miedo como a Alá.

—¿Por qué quiere sangre Alá? —proferí.

—Una pregunta atrevida saliendo de la boca de una niña tan tímida —masculló. Era lo más cercano a una reprimenda que jamás le había escuchado. Pero prefiero que me amen por pedir que me digan la verdad que por ser mansa. Le volví a preguntar.

—Dios no quiere sangre —dijo—. Quiere guerreros cuando los injustos persiguen a los justos. Los fieles se hacen fuertes defendiendo su fe. De otro modo se dispersarían como hojas cuando llegue la próxima tormenta.

—Pero los *ghazi* provocan al enemigo.

—Golpean antes de que los golpeen a ellos. Dios los perdona. Sabe que el enemigo nos ha estado golpeando los últimos catorce años. Quiere que se recupere el equilibrio.

Eran palabras duras por parte de mi padre. Era como si estuviese hablando en la mezquita. Pero cuando lo miré en los ojos, su mirada no inspiraba temor, inspiraba piedad. Se acercó a la ventana y cerró el último postigo que quedaba abierto. Dentro de la sala parecía de noche.

—No trates de leer mi mente, niña. Ya no es mía. Dios dirige todo, incluso mis pensamientos. Debo obedecer.

Huí de allí en busca de consuelo. Es fácil para los enemigos de mi padre decir que él se oculta detrás de Dios. Es fácil decir que esos asaltos que enfurecen a los Quraishi tienen una bendición divina. Yo tenía que saber la verdad. Era una vergüenza que una hija no pudiese creer en su padre. Yo todavía le creo. Aun así, en mi mente veía el cuerpo de Alí siendo arrastrado por el campo de batalla, dejando un camino de sangre en la arena. Yo tenía que saber.

Entré consternada a la habitación de Abu Bakr. Él estaba haciendo algo que no quería que yo viera y apenas tuvo tiempo de esconderlo.

—¿Una espada?

Avergonzado, la sacó de atrás de la espalda para mostrármela.

—Este viejo brazo apenas puede blandirla. Practico todos los días.

Abu Bakr es como mi segundo padre. Me leyó el corazón.

—El Profeta no está aquí para traer mensajes. Está aquí para traer justicia. Mira a tu alrededor. Las tribus de la ciudad mantienen la paz. Tenemos leyes y lugares seguros para orar. Dios protege a los hijos de Abraham en tanto y en cuanto le obedezcan y lleven su palabra.

Sentí una luz de esperanza.

—¿Entonces no permitirá que los musulmanes mueran?

Abu Bakr me sonrió.

—Seguramente no un hombre tan fuerte y valiente como Alí.

Yo me sonrojé.

—No estaba preguntando sólo por mí.

—Entonces, escúchame. Si peleamos por la justicia, no es violencia. Es un acto de justicia. Si los justos permanecen pasivos, los injustos no tendrán piedad. El mal tiende a propagarse, como el contagio.

Era un discurso largo, aunque no practicado. Conozco a Abu Bakr. Arriesgó todo en La Meca para estar junto a mi padre. Rompió lazos de sangre y caminó entre asesinos con la cabeza en alto. Si hay alguien que sabe qué es un acto de justicia, ese es Abu Bakr.

Abu Bakr pensó antes de seguir hablando.

—Creo que no te das cuenta. El Profeta lideró uno de los primeros asaltos. Se convirtió en un *ghazzi* cuando Dios se lo ordenó.

Yo estaba consternada por lo que acababa de oír y, aun así, quería saber la verdad. Abu Bakr me aseguró que en ninguno de los primeros asaltos había corrido sangre, o que al menos ese no había sido el objetivo. Mi padre había estado allí porque el dueño de la caravana era uno de los peores enemigos de la fe. Al igual que los otros, ese asalto no había llegado a ninguna parte. Los guías no pudieron ubicar la procesión de camellos en la vasta extensión del desierto.

La alegría que me había producido oír eso no duró
por mucho tiempo. Alá comenzó a entretejer un misterio
en derredor nuestro y, como si fueran hombres tropezándose en la oscuridad, los musulmanes entraron lentamente en una escena cuyas consecuencias únicamente Él
conocía. Todo comenzó cuando se supo que la caravana
más rica de ese año estaba volviendo a La Meca. Su líder,
Abu Sufyan, odiaba al Profeta. Lo acusaba de querer destruir el orden tribal, pero todos sabíamos que en realidad
Abu Sufyan escondía con profundo dolor un secreto. Un
pequeño grupo de musulmanes había huido, temeroso,
a Abisinia en busca de refugio, y dentro de ese grupo se
encontraba la hija de Abu Sufyan. Los Quraishi enviaron
un embajador para convencer al Negus, rey de Abisinia,
de que enviara a los refugiados de vuelta a La Meca. Le
ofrecieron grandes recompensas a cambio, lo cual podría
haber dado resultado salvo por el hecho de que el líder
del grupo de refugiados le había leído versos del Corán al
Negus, quien había resultado ser cristiano. Al oír la palabra de Dios y conociendo el respeto que los musulmanes
tenemos por el profeta Jesús, el rey rechazó con desdén
al embajador.

Abu Sufyan nunca olvidó su pérdida, por la que hizo
responsable a mi padre. Su persecución fue implacable.

—Pero ahora lo tenemos cerca —dijo Alí, presionando a mi padre para atacar la caravana. De un solo paso
podría vengarse de su enemigo y obtener riquezas para
ayudar a los musulmanes que padecían necesidades. En
su largo recorrido, la caravana tenía que detenerse en el
Pozo de Badr para buscar agua. Era el lugar perfecto para
esperarlos.

De pronto, las calles se llenaron de ruido, como si
los hombres se estuvieran preparando para un festival.

Yo me escondí dentro de mi casa, rogando que mi padre no cediera a esa aventura sangrienta. La decisión no pasaba por él solamente. Él no era el jefe militar, tenía que consultar a todos los líderes. El aire se había plagado de agudos llamados a la guerra. Los voluntarios corrieron a la plaza central. Soñando con las posibilidades de saqueos, setenta musulmanes que habían venido de La Meca se presentaron como voluntarios. Para el asombro de todos, más de doscientos entre los conversos de Medina también se ofrecieron.

Alí corría con una expresión exultante en el rostro.

—Han brotado soldados como si fuera trigo sembrado por la mano de Dios.

Por primera vez los fieles podían contar con algo más que su devoción. Tenían número.

Soñadores ingenuos. Partieron de Medina marchando como niños nómadas jugando a ser el ejército romano (no es que nadie hubiera visto jamás un ejército romano, que, por lo poco que sabíamos, bien podían ser dioses invisibles). Las mujeres los despidieron en las puertas de la ciudad con los gritos de guerra beduinos para alentar a los hombres a que fueran fuertes en la batalla. Yo estaba recostada en mi habitación, a oscuras, presionándome una almohada contra la cara, pero aun así oía los chillidos, que eran como de animales salvajes.

Qué ingenuos somos pensando en que actuamos por nosotros mismos, cuando en realidad es Dios quien mueve los hilos. Empezó por jugar al gato y al ratón, sin decirle al otro bando quién era el gato. Abu Sufyan tenía buenos espías y uno de ellos, al ver el grupo que partía marchando de Medina, corrió a avisarle sobre la emboscada en Badr. Abu Sufyan era hábil y astuto. Inmediatamente ordenó que la caravana se desviara del camino para dirigirse hacia el mar, y así rodear Badr y obtener agua de los nómades que controlan los caminos de la costa. También envió a un mensajero a La Meca.

El mensajero llevó el pánico a La Meca. Se arrancó la camisa, gritando histéricamente:

—¡Mercaderes de La Meca! ¡Escúchenme! Sus mercancías jamás volverán a ustedes. Mahoma les está robando el dinero y los camellos. ¡Si no me escuchan, estarán perdidos!

Una niña jamás debe demostrar cuánto sabe sobre los niños, o una mujer sobre los hombres. Pero todos sabíamos que los mequíes no eran luchadores, sus peleas no pasaban más de una pantomima. La batalla era una especie de danza en la cual la negociación por la paz antecedía a cualquier pelea. La habilidad para negociar traía más victorias que la espada. Aun así, esa amenaza a la riqueza enfurecía a los Quraishi y uno de los principales enemigos de mi padre, Abu Jahl, bloqueó cualquier posibilidad de negociar un trato. Abu Jahl reunió rápidamente mil soldados para marchar hacia Badr.

—¿Cuántos hombres podrá tener Mahoma? —preguntaba Abu Jahl—. ¿Cincuenta? ¿Cien?

El ejército Quraishi, envalentonado, se marchó de La Meca con el mismo aire festivo y bebiendo de la odre de vino de la misma manera que lo habían hecho nuestros hombres cuando se marcharon de Medina. Dios había hecho que cada bando pensara que era el gato.

Cuando mi padre y nuestros hombres llegaron al Pozo de Badr, el lugar estaba desierto. Esperaron ansiosos y, finalmente, aparecieron dos muchachos a cargar agua con sus vasijas. Fueron capturados y maniatados y, después de recibir una golpiza para soltarles la lengua, fueron llevados ante mi padre.

—¿Dónde está la caravana a la que le llevan agua? —inquirió mi padre.

Los dos muchachos no sabían de qué les estaban hablando.

—¿Caravana? Nosotros estamos con el ejército de Abu Jahl, que está a unos días de aquí.

Al oír esto, los musulmanes estuvieron a punto de perder el coraje. Se dieron cuenta de que no habría saqueos y, lo que es peor, de que en lugar de enfrentarse a treinta o cuarenta guardias de la caravana de Sufyan, un ejército armado avanzaba hacia ellos. Por primera vez, los más sabios empezaron a sospechar que tal vez Dios estaba entretejiendo un misterio. ¿O se trataría de una trampa? Abu Bakr se levantó y dijo que Dios quería que una batalla solucionara la amenaza de los Quraishi.

—Nos expulsaron de nuestra tribu. Nos califican de traidores. —Abu Bakr señaló a mi padre, que estaba sentado, en silencio, mientras sus jefes se debatían en el concejo—. Ridiculizan y se burlan de nuestro propio Profeta. Dios no puede tolerar el mal que ellos representan. Debemos levantarnos y luchar.

El discurso de Abu Bakr recuperó la moral de los setenta musulmanes de La Meca. Para sorpresa de todos, los nuevos conversos pedían luchar hasta el final. Sólo unos pocos votaron por regresar a Medina, utilizando como argumento que ellos habían ido para saquear una caravana, no para luchar en una guerra.

Mi padre agradeció a sus hombres y se retiró a su tienda. Hasta ese momento, Dios no le había pedido que liderase un ejército. Sentía la terrible culpa de alguien que carga con la responsabilidad de la vida de muchas personas. Al mismo tiempo, confiaba en que Dios le indicaría el camino y le guiaría la mano.

Cuando Abu Jahl llegó a la cima de la última duna para confrontar a su enemigo en el oasis de Badr, no vio al ejército musulmán. Habían instalado el campamento en un lugar donde no se los pudiera ver. Muchos Quraishi se sintieron aliviados. Les había llegado la noticia de que sus mercancías estaban a salvo. La caravana estaba lejos de la mano de Mahoma. Como verdaderos devotos del dinero, no veían ninguna razón para pelear si su dios estaba a salvo. Un grupo regresó a La Meca, entre ellos, algunos de los Hashim y otros a quienes les producía mucha angustia la idea de luchar contra sus propios parientes y amigos. Una nueva fe no convierte a un primo en un extraño.

Sin embargo, el juego de Dios iba más allá de los lazos de sangre. Abu Jahl tenía grandes ambiciones. Él ya era poderoso, pero había dado un golpe maestro al salvar la caravana de su rival, Abu Sufyan. Pronto los poetas errantes llevarían la noticia de que Sufyan, amado por los dioses, era el protector de los Quraishi. Lo único que superaría eso era que Abu Jahl derrotara a los musulmanes e hiciera que el Profeta cayera sobre sus rodillas. Abu Jahl insistió con la guerra y, a regañadientes, los jefes del clan aceptaron quedarse.

Bebieron vino en sus tiendas para aplacar los nervios mientras un guía llamado Umayr trepó a la duna desde donde se veía el campamento de los musulmanes. Umayr regresó con la cara pálida y una mirada asustada. En lugar de setenta o cien hombres, Mahoma había reunido tres veces esa cantidad. Los mequíes comenzaron a farfullar con ansiedad. Abu Jahl mantuvo, terco, la estrategia, argumentando que el ejército Quraishi era más del doble de grande que su oponente, casi tres veces más, aun después de las deserciones.

—Les he visto la cara a los musulmanes —insistía Umayr—. Están dispuestos a matar. Ustedes no matarán a uno de ellos antes de que ellos maten a uno de ustedes.

Abu Jahl despreció esa predicción delante de todos. Dentro de su corazón entendió que el antiguo juego beduino de peleas y discusiones había terminado. Este nuevo enemigo lucharía y jamás negociaría. Había otra cosa de la que sólo él y sus jefes se percataron. Mi padre había tomado el valle y había rodeado los pozos de agua. Sin agua, los Quraishi se veían obligados a luchar, aun teniendo que subir cuesta arriba con el sol de frente para llegar a su posición. ¿Cómo es posible que los dioses les hubieran hecho eso?

Tenían una esperanza para evitar una masacre. Todas las peleas árabes empezaban con un combate simple. Tres hombres de cada bando, entre los mejores de cada uno de los dos ejércitos, luchaban mano a mano antes de que los ejércitos dieran batalla. Por lo general eso bastaba para resolver el conflicto, pero si no funcionaba, Abu Jahl confiaba en que sus tres guerreros dieran muerte a los otros tres y así atemorizar al enemigo.

Sé que estarán sorprendidos de que una mujer hable sobre estos temas, así que debo contarles que mi miedo más profundo se hizo realidad. Alí se encontraba entre los tres elegidos. Avanzó ante el sol de la mañana con su espada y el mismo escudo que había traído su amor a mi lecho. Apenas sonó la señal que daba comienzo a la lucha, corrió hacia adelante y, en apenas unos segundos, había atravesado con su espada el cuerpo de Walid ibn Utba.

Yo sollozaba mientras él me contaba todo lo que yo acabo de contarles.

—Dios me sostuvo la mano, Él fue quien dio el golpe —dijo Alí. El hombre a quien había asesinado era un enemigo declarado de la fe, hijo de Utba, cuyo odio era aun mayor.

¿Puede un único movimiento decidir una batalla? Tal vez en esta ocasión sí, ya que los tres guerreros Quraishi cayeron y sólo un musulmán murió, de una herida que terminó por ser mortal. Los dos ejércitos tendrían que entablar combate. Abu Jahl sabía que tenía dos guerreros por cada musulmán. Pero una poderosa transformación había sobrevenido a mi padre. Por la noche, Dios le enseñó a ser guerrero. Le reveló que los musulmanes deberían formar un muro cerrado y arrojar una lluvia de flechas sobre los Quraishi mientras caían por la colina, cegados y confundidos por el sol de frente. Recién en el último segundo, cuando el enemigo estuviera cerca, debían los musulmanes dejar el arco y arremeter con la espada.

Abu Jahl no conocía tal estrategia de guerra. Él ya había estado involucrado en alguna que otra escaramuza en el desierto. Pero incluso en las más salvajes, cada guerrero se encontraba solo, no existían las tácticas; se trataba de un tumulto tan caótico como unos niños en una guerra de barro. Sus hombres cayeron bajo una tormenta de flechas. Trataban de avanzar con dificultad, cuando otra tormenta de flechas los cubría. Los musulmanes, siempre en un muro cerrado, seguían atacando. Los Quraishi, superados por el pánico, dejaron caer las armas y huyeron. Antes de que el sol de la tarde estuviera a mitad de camino del horizonte, la batalla había terminado. Cuando contaron los muertos, muchos de ellos eran jefes, y uno de.ellos era el mismo Abu Jahl.

Inmediatamente los victoriosos rodearon a los heridos para masacrarlos, pero Dios le envió a mi padre un mensaje que decía que no debían matar a ninguno de ellos. Era suficiente con llevarlos a Medina y utilizarlos para pedir rescate. Él detuvo el saqueo fuera de control de los camellos y las armas del enemigo, decretando que todo se repartiría equitativamente entre los clanes que habían luchado con tanta valentía.

—Fue una jornada de alegría —dije con calma. Al menos mi Alí había sobrevivido, lo cual era una fuente de alegría para mí. Hasta la próxima vez.

Él entendía por qué yo estaba tan seria.

—Esposa mía, tu padre no estaba exultante de felicidad. Él sabía que los Quraishi ahora tienen más razones para querer vengarse y para volver a atacar. Nadie podía confundir las lágrimas que le rodaban por las mejillas con lágrimas de felicidad.

El Profeta había previsto las repercusiones. Alá lo había puesto a prueba con ansiedad, dudas y sangre. No fue hasta ese momento que Él reveló quién era el gato y quién el ratón. Dios, el todopoderoso y el que todo lo sabe, planeó cada uno de los movimientos de ambos bandos. Solo él sabía qué necesitaban los fieles para ganar. Por eso, lo único que era aceptable era la obediencia total a Su voluntad. Sin eso, el enemigo jamás cejaría. La victoria de Badr significaría el fin de los musulmanes a menos que mi padre siguiera cada revelación al pie de la letra.

—¿Has oído hablar sobre los ángeles? —Alí me preguntó.

Sumidos en el éxtasis de la victoria, los soldados contaban que huestes de ángeles se les habían aparecido por delante mientras peleaban. Los ángeles les indicaban que Alá estaba de su lado. Cuando mi padre oyó que decían que el mismo ángel Gabriel estaba con ellos, asintió con la cabeza y sonrió.

—¿Tú crees que eso ha sido así? —le pregunté a Alí, sin tener idea de qué me iba a responder. Yo sabía lo que el viejo Alí hubiera dicho antes de irse a la guerra. Hubiera dejado entrever sus dudas. Pero un nuevo Alí había regresado de esa batalla, y había algo en él que lo hacía parecer extraño.

—Los ángeles son buenos para las tropas —me contestó—. Ninguno de nosotros huyó, aunque sabíamos que los otros nos duplicaban. Sólo Dios puede inspirar al hombre a luchar bajo esas condiciones. Alá ha revelado cómo sobreviviremos.

Una profunda tristeza me envolvió.

—¿Con una guerra?

Alí negó con la cabeza.

—No con cualquier guerra. Una guerra santa.

Alí utilizaba una palabra que no había llegado jamás a mis oídos. *Jihad.*

Capítulo
16
Ibn Ubayy, el hipócrita

Camino por Medina y un mismo pensamiento me atormenta una y otra vez. Yo había nacido para ser el líder de este lugar. Ya no más. Ahora todos hablan de Mahoma. Yo sonrío, y a donde quiera que vaya me responden con una sonrisa. Me respetan, del mismo modo en que lo han hecho siempre. Nadie puede ver cómo las ideas me carcomen.

Junto a mí se encuentra uno de los últimos jefes de la tribu Khazraj en quien puedo confiar. Le digo:

—El Profeta ha creado un paraíso. Utiliza tu imaginación. Está por todos lados.

Él no es inmune a la ironía.

—Pronto los camellos empezarán a defecar maná. Trata de no pisarlo.

¿Cuánto tiempo me tomó perderlo todo? Apenas cuatro años. Los musulmanes pendían de un hilo en aquel entonces. Yo estaba en ascenso, porque las tribus de la ciudad que estaban en conflicto acudían a mí en busca de paz. Los judíos estaban listos para forjar una alianza con los árabes. Si yo podía detener todos los conflictos de sangre, sería jefe de jefes. Algunos incluso susurraban palabras atrevidas: el rey Ubayy.

—La mezquita —dice mi compañero, señalando vagamente hacia el lugar. Vamos a orar, los dos. No es seguro hablar mal del Profeta estando tan cerca de la mezquita.

Les causa risa. ¿Ibn Ubayy musulmán? Ustedes no entienden nada. La conversión tiene que ver con el poder. El Dios de Mahoma ha derrotado a los dioses de Arabia. Se han hecho polvo.

Recuerdo el día en que los guerreros regresaron de Badr, dos años atrás. Estábamos esperando junto a los muros de la ciudad, preparados para ver una columna resquebrajada trayendo a los muertos y a los heridos. No podíamos creer cuando, en lugar de eso, vimos el cuerpo de Abu Jahl arrastrado en una camilla sangrienta, tirada por una mula. El viento cambió ese día. Yo sentí un escalofrío que me recorría la espalda. Si su Dios podía aplastar a los mequíes con un puñado de soldados, cualquier cosa era posible. Seis meses después de eso, mi frente estaba rozando el suelo en una mezquita.

A medida que nos vamos acercando a la puerta para orar, mi compañero mira a su alrededor, nervioso. Tenemos suerte esta mañana. Nadie nos agrede ni nos escupe los pies. Algunos murmuran *munafiq*, hipócrita. Cuando los oigo, bajo la cabeza en señal de humildad. ¿No es eso lo que Dios les pide a los fieles? ¿Que se sometan?

Arrodillado en este espacio fresco y en penumbra, donde la palabra del Profeta es la ley, me siento muy solo. Alguna vez mi gente me rodeaba como si fuesen una capa, ciñéndose a mí dondequiera que yo fuera. Yo iba ascendiendo paso a paso, cuidando cada movimiento. La ambición no es un estandarte que uno lleva por las calles. Es una escalera apenas tan alta como para robar la fruta de un árbol. Preferiblemente de noche. Mahoma lo entiende, y yo también.

Cientos de hombres me rodean a la hora de la oración. Mientras oramos a Alá, una ola se abre entre la multitud. Los ojos espían con disimulo a la izquierda y a la derecha. Es el Profeta mismo que ha entrado. No hace falta que nadie lo diga. Su presencia basta.

Yo soy atrevido y levanto la cabeza cuando él pasa. La edad no lo ha encorvado y la preocupación no lo ha cansado. ¿Por qué deberían? Él es victorioso. El blanco de su túnica resplandece. El Profeta va confiriendo bendiciones con un movimiento de la mano. Media docena de guardaespaldas conforman un escudo a su alrededor, pero a través de las hendijas, Mahoma me espía y frunce el ceño levemente. No soy el único hipócrita en este paraíso. Somos un grupo, de hecho. Un grupo de árabes que ha corrido a formar parte de esta nueva religión porque no le quedaba otro remedio. Yo no podía transformar mi manera de ser para conformar al Profeta. Él dice que yo soy una espina que tiene clavada.

Una vez, cuando lo desafié, se encolerizó tanto que no me pudo contestar.

—No me des vuelta la cara —le dije—. Abrázame. Soy yo a quien debes salvar.

—Primero debes querer ser salvado —me contestó—. Debes abrir los ojos para dejar entrar a Dios.

—¿Es por eso que todas esas personas que están tiradas en las calles tienen los ojos cerrados? ¿O es porque están muertas?

Me fui de allí con la ira contenida, pero mi lengua me traicionó. Me oyeron decirle a uno de mis primos: "Esto pasa por admitir extraños entre nosotros".

Hasta ahora ningún mensaje de Dios me ha hecho desaparecer, al menos no de la misma manera que muchos otros han desaparecido. Me refiero a los judíos. Teníamos tres tribus de judíos cuando Mahoma llegó a Medina. Si ellos no hubieran plantado la semilla de un Dios, Mahoma jamás habría venido aquí. Los judíos regaron un jardín en el desierto para él. Hubo una época en que yo era su paladín, el juez que traía paz a todas las tribus. Pero de un día para el otro, todas las puertas se me cerraron. Mahoma sería su juez. Mahoma traía la paz.

Después la marea cambió para los judíos. La gente cuenta una historia que puede ser verdad. Un día una mujer musulmana había ido a comprar al mercado en el barrio judío. Los vendedores, desde sus puestos, le gritaban: "Déjanos verte la cara. ¿Cuál es el problema? ¿Eres tan fea que no se te puede ver?". Ellos estaban acostumbrados a mirar. Las musulmanas utilizan un velo.

Ese día un orfebre tomó a la mujer y le corrió las ropas hacia atrás para revelar su rostro. La arrojó al suelo y cuando ella se levantó, le arrancaron el vestido y la dejaron desnuda. Un hombre musulmán oyó el jaleo, corrió a ver qué pasaba y mató al orfebre con su cuchillo. Los vendedores judíos, a su vez, mataron al musulmán. Eso encendió un conflicto sin fin.

Mahoma sitió el barrio judío. Después de quince días, la tribu dominante, Qainuqa, se rindió. Al ver que los judíos podían reunir un ejército de setecientos hombres para luchar contra él, el Profeta sintió que el peligro lo acechaba y expulsó a la tribu Qainuqa de Medina. ¿Cómo se sienten los judíos ahora, tratando de sobrevivir en una tierra yerma, lejos de los pueblos?

Yo me presenté ante él para defenderlos.

—Luchamos grandes batallas antes de que tú vinieras a Medina —declaré—. En una batalla los líderes de ambos lados fueron masacrados y yo sobreviví solamente porque los judíos de la tribu Qainuqa me defendieron. Son fuertes. Ayudarán a defenderte cuando el ejército mequí entre en la ciudad.

Mahoma acababa de regresar de Badr. Yo había elegido un mal momento para hablarle. Él estaba henchido de arrogancia por la victoria. ¿Para qué había él de necesitar guerreros judíos? Ellos eran la verdadera espina que él tenía clavada, no yo. El barrio judío de Medina se convirtió en una ciruela madura que el Profeta podía tomar. Mahoma confiscó todos los bienes y los repartió entre los fieles.

A partir de ese día me gané el mote de "hipócrita". ¿Qué nombre debería poner a los pies del Profeta? Luego de un tiempo, una segunda tribu de judíos fue expulsada de Medina. Los de la tercera tribu fueron acusados de traidores por aliarse a los árabes de La Meca. ¿Sería verdad? Eran comerciantes. Sus fortunas dependían de ir a La Meca, donde el gran comercio prospera. Tal vez los judíos sólo querían que la vida continuara del mismo modo que en la época de sus padres y sus abuelos. Tal vez tuvieron mala suerte. Complotaron contra los musulmanes y perdieron. De pronto se comenzó a ver gente degollada por las calles. Los traidores debían morir. Sus mujeres y niños, vendidos como esclavos. Yo estaba horrorizado.

Nadie sabía si había sido el Profeta quien había ordenado semejante espanto. Él simplemente miraba para otro lado. Al menos eso es lo que hizo, y yo estoy aquí para recordárselo.

—Estoy estudiando el Corán —le digo—. ¿No dice que el islam confirma lo que vino antes?

Mahoma asiente con la cabeza.

—¿No dice que Dios envió la Torá y después de eso los Evangelios? Aquí veo una sura que compara a Jesús con Adán, ya que ellos fueron los únicos hombres que no tuvieron un padre en la Tierra.

Mahoma vuelve a asentir con la cabeza, sin dar ninguna señal de qué siente hacia mí. Yo sigo hablando:

—Y sin embargo, tú expulsas a los judíos y los llamas enemigos y traidores. Por favor, aclárame esta confusión, querido maestro. ¿No son ellos también gente del Libro?

El problema es que digo todo esto en público. El círculo de los que habitualmente lo rodean se siente incómodo. Por un segundo, los ojos del Profeta se mueven en dirección a ellos. Parece como si estuviera diciendo: *Si me aman sáquenme esta espina.*

Pero lo que él dice en voz alta demuestra calma y tolerancia.

—Dios es todopoderoso. Él todo lo ve y todo lo sabe. Él ve a todos los que se le oponen, y quienes se le oponen pagarán por eso. Oponerse a la fe significa que el corazón de alguien no está abierto a Dios, aunque obedezcan el Libro.

Los que lo rodean murmullan ante la sabiduría de la respuesta del Profeta. Yo me considero afortunado de haber recibido sólo una amenaza encubierta.

Lo que sea que los demás piensen sobre mí, yo jamás duermo. El día que predije finalmente llegó. Un año después de Badr, los Quraishi prepararon un nuevo ejército y marcharon hacia Medina. Ese ejército era más grande y estaba mejor armado. El brillo de las espadas atraía a las aves de kilómetros a la redonda. El enemigo tenía sed de venganza. No habían olvidado a Abu Jahl ni a los parientes que habían muerto con él. Mahoma llamó a concejo y como todos los jefes asistieron, no podía dejarme afuera.

El Profeta tuvo la primera palabra.

—No deberíamos salir a enfrentarnos con los Quraishi. Es mejor que defendamos la ciudad desde dentro.

Sabiendo cuánto nos superaban en número, coincidí con él. Ese plan no agradaba a los jóvenes e inquietos musulmanes. No querían quedarse en casa sentados, como mujeres. Sus voces invocaban la guerra, lo cual significaba marchar al campo de batalla. Ellos estaban convencidos de que Alá nos había dado la victoria antes y que nos protegería ahora.

Mahoma esperó a que los demás lo apoyaran y los jefes más ancianos lo hicieron. Pero el clamor por la batalla era demasiado alto. Dos días más tarde, una fuerza de setecientos hombres salió de la ciudad. Yo cabalgaba junto al Profeta y ambos no podíamos dejar de pensar en los tres mil Quraishi que estábamos por enfrentar.

Aún se podían ver los muros de Medina a nuestras espaldas cuando Mahoma se dirigió a mí con el ceño fruncido.

—¿Quiénes son aquellos? —dijo, apuntando a un pequeño grupo de mis soldados. Cuando le dije que eran judíos, algunos de mis más confiables aliados, Mahoma exclamó:

—¡Atrás! Todos ustedes. Hoy lucharemos sin ustedes.

Yo no podía salir de mi asombro, pero mi mente no dejaba de trabajar. Si el ejército del Profeta ganaba, yo sería excluido del milagro de Dios. Si caía, me culparían a mí.

—Quiero estar contigo —le dije. No tanto porque fuera verdad, sino más bien porque necesitaba otra prueba sobre sus verdaderas intenciones.

La voz de Mahoma se aplacó.

—La culpa no recaerá sobre ti. Mis deseos ya han sido desobedecidos.

De pronto, lo comprendí. Quería que mis fuerzas defendieran la ciudad desde dentro. Éramos el último recurso que él tenía para llevar a cabo su plan. Yo levanté una mano y lancé un silbido. Mis tenientes estaban confundidos, pero cuando yo señalé las puertas de la ciudad, ellos transmitieron la orden y nos retiramos a Medina.

Todos vieron cómo mis hombres se retiraban, pero no todos lo hicieron. Uno de mis espías me relató cómo los dos ejércitos avistaron al otro la primera noche. Mahoma tomó la mejor parte del terreno acampando en la ladera de una montaña conocida como Uhud. La cara rocosa y empinada a sus espaldas protegía al ejército de Mahoma de que el enemigo lo rodeara. Mahoma tenía una buena posición, a no ser que uno de sus flancos cediera, en cuyo caso los hombres quedarían expuestos y atrapados.

Mahoma miró hacia abajo desde la montaña y vio que por cada uno de sus hombres había tres del ejército enemigo. Eso no lo alarmaba, puesto que confiaba en el poder de la fe. En cualquier otra guerra los musulmanes perderían, pero no en la guerra santa.

Los Quraishi eran liderados por Sufyan, el próspero mercader cuya caravana se encontraba en peligro antes de la batalla de Badr. Era el más rico de los Quraishi y con su dinero adquirió una gigantesca caballería para la batalla. Por cada camello armado que tenían los musulmanes, los Quraishi tenían cincuenta. Mahoma ahora oía el canto de las mujeres. Los Quraishi habían llevado a sus familias a la batalla. No podían ser derrotados sin caer en la vergüenza. Eso era lo último que mi espía tenía para contar. El amanecer definiría la historia.

Al día siguiente, otro espía vino corriendo al mediodía. Estaba rojo por la excitación.

—¡Alá ha inspirado al Profeta! ¡Nada puede detenerlo!

Una vez que se hubo calmado, lo pude interrogar. Las noticias eran sensacionales. Mahoma, sabiendo que tenía que evitar que la caballería lo rodeara, tomó cincuenta arqueros y los ubicó en una colina más baja, alejada de allí. Mahoma les ordenó que lanzaran una lluvia de flechas sobre los Quraishi. De ninguna manera tenían que correr a dar batalla, ni a socorrer a sus pares ni saquear al oponente si estaba perdiendo.

Los mequíes atacaron primero. Cuidando su sitio en la ladera del monte Uhud, los musulmanes comenzaron a arrojar piedras mientras los arqueros, desde su flanco, descargaban las flechas. Los Quraishi se replegaron en un caos. En medio de la avalancha, el estandarte cayó al suelo y quien lo portaba murió. Su hermano corrió a levantar el estandarte. Alí, del ejército musulmán, dio un paso adelante. Todos se quedaron inmóviles. Él era el héroe de Badr. Alí desafió a duelo al hermano y lo mató del primer golpe.

Otro hermano se acercó para tomar la bandera y fue muerto también, luego de un combate mano a mano. Lo siguió su hijo. Sus cuerpos eran un triste espectáculo. Los duelos habían devastado la moral de los Quraishi. Sufyan no encontraba manera de recuperarla. Las canciones de guerra que cantaban sus mujeres y el tintineo metálico de los cascabeles eran apenas un vano intento por alentarlos.

—¿Y tú viste la victoria? —le pregunté a mi espía.

—No, señor, corrí a contarte todo, ya que la victoria está asegurada. Alá ha inspirado al Profeta.

Le dije que se fuera. Había escuchado suficiente. Mis hombres, que defendían los muros de la ciudad, estaban en sus posiciones, tensos y a la espera. Ninguna mujer cantaba para ellos. Todos estaban sobrecogidos por el temor. Yo podría haberles dado la buena noticia. En cambio, me retiré a mi casa a meditar sobre el destino. La primera vez que Mahoma había entrado a Medina con el triunfo bajo el brazo, me robó el poder. Ahora me acusaría de haber abandonado el campo de batalla y luego me mataría.

Exhausto, caí en un apesadumbrado sueño. El llamado a la puerta me despertó, y oí a uno de mis espías gritando de alegría. *¿Ya está? ¿Finalmente me han abandonado todos los dioses?* Pensaba yo. Pero abrí la puerta y exclamé:

—¡Alabado sea Alá!

Allí, en la puerta, estaba el pálido rostro de un hombre, con un río de sal que le habían dejado las lágrimas al caer sobre sus sucias mejillas.

—¡Hemos perdido! —gritó, cayendo sobre sus rodillas.

No esperé que me diera más detalles. Si Mahoma había sido vencido significaba que tres mil Quraishi sedientos de venganza sitiarían Medina. Corrí a las murallas a reforzar mis hombres con niños e incluso mujeres, que podían arrojar piedras y agua hirviendo sobre los enemigos que intentaran trepar los muros de la ciudad.

Es una extraña sensación esta de saber que uno va a morir y no saber a quién orar. Mis hombres eran simples. Oraban a Alá con el corazón ferviente. Algunos miraban al cielo en lugar de postrarse en reverencia. Yo me imaginaba que ellos estarían orando a los dioses de sus padres. En cuanto a mí, yo no iba a orar hasta el momento en que una espada Quraishi estuviese a punto de perforarme el pecho. Esperaba saber para ese momento qué dios me quería como fiel.

Sin embargo, el ataque nunca llegó. Antes de que cayera la noche, apareció un mensajero en el horizonte. Yo di permiso para que se abrieran las puertas. Cuando llegó hasta donde yo estaba, me contó una historia difícil de creer. La batalla de Uhud estaba ganada. Los musulmanes habían matado el coraje del enemigo y para salvar a sus caídos, los Quraishi se retiraban del campo de batalla. Al ver que los restos de la batalla estaban al alcance de su mano, los arqueros no pudieron resistirse. Desobedeciendo las órdenes de Mahoma, abandonaron sus posiciones para saquear las tiendas del enemigo y robarse los camellos.

Khalid, el hijo de Walid, estaba al mando de la caballería. Enseguida vio que habían dejado al descubierto un flanco y ordenó a sus tropas que lo atacaran. De pronto, el gigantesco peso de la diferencia en el número de combatientes cayó sobre los musulmanes. Estaban rodeados y su única escapatoria era retirarse hacia arriba, por la ladera de la montaña. En la confusión, el Profeta recibió un ataque y casi muere. Sus hombres lograron ponerlo a salvo, pero quedó gravemente herido.

Era el final. Todo lo que tenían que hacer los Quraishi era perseguir a los musulmanes. Pero inexplicablemente eso no sucedió. Los Quraishi dejaron que Mahoma y su ejército escaparan.

Sorprendido, le pregunté:

—¿Dónde están ahora?

—Regresando a Medina —respondió el mensajero, todavía respirando con dificultad por la angustia y la fatiga—. ¿Ves el polvo? —Señaló al horizonte, donde una sucia línea marrón borroneaba el aire.

—¿Los Quraishi los corren detrás?

Él negó con la cabeza.

—El enemigo se ha quedado en el campamento. Nadie nos sigue.

¿Cómo era posible? Tal vez Alá verdaderamente se encontraba del lado del Profeta y había obnubilado al enemigo. Tal vez Sufyan estaba pensando más como mercader que como general. No quería que Medina se convirtiera en una fortaleza enemiga y que no quisiera comerciar más con él. Por alguna razón, la nube de polvo se fue expandiendo hasta que llegó bien alto. Envuelto allí dentro, se encontraba el ejército musulmán, llevando al Profeta herido a su casa.

¿Debería yo hacer algo para recobrar mi poder? Quise hacerlo, pero mi mano se contuvo. Demasiados se habían convertido al islam. Ya no seguirían a un infiel. Y hay otra cosa más. El Dios de Mahoma verdaderamente había evitado que atacaran la ciudad. Sólo hizo falta una derrota aplastante para que eso fuera posible.

Yo rogué que me dieran una audiencia con el Profeta para ver con mis propios ojos si en verdad estaba vivo o si estaba en su lecho de muerte. Tomó dos días que me dejaran entrar en la habitación, y para ese momento, él ya estaba sentado en la cama y vendado, débil, pero listo para recuperar sus fuerzas.

—¿Qué sucedió? —le pregunté, dejando mi frente contra el suelo, en caso de que él viera algo en mis ojos que yo no quería que viera.

—Desobedecieron a Dios —dijo, con amargura—. Dejaron de pelear por Él.

—¿Dios te dijo eso?

—No hizo falta. Todo el que no pelea por Dios se derrota a sí mismo.

Sentí que Mahoma bajaba un brazo y me levantaba la cara del suelo.

—Incluso tú —dijo—. Yo perdería cualquier batalla con tal de ganar un gran alma.

No puedo evitar oír esas palabras una y otra vez. Con la mitad de mi corazón alabo a Alá con sinceridad. No soy el hipócrita que dicen que soy. Con la otra mitad, le temo a Alá. Tal vez porque Él todo lo sabe y todo lo puede. ¿O será que es más hábil de lo que podemos imaginar?

Capítulo
17
Umar, el fiel compañero

Nunca terminaba. Escaramuzas, amagues, asaltos, ataques. La lucha nos estaba desgastando. Un día nos llegó la noticia de que nuestro implacable enemigo en La Meca, Abu Sufyan, había tomado todas las ganancias que le había dejado una caravana para adquirir armas y pagarle a mercenarios. Todo nos cercaba. Al día siguiente nos enteramos de que la fortaleza de Taif, emplazada sobre una colina, resistiría al islam hasta el último hombre. Siria se negaba a negociar la paz, encendida por falsedades sobre el Profeta. Los jefes beduinos de la costa se alejaban de nuestro lado y se acercaban a los mequíes como olas a la playa.

Y sin embargo, él sigue adelante. Una revelación reciente le ha llegado a los labios: "A nadie se le pedirá sino según sus posibilidades".

Yo soy un *sahabi*, uno de los compañeros que ha estado junto al Profeta desde el comienzo. Nadie lo ha cuidado tan de cerca. Aunque la cercanía no revela los secretos del Profeta. Uno aguarda las señales, como si estuviera mirando un león que parece dormido y hace un ínfimo movimiento antes de saltar. Hace algunos meses hubo una pausa en los asaltos y las matanzas y las traiciones. Encontré al Profeta arrodillado en su jardín. Al principio me quedé atrás, para no interrumpir sus oraciones. Pero él levantó la vista y me hizo señas para que me acercara.

—Mira esto —me dijo, apuntando al suelo.

Delante de él, había un pequeño hormiguero. Con cautela, el Profeta colocó una bolita de pan junto a la salida. Al principio, sólo una o dos hormigas salieron a investigar. Tocaron el pan con las antenas y se volvieron a meter rápidamente. Un minuto después decenas de hormigas empezaron a salir para tomar pedacitos de comida. Debo admitir que yo no encontraba nada peculiar en la escena. El Profeta tenía una ramita en la mano, que utilizaba para correr las hormigas. Cada vez que lo hacía, más hormigas salían para llenar ese espacio.

—Esto es lo que nos ocurre a nosotros —murmuró el Profeta—. No importa a cuántos enemigos alejemos, siempre enviarán más después de ellos. —Giró la cabeza hacia mí, como para interrogarme—. ¿Qué dices que haga? Los fieles no pueden enfrentarse a los ataques toda la vida.

—¿Quieres que te muestre? —le pregunté a modo de respuesta. Él asintió con la cabeza. Con la sandalia pateé el hormiguero y lo hice volar. Pisoteé el suelo donde había estado el hormiguero, y el orificio desapareció. Las hormigas que rodeaban la pelotita de pan se esparcieron, confundidas.

—Si Dios quiere que enfrentemos a nuestros enemigos, entonces Él quiere que los aplastemos. Prepara un ataque masivo —le dije—. Todos los musulmanes que existan correrán a pelear. Si no haces nada, los Quraishi reunirán más aliados como moscas alrededor de la carne en putrefacción.

El viento había traído la noticia de que La Meca estaba sobornando algunas tribus poderosas con la promesa de saqueos. Las tribus judías expulsadas comerciaban con el enemigo y alimentaban su oscuro resentimiento.

El Profeta levantó una hormiga con la punta de un dedo y la examinó.

—Mañana saldrán más de la tierra. No puedes matarlas a todas.

—Puedo matar suficientes. Puedo matar hasta que Alá me pida que me detenga.

Yo estaba montando en ira, pero el Profeta miró con pena lo que quedaba del hormiguero destruido.

—Dios tiene un mejor plan en mente —murmuró.

—¿Mejor que la victoria completa?

El Profeta dio media vuelta y se metió en la casa. A eso me refiero cuando hablo de tratar de descifrar lo que piensa. Cuando uno vislumbra algo, ese algo siempre está velado de alguna manera. Poco tiempo después, los acontecimientos se desarrollaron del modo en el que yo lo preví, con la diferencia de que fue La Meca la que preparó el ataque masivo, no nosotros. Fue dos años después de la batalla de Uhud, en la primavera. Esta vez los Quraishi se estaban preparando para sitiar Medina por un largo período. Las noticias que nos llegaban decían que estaban preparando un ejército de diez mil hombres liderados por una caballería de seiscientos caballos. Nuestro ejército era un tercio menor que eso. Los bravíos musulmanes se recostaban por las noches sólo para despertarse poco más tarde envueltos en pánico, al oír en sus pesadillas los cascos metálicos de los caballos.

Mi pesadilla era igual de espantosa, pero más real. En la derrota de Uhud, tuvimos que luchar con todas nuestras fuerzas para sacar al Profeta, que estaba herido, del campo de batalla. En la retirada, yo miré por encima de mi hombro. Los seguidores de La Meca que habían estado acampando, se abalanzaron sobre el campo ensangrentado dando alaridos de guerra para mutilar los cuerpos de los caídos. Eran buitres humanos, y el líder no era un salvaje, sino Hind, la esposa de Sufyan. Yo no sabía si ella me había descubierto, porque su cara era como la de un demonio. La vi levantar una cuchilla pequeña y curva que después llevó hacia abajo: un musulmán herido perdió la nariz y las orejas. Con el estómago revuelto, aparté la mirada y me fui al galope. Más tarde me contaron que del cuello de algunas mujeres que regresaron a La Meca pendían collares con partes del cuerpo que le habían rebanado a los muertos y a los moribundos.

Muestras de descontento se esparcieron por la ciudad después de la derrota. El Profeta tuvo que hacer uso de toda su sapiencia para calmar a los jefes, que no dejaban de discutir. Una facción resentida quería castigar a los jóvenes guerreros imprudentes que habían desoído el plan del Profeta de defender Medina. Estaban aun más disgustados con los arqueros que habían abandonado su puesto para saquear el campamento enemigo. Pero el Profeta les dijo con calma:

—Todo lo que es bueno, viene de Alá. Todo lo que es malo, es culpa mía.

El profeta logró con su humildad convencer a los jefes, incluso cuando por las noches corría sangre entre los clanes por las callejuelas de Medina.

Nos reunimos en concejo para decidir cómo enfrentaríamos el enorme ejército que marchaba hacia nosotros. Los espías se habían adelantado para advertirnos que sólo contábamos con una semana para prepararnos. La peor confusión es la que nace del pánico. El Profeta es-

taba sentado en silencio, mientras los jefes se despedaza-
ban mutuamente los planes. Un grupo gritaba que habían
ganado la batalla de Badr atacando al enemigo de lleno y
confiando en Alá. Un grupo más calmo y más medido
señalaba que haberse quedado en Medina para defenderla
desde dentro habría evitado la humillación de Uhud.

El Profeta le habló al grupo más medido:

—¿No invocan a Dios para pedirle que nos dé la
victoria?

—Yo le agradecería a Dios si nos diera superviven-
cia —uno de los jefes musitó.

El rostro del Profeta se volvió adusto.

—¿Dónde está tu fe?

Pero él bien sabía que la hambruna casi había llegado a la ciudad. Los recitadores vagaban por las calles
diciendo a voz en cuello versos del Corán para levantar la
moral. Todos escuchaban, pero seguían temerosos.

Yo me paré ante la asamblea y dije:

—El Profeta nos ha enseñado que la fe tiene tres
partes. Una parte se encuentra en el corazón, otra, en la
palabra, y la tercera, en los hechos. Cada acción es sagrada. Por eso esta debe ser una batalla sagrada, no una batalla de temor. Deberíamos regocijarnos por ser puestos
a prueba.

Tal vez levanté el espíritu de algunas almas con esas
palabras osadas. Pero todos sabíamos que existía una
cuarta parte en la fe, y que sólo pertenecía al Profeta, el
único hombre que podía oír directamente a Dios. Esperamos en un silencio nervioso y susurrante. De pronto,
él se levantó.

—Nuestros enemigos luchan contra Dios, y por lo
tanto, están derrotados de antemano. Sin saberlo, reúnen
un ejército inmenso e inútil. Pero diez mil ciegos no po-

drán contra un puñado de aquellos que pueden ver. Déjenme preguntarles, ¿qué es lo que ven? Si me dicen que lo único que ven es un enemigo que nos supera en cantidad y que no tenemos esperanzas, pues, ¿no son ustedes tan ciegos como ellos?

Esas palabras fueron recibidas con una mezcla de confusión y descontento. Una voz gritó:

—Dinos lo que ves.

El Profeta se encogió de hombros.

—Ayer di un paseo por el pueblo. Vi montes y rocas y árboles al igual que ustedes. Pero esta vez Dios me los mostró con nuevos ojos, y yo me llené de regocijo. —Sonrió plácidamente—. ¿No es maravilloso cómo Dios nos trae victoria en Su propia creación?

La asamblea estaba más confundida que nunca por esas palabras. Algunos de los *sahabi* que lo conocían bien se dieron cuenta de que él estaba por develar una enseñanza.

—Alá es piadoso. No quiere nada de nuestras almas, excepto lo que ya ha plantado en ellas —Mahoma levantó la voz para silenciar los murmullos de quienes dudaban—. Les ofreceré un plan, pero jamás olviden mis palabras. *Dios es piadoso*. Eso vale más que la victoria, más que la vida misma.

Mahoma explicó que las rocas, las colinas y los árboles entre los cuales él amaba caminar rodeaban la ciudad por tres lados. Los soldados enemigos no podrían marchar por allí sin ser eliminados uno por uno; los caballos no podían galopar por allí sin perder el equilibrio. Medina tenía sólo un flanco descubierto, al norte. Si pudiésemos detener los caballos del enemigo allí, perderían la mayor parte de lo que les da una ventaja sobre nosotros. De ese modo, la marea cambiaría a nuestro favor, porque la infantería Quraishi sabía que en el combate hombre a hombre, un musulmán protegido por su fe valía tanto como tres mercenarios peleando por un botín.

—Sus caballos han visto el derramamiento de sangre. El brillo del acero y el choque de las espadas no los ahuyentará —dijo el Profeta—. Pues debemos darles algo que no hayan visto jamás. Sólo lo desconocido puede asustar a un caballo de guerra.

A esa altura toda la asamblea estaba pendiente de cada una de sus palabras. Yo no sé si a Dios le gusta crear suspenso. Si al Profeta le gusta, es un pequeño pecado.

—Lo que necesitamos es la sencillez misma. Está escrito que tiempo atrás, los persas aterrorizaron al enemigo cavando una trinchera en el frente. Si el foso es lo suficientemente profundo, ningún caballo saltará allí dentro. Llegarán hasta ahí y se quedarán inmóviles, paralizados por el pánico. Nos defenderemos del ataque luchando desde detrás de nuestras trincheras.

La estrategia fue explicada con tanta habilidad que nadie llegó a considerar el inmenso trabajo que tomaría cavar una zanja más profunda que la altura de un caballo, aunque fuera solamente en el norte de la ciudad. El ejército enemigo caería sobre nosotros en siete días, lo que significaba que apenas contábamos con seis días para preparar las fortificaciones.

Nunca observé tanta nobleza como en aquellos seis días. Medina trabajó sin parar, cavando noche y día. A cada niño se le dio una pala para trabajar junto a su padre. Las mujeres se llevaban la tierra en canastas y tomaban turnos para llevar agua y comida. Incluso al mismo Profeta se lo vio cavando, la túnica blanca sucia, la cara cubierta por el polvo. Lo que fuera para alentar a nuestros hombres, para que cavaran hasta que los brazos les quemaran y les temblaran por el cansancio.

Mientras mi espalda estaba a punto de quebrarse, mi corazón repetía palabras de aliento que había dictado Dios para Su libro.

¡Pues no! ¡Juro por el arrebol vespertino,
por la noche y por lo que congrega,
por la luna cuando está llena,
que habéis de pasar de uno a otro estado!

¿No estaba haciendo eso yo ahora? Para los ojos de los mortales yo no era más que un soldado bañado en sudor, metido en una fosa junto a otros mil soldados. Y sin embargo, dentro de mi corazón yo estaba trabajando para llegar a un mundo superior. No hay nada más fuerte que pueda impulsar a un hombre a llegar más lejos. Cuando me fui a dormir aquella noche, soñé con el Paraíso. Nunca más volvió a molestarme la horrible visión de las mujeres mutilando cuerpos.

El Profeta supervisaba el trabajo, enviando reemplazos cuando una sección de la trinchera comenzaba a atrasarse. La ferocidad con la que se llevaba a cabo la tarea parecía complacerle.

Ya empezaban a circular leyendas sobre él, y yo recordé una. El Profeta tenía una tropilla de caballos que adoraba. Cuando niño, vivió con los beduinos en el desierto, quienes, por las noches, se llevaban a sus yeguas favoritas dentro de la tienda por miedo a que se las robaran en pillajes nocturnos.

Un día, el Profeta se adentró en el desierto con sus caballos sin llevar agua. A la distancia, se divisó un oasis. Los animales estaban desesperadamente sedientos y dispararon al galope hacia el oasis en cuanto lo olieron. El Profeta miró cómo se alejaban. En el último minuto, justo antes de que llegaran al agua, Mahoma se levantó de sus estribos, lanzó un silbido agudo como señal para que volvieran.

La mayoría de los caballos hicieron caso omiso al silbido, pero cinco yeguas dieron la media vuelta y volvieron a su mano. Él las eligió solamente a ellas para reproducir. Dijo:

—A un caballo se le puede pegar con un látigo para que corra más rápido. Con disciplina se le puede enseñar a pelear en la guerra. Pero lo que Dios valora es la completa lealtad, y eso se ve solamente cuando el alma se enfrenta a la más difícil de las pruebas.

¿Lo ven? Nosotros éramos yeguas leales en un momento de desesperación, que es la razón por la cual mientras más aumentaba el peligro, más feliz estaba él.

Finalmente llegó el día en que el horizonte se llenó de pequeñas manchas negras que avanzaban bajo una fina capa de polvo marrón. Las pequeñas manchas crecieron hasta adquirir la forma humana y, en menos de un día, las filas de soldados a pie, caballerías y guerreros sobre camellos llenaron nuestra visión. Nos estaban cercando. Nosotros les habíamos hecho la vida un poco más complicada a los invasores cosechando más temprano ese año y dejando las tierras vacías de forraje. El Profeta había vaciado la ciudad de hombres y niños mayores de quince años y los había enviado al monte, por encima de la trinchera. A nadie se le permitía regresar a la casa por la noche. Todos debían orar en voz alta y esparcir las fogatas en largas filas para hacerles creer a los Quraishi que éramos más de lo que ellos creían.

Con el primer ataque, logramos confundir al enemigo. Sus caballos temían saltar la trinchera y cuando algunos, exacerbados, los forzaron a hacerlo, los caballos no llegaron del otro lado y cayeron al fondo, retorciéndose y relinchando aterrorizados. Después de eso, no hubo un segundo ataque. Durante dos semanas, ninguno de los dos bandos hizo ningún movimiento. Alí mató a uno de los líderes en un duelo. Fuera de eso, hubo una o dos bajas por día. Eso tendría que haber alentado al Profeta, pero él se quedaba sentado durante horas, sumido en una sombría reflexión.

Yo me acerqué para animarlo, y para animarme a mí mismo también. El futuro dependía de su estado de ánimo.

—¿Cómo puedo estar feliz? —dijo—. Dios nos ha dado todo, pero no puede cambiar la naturaleza humana, al menos no en pocos días, y entre pecadores, tal vez nunca.

Él tenía la sospecha de que podía haber traiciones, y mientras más duraba el sitio, más tentadora era la situación para que los hipócritas y los no creyentes se volvieran en contra nuestro. Las noches se volvieron más frías, la lluvia tornaba gris el cielo. Me enviaron a espiar y al otro día regresé con noticias que anunciaban lo peor.

—Han conseguido suficientes traidores como para que nos ataquen desde dentro. Me arrastré hasta casi veinte metros de distancia de las tiendas donde se están llevando a cabo las negociaciones. La gente ya sabe. Corre el rumor de que van a secuestrar a nuestras mujeres y niños por la noche, mientras los hombres estén en las barricadas.

El Profeta escuchaba, mientras yo desplegaba mi terrible informe. Los principales traidores eran los Banu

Quraiza, la última tribu judía de Medina en mantener un tratado de paz con los musulmanes. Las demás tribus habían sido expulsadas.

Los ojos del Profeta mostraban consternación.

—¿Qué es lo que les dice el enemigo para convencer a los judíos de que nos traicionen? —El Profeta levantó una mano—. No me digas. La menor palabra debió ser suficiente.

Él sabía que los judíos expulsados se habían unido al enemigo. Algunos de ellos habían acudido a los Quraiza y los habían convencido de que un vasto ejército no podía ser resistido para siempre. Un emisario enemigo, un poderoso jefe oriundo de Khaybar, a donde muchos judíos habían huido para rehacer sus fortunas, abrió de par en par la entrada a la tienda del jefe Quraiza.

—¿Qué ven? —preguntó el emisario—. Nada más que nuestras fuerzas, kilómetro tras kilómetro. Y, sin embargo, no tomará más que el antojo de un hombre, Mahoma, aniquilarlos si Dios se los pide. ¿No está predicando ya que los judíos y los cristianos deben abandonar su fe para convertirse?

El emisario había escogido la ponzoña perfecta. Los Quraiza vacilaron. ¿De qué lado querían estar cuando Medina cayera? Hasta ese momento, el pacto que habían acordado con el Profeta había sido respetado por ambas partes. A cambio de su neutralidad, los judíos que quedaban en Medina habían enviado canastos y herramientas para cavar las trincheras.

Para ese momento, el sitio se había convertido en una batalla de nervios. Ambos lados estaban lo suficientemente cerca como para arrojarse insultos unos a otros, pero también lo suficientemente lejos como para que las flechas no los alcanzaran. La escasez de comida afectaba a ambos campamentos. La lluvia y el frío socavaban la moral. En el momento de mayor tensión, recibimos la noticia de que los Quraiza habían roto el tratado que tenían con nosotros. Abrirían el flanco sur de la ciudad, que era el que ellos controlaban, y una vez que eso sucediera, la trinchera del norte sería inútil. Peor que inútil, los hombres que habían estado apostados allí noche y día estaban exhaustos.

Yo me senté a debatir con los mensajeros de confianza que habían traído el mensaje al Profeta. Con calma, él nos dio las órdenes.

—No le digan a nadie que los Quraiza han cambiado de bando, o habrá pánico en las calles. Traigan algunos centenares de soldados con sus caballos al centro del pueblo para que defiendan a las mujeres y a los niños del ataque.

La situación era muy grave. Mahoma se dirigió a los Ghatafan, una tribu nomádica que había encendido recientemente la ira de los musulmanes al unirse a los Quraishi para prestarles un gran contingente de guerreros y de armas, pero además, por su incesante codicia. Dios le había dicho al Profeta que debía romper la alianza entre sus enemigos. Buscando el eslabón más débil, él lo encontró en los Ghatafan, porque se los podía sobornar. Fue hasta ellos y les ofreció un tercio de la cosecha de dátiles si ellos abandonaban la guerra.

Para los ojos de Alí y de los demás guerreros, era una oferta excesiva. Aun así, los Ghatafan nos la escupieron en la cara y demandaron no un tercio, sino la mitad de la cosecha anual de dátiles. En ese momento, Dios dijo algo que nos dejó perplejos. Le dijo al Profeta que aceptara. Esa decisión fue recibida con un desconcertado silencio.

Me nombraron representante y me ordenaron que llevara el acuerdo a los jefes Ghatafan. Era una misión degradante y yo estaba muy acongojado. Antes de partir, fui hasta la tienda del Profeta para asegurarme de que esa era su voluntad. Él asintió con la cabeza en completo silencio.

—Por respeto, muestra el acuerdo a los jefes musulmanes. —Sus palabras no parecieron más que un simple recordatorio.

Fui a la fortaleza, en el centro del pueblo, donde los jefes estaban reunidos, resguardándose. Cuando les mostré el pergamino donde estaba escrito el acuerdo, se enfurecieron y lo hicieron pedazos. El prestigio del Profeta se vio afectado en los ojos de muchos de ellos, y la derrota parecía estar más cerca con los Ghatafan en nuestra contra.

Cuando todos se hubieron dispersado sin ocultar su decepción, el Profeta me retuvo.

—¿Recuerdas el hormiguero que pisoteaste con ira? —me preguntó—. ¿Aún piensas que puedes matar a todos?

Yo miré hacia abajo, avergonzado.

—No estoy tratando de avergonzarte, querido amigo —murmuró—. ¿Recuerdas también que yo sostuve una hormiga con la punta del dedo?

Yo asentí con la cabeza.

—¿Y eso significaba algo?

El Profeta sonrió.

—No en ese momento. Pero Dios me ha enviado ahora la clave de la victoria, y es una hormiga solitaria.

Yo miraba sorprendido mientras él explicaba. La noche anterior, Nuaym, un anciano de la tribu Ghatafan, se había escurrido entre las líneas enemigas. Él demandaba ver al Profeta, pero fue rechazado con insultos. Nuaym perseveró hasta que finalmente consiguió acercarse a la santa presencia del Profeta. Ambos se reunieron en secreto y cuando Nuaym partió, el Profeta estaba coronado de sonrisas.

—Dios me pone a prueba con un ejército de hormigas, pero luego me envía la única que realmente importa.

Sin que nadie lo supiera, resultó ser que Nuaym se había convertido al islam. Podía circular entre las facciones enemigas, quienes confiaban en él. Así, comenzó a sembrar la discordia tal como el Profeta le había indicado en secreto.

A los Quraiza, les dijo:

—Antes de que se pasen al bando de los Quraishi, piensen en esto. Si ellos pierden esta batalla, marcharán a casa y los abandonarán a ustedes. Pidan algunos rehenes entre sus jefes a cambio de cooperación. Si han elegido el bando correcto, todo estará bien. Si no lo han hecho, pueden ofrecerle los rehenes a Mahoma a cambio de su seguridad.

Los Quraiza le agradecieron por el consejo y enviaron el mensaje a los Quraishi diciendo que necesitaban rehenes antes de acordar algún tipo de colaboración. Nuaym estaba allí cuando el mensaje llegó. A los mequíes, les susurró:

—¿Para qué quieren ellos rehenes de sus protectores? Solamente puede ser para negociar con Mahoma apenas ustedes se los entreguen.

Ambos lados le creyeron, y cuando estos se volvieron a encontrar, lo hicieron con ojos llenos de desconfianza y sospecha. Los Quraishi se negaron a darles rehenes. Los Quraiza se negaron a luchar contra los musulmanes, considerando que volver a la neutralidad era su mejor opción. Dios vio otra debilidad, más oculta, entre el enemigo. Dondequiera que fuera Nuaym, le resultaba fácil abrir viejas heridas y generar desconfianza. Jamás una hormiga solitaria había creado tanta confusión.

El viento soplaba fuerte aquella noche. Parado sobre los muros de la ciudad, yo veía cómo las fogatas de los enemigos parpadeaban y se apagaban. Muchos soldados enemigos no dormirían bien en el suelo frío sin una fogata. *¿Si Dios no les está haciendo esto, quién entonces?* Pero jamás me imaginé lo que nos esperaba al día siguiente. Allí donde miles habían estado acampando la noche anterior, no se veía más que un campo vacío. Era como si el ángel Gabriel hubiese descendido y limpiado toda esa extensión de tierra. El enemigo había dejado atrás los caballos y camellos heridos, cuyos quejidos lastimosos nos eran traídos por el mismo viento que había devuelto al enemigo a La Meca.

Me arrojé a los pies del Profeta.

—¡Es un milagro! —exclamé.

Pero él negó con la cabeza. Sólo unos pocos, como Abu Sufyan, realmente nos odian. El resto venía por el saqueo. La hierba más débil se aplasta con el viento.

Los que verdaderamente necesitaban un milagro eran los Quraiza, que ahora no tenían a nadie que los protegiera de la ira de los musulmanes que descendía sobre ellos y los trataba de traidores. Los judíos se retiraron a su fortaleza y se quedaron allí, tratando de resistir con coraje. Después de casi un mes, cuando el hambre acechaba su existencia, se reunieron en concejo. Tenían tres opciones para ponerle fin al sitio. Una opción era convertirse al islam y renunciar por completo a su Dios judío. Como segunda opción, podían asesinar a las mujeres y a los niños, y, quedándose sin ninguna razón para vivir, lanzarse en un ataque suicida contra los musulmanes. La tercera opción era simular que estaban cumpliendo con el Sabbath y ejecutar un ataque sorpresa. Ninguna de esas alternativas era aceptable, lo cual dejaba la completa rendición como única posibilidad. Los Quraiza salieron con resignación a enfrentar su destino.

El pueblo estaba hambriento de venganza. ¿Qué iba a hacer el Profeta con los traidores? Él eligió un camino que nadie se esperaba.

—Que venga un juez cuya decisión no le traiga ningún beneficio.

El hombre que eligió era Sa'd ibn Mua'dh, que no era más que un mercader muy respetable. Pero cuando se anunció el nombre, la multitud abrió la boca en señal de sorpresa y retrocedió mientras lo arrastraban a la plaza pública en una camilla envuelta en sábanas ensangrentadas. Sa'd había luchado en la trinchera y estaba herido de muerte. Todos estuvieron de acuerdo con que ese hombre no tenía nada que ganar o perder. Los cautivos judíos se esperanzaron, puesto que Sa'd había sido su antiguo aliado. La ley y las costumbres lo unían a ellos, incluso si ellos les habían causado daño a otros.

El Profeta dio un paso atrás y declaró que la decisión del juez sería inapelable. Los Quraiza pidieron compasión, ofreciendo todos sus bienes materiales y a sus mujeres y niños como esclavos si les perdonaban la vida. Otros aliados se arrodillaron ante Sa'd, también implorando piedad. Aunque habían provocado tanto pánico y ansiedad, los Quraiza nunca se habían unido formalmente al enemigo.

Sa'd escuchaba, mientras sus vendas rezumaban sangre. Tenía la piel grisácea y estaba muy débil. Con voz resquebrajada dio a conocer su decisión, y yo corrí a tras- mitírsela al Profeta.

—Muerte a todos los hombres. Esclavitud para las mujeres y los niños.

Era la peor sentencia posible. El Profeta no dijo nada, sólo ordenó que los verdugos provinieran de todas las tribus de Medina. Eso permitiría que la culpa no re- cayera sobre una única tribu, sino que todos la compar- tieran. Más de cuatrocientos judíos fueron maniatados y decapitados. El Profeta no recibió ninguna revelación que dijera que se les perdonara la vida o que se los matara. Se volvió impasible y su rostro adquirió una expresión adusta. Después de la tensión del sitio, el Profeta pareció retraerse en sí mismo todavía más, y cuando estaba con alguien, generalmente era en compañía de sus esposas, es- pecialmente de Aisha, la más joven, que había pasado a ser su predilecta.

Unos meses después de todo aquello la llevé a un lado y le pregunté:

—¿Qué es lo que piensa él sobre el juicio?

Aisha no dijo nada, pero debe de haberle contado al Profeta puesto que al día siguiente, él me vio abstraído durante el momento de oración y me dijo:

—Ven a caminar conmigo.

Yo le obedecí, sin decir palabra. Tengo estómago para cualquier tipo de batalla, pero la sangre de los Quraiza fue algo distinto.

—¿Tienes alguna pregunta? —dijo el Profeta, cuan- do llegamos bajo la sombra de unos árboles.

Yo dudé.

—¿Tengo derecho a hacer alguna pregunta?

—Es una buena respuesta. Alá debe ser temido. También debe ser amado. A veces yo no estoy seguro de cuál de las dos cosas quiere. ¿Entiendes?

—No estoy seguro. —Yo no estaba escapando a una respuesta. El Profeta hablaba sobre la duda, y sin embargo, él nos enseñó que la duda nos destruiría antes que cualquier enemigo.

Dijo:

—Dios no envía la verdad toda junta, en un mismo momento. La envía como una flor silvestre esparce sus semillas, en todas las direcciones. La vida presenta mil situaciones y debe de haber una verdad para cada una de ellas. —El Profeta me miró de reojo—. ¿Puedes empezar a comprender?

—Creo que sí. Para cada momento existe una revelación. Lo que es verdad en un momento, puede no serlo después.

—Sí, pero si la paz es hoy la verdad y la guerra lo es mañana, ¿cómo se supone que deben vivir los fieles? La elección no puede recaer sobre cada uno de nosotros. Somos débiles y ciegos. Estamos corrompidos por el pecado. ¿Qué deberíamos hacer?

Pensé en la historia que había oído.

—Podemos correr cuando Dios silbe.

Era la primera vez en un mes que veía al Profeta sonreír.

—Puede que aborrezcas su decisión, pero Sa'd me dio esperanzas.

—¿Por haber matado a los enemigos de Dios?

—No. Para cualquiera que ame la vida, la muerte es una razón para entristecerse. Sa'd podía haber tomado partido por su tribu. Era la solución más fácil, y la solución que los árabes habían aplicado siempre. Pero él no. Él tomó partido por su alma, pues más tarde me dijo que no se atrevía a enfrentar al Creador si permitía que quienes lo odiaban quedaran libres. ¿No ves la llama de esperanza? Si un hombre puede decidir por la vida o por la muerte, no porque quiera venganza sino porque piensa en Dios, significa que la naturaleza del hombre está cambiando. Yo pensaba que eso era imposible, o que iba a llevar una veintena de generaciones. Pero por la gracia de Alá, lo estamos viendo en vida.

Yo escuché. Entendí. Acepté. Dentro de mi corazón, sin embargo, pensaba que sólo una persona había cambiado: él. El Profeta se ha convertido en sus revelaciones. Ve más allá de la vida y de la muerte, y a su mente sólo le importa ser parte de la mente de Dios. En cuanto al resto de nosotros, tendremos que pisotear hormigueros por muchos años más.

Capítulo
18
Yasmin, la mujer del pozo de agua

Sólo una vez desde que nací me ha empapado la lluvia. Las nubes negras viajan a Medina desde los montes. Generalmente decepcionan. Las finísimas gotas de lluvia se detienen en el aire y nunca llegan a tocar la tierra. Aquel día, sin embargo, el día en que se hizo la promesa, un trueno estalló por encima nuestro como el herrero machacando contra el yunque. Llovió con tanta fuerza que las calles se transformaron en ríos.

Yo podría haberme refugiado bajo el dintel de una puerta hasta que pasara la tormenta, pero había algo dentro de mí contra lo que yo no podía luchar. Me abalancé al aguacero y zapateé el agua embarrada, que me salpicó hasta la cintura y me manchó de marrón el vestido. Las otras mujeres del pozo me miraban como si yo estuviese loca.

Yo estaba inspirada, no loca. Ya lo comprenderán, si no ahora, pronto.

Cuando paró el aguacero, volví arrastrando los pies en el barro hasta mi pequeña habitación. Como no tiene ventanas, tuve que dejar la puerta abierta para que entrara luz. Me paré debajo del dintel para sacarme el vestido, que estaba tan pesado por el agua que apenas podía levantarlo y pasármelo por encima de la cabeza. Una mujer recatada jamás se pararía allí, desnuda, a la vista de los ojos de los hombres. Ser recatada es un lujo que yo no me puedo dar.

Cuando uno vive en la calle lo terminan devorando de una manera u otra. Yo estaría muerta si no fuera por el refugio que me brinda esa pequeña y sofocante pieza. Está agregada a la parte de atrás de la casa de mi hermano.

Me emocioné mucho cuando mi hermano vino al pozo de agua y me tomó de la mano. Pues bien, él no había tenido problema en que yo muriera de hambre y de pronto, sin decir palabra, me llevó a su casa.

—No puedes entrar. Mi esposa no quiere a una mujer como tú dentro de la casa. Tu lugar está en la parte de atrás.

Yo lo miré, desconcertada, y él me dijo:

—No preguntes por qué. Es un regalo de Alá.

Yo le estoy agradecida. No pregunto por qué Alá no podía haber incluido una ventana. Pero de la manera en que toquetean y manosean algunos hombres, la oscuridad es una bendición. Un día, un hombre muy diferente vino a mi pieza.

Era un hombre joven y estaba nervioso. Por su acento me daba cuenta de que era beduino y que acababa de llegar a la ciudad. Le dije que se sentara en la cama. Yo me arrodillé para quitarle las sandalias.

—No —balbuceó.

Justo en ese preciso instante, el último rayo de luz se escurrió por una hendija de la puerta, y yo vi un pequeño resplandor rojo, como si una chispa hubiera descendido del cielo y caído justo sobre la cabeza del muchacho. Un segundo después, el resplandor había desaparecido.

Como el muchacho no se movía, yo le tomé una mano y la puse sobre uno de mis pechos. Él la sacó rápidamente. Le pregunté cuál era el problema. Él se quedó pensando, sin decir nada, y yo contuve la respiración. Era muy apuesto. La barba se le rizaba en los costados, lo cual le daba un aspecto enigmático, como de poeta. No me acuesto con muchos poetas. Metí la mano debajo del colchón para asegurarme de que mi daga estuviera efectivamente allí. El hecho de que fuera apuesto no me aseguraba que no hubiese venido a robarme. Después su mano volvió a tocarme el pecho. Él comenzó a gemir levemente y yo me dejé llevar.

La naturaleza hubiera seguido su sudoroso curso, pero yo no había cerrado la puerta lo suficientemente bien. Una pequeña hendija dejó pasar el llamado a oración del atardecer. En cuanto el muchacho lo oyó, saltó de la cama con un grito asustado. Era musulmán, como mi hermano. Desenrolló una pequeña alfombra que cargaba en la espalda y se arrodilló en el suelo sobre ella.

En realidad yo no lo veía en la penumbra, pero oía sus palabras, un murmullo suave: "Alabado sea Alá, Señor del universo, el Compasivo, el Misericordioso".

—¿Entonces Dios es más importante para ti que el amor? —le pregunté, observándolo desde la cama.

—Dios es más importante que la vida misma —me respondió.

Pensé que me iba a querer golpear por mi tono sarcástico. Pero sucedió todo lo contrario. Se sentó junto a mí y comenzó a sollozar. Yo no sabía qué hacer. Había algo en esas lágrimas que me conmovía.

—Recuéstate —le dije suavemente—. No tenemos que hacer nada, pero si quieres, puedo enseñarte acerca del amor.

Yo sentí que su cuello se tensaba debajo de mis dedos.

—¿Amor? Pero si tú no eres más que una... —se dio cuenta de lo que estaba por decir y se calló.

—Tal vez soy más que eso. No me has dado una oportunidad.

Yo no había comido en todo el día. Sería una lástima perder las pocas monedas que iba a pagarme.

El muchacho me hizo la mano a un lado bruscamente. Se levantó y fue hasta la puerta. Pero en lugar de irse, se quedó allí unos instantes, tironeándose de una de las orejas. Después me puso algo muy pequeño y puntiagudo en la palma de la mano.

—Quédate con esto. Algún día regresaré por él y entonces yo te enseñaré acerca del amor.

Un segundo después se había ido. Abrí la mano. No podía creerlo. A la luz de la vela vi un rubí pequeño y perfecto. Tenía forma de lágrima y le habían puesto un pasador para usarlo como pendiente. Esa había sido la chispa roja que yo había visto en la oscuridad. Apenas pude dormir aquella noche pensando en el muchacho de barba rizada.

Al día siguiente, lo vi. Yo había tenido el descaro de colgarme el pendiente para ir al pozo de agua. El brillo serviría para atraer la mirada de más hombres. Pero resulta que nadie tenía tiempo para mí. Los soldados rondaban por la plaza. La infantería estaba allí, apelmazada entre caballos y camellos. Estaban tan pegados unos a otros que cuando vi a mi muchacho, no pude pasar entre ellos para llegar hasta él. Él miró hacia otro lado antes de que nuestras miradas se encontraran. Yo lo llamé, pero el ruido era demasiado fuerte. En determinado momento, una metiche hizo que las demás me empezaran a gritar "¡Prostituta!" porque pensaban que yo estaba allí en busca de algún soldado de la guerra santa, un *mujahid*, para seducir.

Con un ruidoso golpeteo de armas, seguido de gritos ensordecedores, los *mujahidin* marcharon a la guerra, y la plaza se sumió en un silencio. Yo estaba parada a un costado, bajo la sombra de una palmera medio muerta, reservada para las de mi tipo. Me llevé un dedo a la oreja y toqué el rubí que me había dado mi soldado. *¿Mi soldado?* Él ni siquiera me había tocado más que por encima del vestido. Y sin embargo, yo no podía sacármelo de la cabeza. El recuerdo que tenía de él no me servía de consuelo. Todo lo contrario, cada vez me sentía más sola. Me recostaba en la oscuridad besando el rubí como si él estuviese allí y las últimas palabras que yo hubiese oído fueran: "Cuando regrese, te enseñaré sobre el amor".

La pasión que yo sentía por él se iba encendiendo más y más como un carbón ardiente, alimentado por el viento. Yo me imaginé cómo sería el regreso del batallón. Habían partido rumbo a Siria. Pasarían días o semanas hasta que regresaran. La mano de Dios llega lejos y Él recompensa a quien lucha en Su nombre. Mi soldado vendría y me traería oro, que pondría ante mis pies, y después él me desposaría. Sé que la lógica de una prostituta es tan poco valiosa que ni siquiera vale la pena hacer el esfuerzo de burlarla. Yo seguía, en secreto, a los recitadores por las calles. Son especialistas en el Corán. La gente los escucha, hipnotizada. Dicen que los mejores recitadores hacen llorar a los hombres fuertes y convierten en un instante a los infieles.

En cuanto a mí, yo no lloraba por Dios. Al menos no al principio. Yo lloraba por mi soldado. Me estremecía cuando pensaba en él. Aun así, el llamado a oración ya no me irritaba. Lo sentía como algo reconfortante, como una voz muy lejana que me llamaba. Yo sabía lo que tenía que hacer.

El día en que llovió a cántaros fue el día en que yo supe que algo tenía que cambiar. La lluvia era un signo y la alegría que yo sentía, un camino hacia algo que aún tenía que ser descubierto. Después de secarme, metí una mano debajo de mi cama y tomé un pequeño saco con monedas de plata que había ahorrado a lo largo de los años. Me compré un vestido recatado y un velo. Les cerré la puerta a los hombres. El único recurso que me quedaba para subsistir era mendigar. Fui hasta el pozo de agua y miré a las otras mujeres a los ojos.

—Busco arrepentimiento. Ayúdenme a salvar mi alma. Cualquier trabajo sucio que necesiten hacer, dénmelo a mí. No importa cuán bajo o repugnante sea.

Se quedaron mirándome, las que se habían molestado en prestarme atención. Pero una anciana sintió algo en mi voz. Sintió pena por mí y me llevó a su casa. Fregamos el suelo juntas, arrodilladas. Las articulaciones endurecidas no le permitían a la anciana hacer sola ese trabajo. Después de eso, una vez que ella hubo estado segura de que Dios no la mataría por llevar mi impura presencia a su casa, me pidió que volviera. Ella tenía primos y, después de un tiempo, comencé a limpiar letrinas y a quitarles liendres a los niños. Me hice conocida por hacer cosas que sólo un esclavo haría. Siempre era más fácil que me tomaran si yo reconocía a algún hombre de la casa. Ellos me contrataban rápidamente si yo les prometía mantener la boca cerrada.

La anciana se llamaba Halima y Dios debió de haberla enviado. No sólo porque me hubiese contratado. Ella había sido, además, la nodriza de Mahoma. La edad la había hecho alejarse del desierto y había venido a Medina en busca del Profeta.

—Él vio los primeros ángeles cuando estaba conmigo. Eran dos y le tocaron el corazón. Él todavía no tenía ni siete años —contó Halima.

Después de eso, yo ansiaba saber más. Había visto a Mahoma por las calles. Todos lo habían visto. Él pasaba caminando como una sombra. Yo no sabía que él hablaba con los ángeles. La anciana nodriza no estaba lista para revelar nada, al menos no todavía.

—Todavía puedo oler lo que eras, y es demasiado temprano para ver en qué te convertirás —dijo Halima, dejándome seguir fregando el piso.

Un buen día Halima se ofreció a acompañarme hasta mi habitación. No dijimos nada por el camino, hasta que pasamos por el frente de la casa de un hombre rico. En un costado de la casa había un gazebo donde la familia gozaba del aire fresco de la noche. Halima se detuvo a mirarlo. Un elegante domo estaba sostenido por pilares de madera retorcida que simulaban enredaderas.

—Nunca he tenido tiempo de descansar, y nadie me ha invitado jamás a un lugar tan hermoso como ese —me dijo la anciana, serena.

—¿Estás celosa? —le pregunté.

—¿Quieres decir si siento lo mismo que tú sientes? No. —Torció la cabeza en mi dirección—. El domo del cielo está sostenido por cinco pilares. Y son míos. Aquí. —Se tocó el corazón, pero en lugar de explicarse, apuró el paso. Nos separamos en mi esquina. Supongo que mi pequeña habitación también olía mucho a quien yo solía ser.

Llegaron a Medina noticias de la campaña en Siria. El ejército musulmán había sido ferozmente atacado y sin aviso. Alguien había prevenido al representante del emperador en Damasco y los bizantinos aguardaban listos para el ataque. Se produjo una sangrienta escaramuza. Muchas vidas se perdieron. Todo eso me llegó a los oídos en retazos que el viento arrastraba desde el pozo de agua, donde las mujeres se congregaban, ansiosas y atemorizadas. Yo también estaba atemorizada. No era su presencia únicamente lo que yo ansiaba. Había algo más, y yo no entendía cómo encontrarlo. Le dije a Halima que estaba desesperada, y esa desesperación iba acrecentándose día a día. Su respuesta me sorprendió.

—Yo ya lo sabía. Yo sentí tu desesperación incluso antes que tú.

—¿Cómo es posible?

Levanté la mirada. Ella estaba parada junto a mí, estirando las crujientes rodillas.

—El pecado se paga con desesperación —me dijo. A eso no le siguió ningún sermón. En cambio, me enseñó a orar, con la cara en el suelo, mirando hacia La Meca porque la casa de Dios estaba allí. Me enseñó la misma plegaria que yo le había oído susurrar a mi soldado: "Alabado sea Alá, Señor del universo, el Compasivo, el Misericordioso". Eso me agradó mucho.

Halima me advirtió que debía orar siempre en los momentos del día en que el almuédano llamaba a oración y luego una vez más antes de dormir. Yo asentí, escurrí las últimas gotas de agua del trapo que usaba para limpiar, y me levanté para irme.

Halima negaba con la cabeza en señal de disconformidad.

—No has preguntado por qué oramos.

Yo me sonrojé. No le podía decir que yo oraba por un soldado cuyo nombre ni siquiera conocía.

—Oramos por gratitud a Dios. Él nos ha dado todo. Recuérdalo, niña. —Halima se dio cuenta de que había algo más en mi mirada—. No me crees. Piensas que Dios no te ha dado mucho.

No me atrevía a hablar, ni siquiera a asentir. Si ella me despedía, yo no tendría más trabajo ni comida.

—Déjame decirte lo que eres —me dijo.

Yo sentí que se me caía el alma a los pies.

—Pensé que tú jamás me dirías esto —yo oía cómo me temblaba la voz.

Halima me tomó la mano.

—Escúchame, mi querida. Tú no eres lo que aparentas ser. Tú eres hija de Dios. El destino te ha alejado de Él para mostrarte lo que significa estar perdida. Pero es el deseo de Dios traerte de vuelta, lo que tendría que darte más razones para estar feliz.

Algo dentro de mí se rompió. Yo me estremecía como una virgen a quien han dejado desnuda ante un extraño. Halima y yo lloramos juntas, y ese fue el comienzo. Yo aprendí lo que debía hacer para merecer la gracia de Dios. He orado y eso me recuerda en palabra y en pensamiento que Dios está aquí. El mundo nos aleja; la voz del pecado jamás se calla. Pero si recordamos a Dios a lo largo del día, nuestras almas se acercan a su gloria.

Yo seguía a Halima por toda la casa y la observaba. Ella envolvía trozos de pan y ponía pequeñas monedas en cada paquete. Luego se los daba a los mendigos. Así aprendí a recordar a los pobres, como indica el Corán. Era otoño, y cuando llegó el Ramadán, Halima se quedaba sentada en su habitación la mayor parte del día. Yo le llevaba una bandeja con comida y una jarra de agua y se las dejaba sobre la cama, pero ella apenas las tocaba. No hacía falta que ella me dijera que estaba ayunando, o que el Corán se lo pedía, pero yo tenía que saber por qué.

—Durante un mes recordamos quiénes somos —me dijo—. No somos un cuerpo que se alimenta con agua y comida. Estamos hechos para Dios, entonces está bien arrepentirse de la carne y abstenerse de las necesidades de la carne. —Sonrió como un niño—. Por supuesto que hay necesidades de la carne que yo ya abandoné hace años. De eso no vamos a hablar.

Su simpleza me conmovía. Halima confiaba en mí. Me recibía en su casa sin sospechas ni desprecio. No ocultaba de mí bajo llave nada. Eso hacía que me fuera fácil aceptar su confianza en Dios.

En cuanto a mi soldado, él nunca regresó. Los *mujahidin* entraron en el pueblo con la calamidad del ataque bizantino escrita en el rostro. Traían a la rastra los cuerpos de los caídos envueltos en sábanas blancas. Yo no podía mirar. Si mi soldado estaba allí, no podría soportarlo. Halima se dio cuenta, claro, pero no dijo nada cuando me vio llorando en un rincón.

Un día, cuando fui a su casa a limpiar los pisos, me sorprendió con un banquete para un invitado.

—¿Por qué no me dijiste que no debía venir? —le pregunté.

—¿Por qué había de decirte que no vinieras? Tú eres la invitada.

Yo jamás había visto damascos y cordero en su alacena, y el fresco aceite que esparció sobre el pan recién horneado olía a un huerto en primavera.

—¿Para qué es esto? —le pregunté. Yo no podía imaginar de dónde había sacado el dinero y, de pronto, me preocupé. Tal vez fuera su despedida. ¿Ya estaría por morir la anciana?

En lugar de responderme, Halima dijo:

—¿Qué es mejor? ¿Soñar con un banquete o comerlo?

—Comerlo —contesté yo, sin dudarlo.

Halima me pasó una bandeja de cordero cortado en tiritas sobre arroz con especias.

—Era hora de que te dieras cuenta.

Me llevó un tiempo comprender sus enseñanzas. En ese momento, yo simplemente estaba feliz por ser su invitada. En el pasado, el hambre había sido mi compañero constante durante el mes de Ramadán, que acababa de terminar. Los musulmanes llevaban una vida tan austera durante ese mes que apenas me llamaban. Halima dejó de comer mucho antes de que yo me llenara, pero se conformaba con verme disfrutar de la comida. Sonrió cuando tomé una manga del vestido y me limpié el último vestigio de grasa que me quedaba en la boca.

—Ahora comienza la fiesta.

A Halima le divirtió mi desconcierto.

—Una vez que el cuerpo está satisfecho, la mente sigue reclamando su banquete. Hasta ahora sólo se te han complacido los deseos. Sueñas con estar tan llena aquí —se tocó el corazón— como lo estás aquí —dijo, llevando la mano al estómago—. Pero, como tú bien dijiste, es mejor comer un banquete que soñar con uno. ¿Estás preparada?

—No lo sé —sus palabras me asustaban un poco.

Continuó.

—Estás parada frente a la puerta por primera vez. Lo que está del otro lado es un poco oscuro. Pero el ángel que se le acercó al Profeta te habla. Él habla en el viento y entre las estrellas. ¿Quién sabe lo que dice el viento? El espacio entre las estrellas está en silencio. Por eso tenemos el Corán. El mensaje del ángel se encuentra en el Libro. Cualquiera puede entenderlo.

»El mundo se ha desarrollado según la voluntad de Dios. Ha habido muchos profetas y mensajeros. Pero los hombres se olvidan pronto. Por eso Dios envía a quienes nos advierten sobre el peligro. Los hombres les dan la espalda de todos modos, y finalmente, Dios envía la palabra pura de la verdad. Cuando eso sucede, no hay excusas. Esta es la hora dorada.

Halima había memorizado algunos fragmentos del Corán y, con el rostro iluminado, susurró uno de ellos:

—"¡Invocadle con temor y anhelo! La misericordia de Dios está cerca de quienes hacen el bien."

Se hizo un silencio entre nosotras.

—¿Temor? —pregunté—. ¿Por qué he de llamar a Dios con temor?

—Porque tu joven soldado puede estar muerto, pero estoy segura de que tienes otros temores. ¿Quién más los va a aliviar?

Era la primera vez que Halima lo mencionaba. Yo no tenía idea de cómo lo sabía. Me tapé con el velo para que ella no tuviera que ver la expresión de congoja en mi rostro.

—¿Puede Dios volver a la vida a los muertos? —susurré.

—Si Él lo desea, sí. Pero ese no es el punto. —Halima me contestó con firmeza, como si estuviera tratando de devolverme a mi ser—. Nacer implica sufrir, y pecar. Los árabes no conocen la misericordia. La vida aquí es más dura que en cualquier otra parte. No hay mejor lugar para olvidar a Dios que el desierto. ¿Cuál es el propósito de sufrir si no el poder soportar?

»Llegó un día en que Dios puso a Gabriel, el ángel en quien más confiaba, en un bote pequeño. Le colocó el Corán en las manos y el pequeño bote zarpó. Llegó hasta las costas de Arabia. ¿Ya sabes lo que dijo el ángel? "Esta tierra inhóspita ha hecho corazones inhóspitos. Buscaré al hombre que quiera oír la palabra de Dios. Estaré a su lado noche y día, alimentándolo con gotas de verdad, así como una madre alimenta a su niño hambriento con gotas de leche. Con el tiempo, esos corazones inhóspitos florecerán."

Jamás olvidaré aquel día, ni las enseñanzas que vinieron con él. Halima me enseñó que el ángel está cerca, y allí donde él vaya, hay un banquete tendido, esperándolo.

Me hice devota y dejé de extrañar a mi soldado. Después de un tiempo, los demás notaron el cambio. Me hicieron un lugar en el pozo de agua, y, finalmente, alguien me preguntó el nombre.

—Yasmin —dije.

Ahora sonrío cuando las nubes negras se acercan desde las colinas. Las gotas de lluvia que penden de sus barrigas cuentan la historia de mi vida antes de que yo dejara entrar la misericordia en mi corazón.

Aun así, yo corro con las otras mujeres a las puertas de la ciudad a recibir a los *mujahidin*. Cada vez se alejan más y más. El mundo está listo para caer de rodillas. Ya es la hora. Y yo confieso: lo busco en la cara de cada soldado.

El mes pasado, yo estaba recostada en la cama cuando la puerta se abrió. Cuando oí los herrajes crujir, cerré los ojos con fuerza. El destino es un invitado que es imposible despreciar.

La cara de un hombre me rozó el rostro antes de que las manos me tocaran. Me imaginé que sentía los rizos de su barba.

—He vuelto por mi rubí —susurró—. ¿No lo había prometido?

Mi corazón latía con tanta fuerza que yo pensé que moriría.

—Has prometido enseñarme sobre el amor, pero yo ya he aprendido.

—Siempre hay más para aprender.

Sentí que una mano me sacaba el pendiente de la oreja. Lo sostuvo en el aire y, aunque era la medianoche, la piedra empezó a brillar como si fuera un resplandor del cielo. De pronto, él se arrojó sobre mí y me hundió el rubí con fuerza en el pecho. Yo sentí que se hundía bajo la piel y llegaba hasta el corazón. Para mi sorpresa, seguía viéndolo. El resplandor rojo se esparció hasta que cada espacio de mi corazón se llenó de luz y se detuvo.

Los herrajes volvieron a hacer ruido. Él se había ido. ¿Lo habría soñado? Nadie puede hacerme creer eso. Yo llevo la joya de la redención en mi corazón, y con cada pedazo de mi ser sé que mi soldado había vuelto por mí.

Capítulo
19
Abu Sufyan, el enemigo

Yo lo llamo habilidad política. Los supersticiosos lo llaman magia. Si quieren, pueden pensar que fue la mano de Dios. Antes de morir sorpresivamente el año pasado, Mahoma logró la victoria total. No se lo podía detener por la fuerza tanto como no se puede detener una tormenta de arena con el puño.

La única opción que le quedó a La Meca fue rendirse. En un instante les contaré esa parte. Muchos decían que el Profeta era inmune al daño. Yo mismo casi lo creía. Todo el cuerpo me temblaba cuando me llevaron ante él, como un cautivo que espera su sentencia. Mahoma no tenía nada que ver con la imagen de un conquistador. Era contenido. Los ojos apenas me vieron. ¿Estarían concentrados en otro mundo, en otra revelación?

—Estoy en casa otra vez. No hay animosidad. Si deseas unirte a nosotros, el pasado es el pasado —dijo Mahoma con calma.

"Desear" era una linda palabra, una palabra moderada. Él se podía dar el lujo de ser moderado con mil espadas ocupando las calles de La Meca.

Lo que él más quería era La Meca. Para un niño huérfano su ciudad era todavía el centro del mundo. Sin ella, las conquistas de Mahoma hubieran sido como un collar al que le faltaba la hermosa perla. Después de diez años de lucha, sin embargo, ¿cómo podía conquistar La Meca habiendo los Quraishi jurado venganza de sangre? Lo haría a la manera de Dios, la única manera contra la cual nosotros no podíamos luchar.

Le llevó tres años y empezó con un sueño. En el sueño, Mahoma se vio con la cabeza rapada, como la llevan los peregrinos después del *hajj* en La Meca. Cuando contó el sueño sus consejeros estaban azorados. El *hajj* pertenecía a la antigua religión, antes del islam. Todos lo saben. ¿Cómo es posible que el nuevo Dios compartiera los ritos con los dioses anteriores? Por primera vez, los seguidores de Mahoma se resistieron. Los jóvenes *jihadis*, que se habían fortalecido con las batallas, eran tozudos. Mahoma no los podía convencer de que cedieran. Finalmente, salió a las calles para contarle al pueblo la visión que había tenido.

Así, surgió un clamor para regresar a La Meca. El deseo había estado durmiendo todo ese tiempo en el pecho de los exiliados. ¿Ven a lo que me refiero con habilidad política? Un peregrinaje pacífico llevaría a los exiliados a casa y, al mismo tiempo, le aseguraría a La Meca que los sitios sagrados no caerían en la bancarrota. Eran nuestro alimento vital. Después de todo, cada vuelta que daban los peregrinos a la Kaaba era como un buey extrayendo agua de un pozo. Lo necesitábamos para sobrevivir.

Y así fue cómo vinieron los musulmanes, envueltos en la falda de lino blanco y el chal típico de los devotos, arrastrando cientos de animales para ser sacrificados y manteniendo las armas fuera de la vista. Yo le había pagado a una caballería liderada por nuestro mejor guerrero, Khalid, para que los interceptara. Por desgracia, perdieron completamente la caravana de Mahoma, que había desviado adrede el camino hacia una ruta diferente, más rocosa.

Reunidos en concejo, la mitad de los ancianos Quraishi quería ceder.

—Déjenlos entrar a orar. La Kaaba todavía será nuestra. ¿No es una señal de que hemos ganado?

Yo me levanté, tratando de no ridiculizar esa lógica tan débil.

—Si los dejan entrar a La Meca, ustedes están diciendo que Mahoma es uno de nosotros. En lugar de la tribu, que nos ha mantenido unidos desde los tiempos de Abraham, un advenedizo tratará de unir a los árabes de acuerdo a sus revelaciones. La primera revelación será destruir los ídolos, créanme.

Con lo que yo dije un número suficiente de ancianos se convenció de que había que detener a Mahoma antes de que entrara a la ciudad. Cuando se le impidió avanzar, Mahoma propuso negociar. No importa cuán diferente es el islam de la fe de nuestros padres, hay una cosa en la que todos están de acuerdo: los sitios sagrados de La Meca no pueden ser un lugar para la violencia. Los peregrinos no pueden pelear guerras sagradas. La gracia divina depende de eso.

Sus emisarios hicieron una propuesta de paz, pero yo no transigí fácilmente. Forcé a los jefes a que exigieran que los musulmanes se alejaran por un año antes de que vinieran a la ciudad a intentar venerar a su Dios. A cambio de eso, pondríamos fin a las hostilidades contra ellos por diez años. Sé que la concesión era demasiado grande. Yo estaba admitiendo la derrota militar. Pero los soldados de La Meca —todos los ciudadanos, de hecho— estaban convencidos de que los musulmanes luchaban con una especie de magia que los protegía. Cuando esa clase de creencias se arraiga, el enemigo gana antes de siquiera dar el primer golpe.

Después de firmar el tratado donde él estaba acampando, en la planicie de Hudaybiya, el campamento de Mahoma zumbó con resentimiento. Habían caminado durante cuatro días para llegar a la Casa Sagrada y hacer los sacrificios. ¿Por qué habían de regresar cuando tenían los muros de la ciudad a la vista?

Umar, uno de los que más encolerizado estaba, se levantó y desafió a Mahoma en la cara:

—¿Acaso tú no eres el Profeta de Dios? ¿No es nuestra causa la correcta y la de los Quraishi la errónea? ¿No nos habías prometido que daríamos siete vueltas alrededor de la Kaaba?

Mahoma asentía con la cabeza mansamente a cada pregunta de Umar, pero cuando llegó a la última, respondió:

—Yo les prometí que iríamos a orar a la Kaaba, ¿pero dije que sería este año?

Una respuesta con trampa, pero Umar se sentó, y no hubo rebelión alguna. Aun así, Mahoma necesitaba una revelación. Y llegó. Dios le dijo que se había obtenido una clara victoria (*Al-Fath*). Así, Mahoma ordenó que se sacrificara a los animales fuera de los muros de la ciudad. Salió con la frente en alto y sacrificó al primer camello. Algunos de sus seguidores se quejaron, pero cuando Mahoma apareció ante ellos con la cabeza rapada, como signo de que los ritos sagrados se habían llevado a cabo con éxito, ellos lo siguieron. El viento sopló los pelos que caían de las cabezas rapadas hasta las puertas de La Meca. Esos pelos se escurrieron por debajo de la puerta y llegaron hasta los sitios sagrados. El Profeta sabía lo que estaba haciendo.

Tal como yo temía, el tratado no era muy sólido. Algunos saqueos nocturnos en un lado, algunos asesinatos en el otro. Los árabes maman de las luchas y nunca son destetados. El desierto nos hace sufrir, y nosotros le transmitimos ese sufrimiento al enemigo. Pero yo había perdido la voluntad de seguir peleando. Me convertí en negociador, esperando extraer algún que otro privilegio, un poco de espacio para respirar antes de que viniera el golpe final.

Habíamos rechazado a los musulmanes la primera vez que vinieron a orar, pero la segunda vez, un año más tarde, no los pudimos disuadir. Yo envié el mensaje de que Mahoma y sus seguidores podían entrar a La Meca, pero únicamente una vez que los Quraishi hubieran abandonado la ciudad. Nosotros nos sentaríamos en los montes por tres días mientras ellos realizaban la visita. Esto fue presentado como un gesto de paz, para garantizar que los peregrinos no sufrirían violencia. Mahoma sabía que también era una señal de desdén.

El Profeta traspasó las puertas de una ciudad abandonada y caminó en dirección a la Kaaba. Se acercó y, en completo silencio, tocó con su bastón la Piedra Negra y agradeció a Alá. Los fieles que lo acompañaban estaban sumamente conmovidos, pensando en cuántos años había tenido él que esperar para ese momento. No obstante, cuando Mahoma se acercó a la puerta, se dio cuenta de que estaba cerrada con llave. Mi responsabilidad, lo admito. De ninguna manera iba a permitir que profanaran el sanctasanctórum. Los seguidores se enfurecieron. Me imagino que querrían destruir la ciudad. Mirando desde la cima del monte, casi esperaba ver a la ciudad cubierta de humo. Mahoma mantuvo la calma y le ordenó a Bilal, un ex esclavo, que subiera al techo de la Casa

Sagrada para llamar a los fieles a la oración del mediodía. Cuando La Meca oyó la voz de un musulmán sobre los techos, los seguidores se consideraron satisfechos.

De todos modos, mi desdén fue inútil. La nueva fe se propagó en todos los hogares como una fiebre. No la podías ver y, sin embargo, te afectaba con sólo respirar. Yo he perdido a mi propia hija, Ramla. Renuncié a ella cuando huyó con un musulmán en la hégira. Un día, al poco tiempo de que eso ocurriera, encontré a mi esposa llorando.

—¿Qué sucede? —le pregunté.

—Ya no hay más Ramla. Ahora se hace llamar Umm Abiba.

Yo moví la cabeza en señal de desaprobación.

—Su esposo murió. Era un imbécil y un traidor. Ahora ella tiene el derecho de volver a casarse.

—¿Estás seguro? Bueno, tus deseos se han cumplido. Ahora ha desposado a Mahoma.

Sentí que perdía toda la sangre de la cabeza y tambaleé para sentarme en una silla. El resto del día y toda la noche me quedé allí, como paralizado. Lamiéndome las heridas recordé aquel tiempo en que podía pasar junto a Mahoma sin siquiera conferirle una mirada. Pero yo soy una persona realista. El débil tratado había pasado a no valer nada. Me enviaron a Medina con la esperanza de engañar a Mahoma y que firmara un nuevo tratado. Pero nadie fue engañado. Todo el poder estaba de su lado ahora.

Tal vez el problema fue que yo estaba solo en Medina. Algo hizo que cometiera un error. Fui a ver a mi hija a donde ella vivía, cerca de la casa de Mahoma. ¿Qué pensaba lograr yo con eso? Ella estaba nerviosa y rígida, apenas se inclinó para saludarme. Vi una silla y empecé a sentarme.

—¡Ay, no! —dijo ella, con timidez, tomando rápidamente la manta que la cubría.

Yo mantuve la calma.

—¿Le niegas respeto a tu padre? Es sólo una manta de lana, no una seda bordada de Catay.

—Pero el Profeta se sienta sobre ella —dijo, tartamudeando. Yo me quedé mirándola, luego me di media vuelta y me fui sin decir una palabra.

Dicen que a Mahoma le llevó tres años devorarse La Meca. Al final, la ciudad cayó sin ofrecer resistencia. Antes de entrar a la ciudad, los musulmanes enviaron una declaración. Se les perdonaría la vida a todos los ciudadanos que se quedaran encerrados en su casa. Pues eso es lo que hicimos. Yo me estremecí de miedo junto a la luz de la lámpara, mientras los caballos de los musulmanes golpeteaban con sus herraduras las calles empedradas. No confiaba del todo en esos guerreros de Dios. Ordené que mantuvieran la luz baja en las lámparas de mi casa, de manera tal que los invasores pensaran que no había nadie allí. Todo lo que yo veía era el destello de miedo en los ojos de mi esposa. Nunca le pregunté qué vio ella en los míos.

No podía evitar mi destino. Tenía que enfrentar a Mahoma.

—Me convertiré —le dije, sin pedirle ninguna condición a cambio. Me pasé la lengua por los labios, preparándome para besarle las sandalias, pero Mahoma me detuvo con un pequeño gesto.

—Sólo necesitas jurar dos cosas. La primera es que no hay más dios que Dios.

Yo repetí las palabras. Cualquiera que haya vivido tanto como yo, sabe que es fácil cambiar de un dios a otro.

—¿Y lo segundo? —le pregunté.

—Que no hay más Dios que Dios y Mahoma es Su profeta.

Las palabras le salieron de la boca con simpleza. No se daba aires de emperador. Yo sabía que sus luchas lo habían hecho más humilde. Tuvo un hijo en Medina, Ibrahim. Mahoma amaba a ese bebé, pero un día contrajo una fiebre y murió. Después envió un ejército con sus mejores guerreros a Siria, pero fueron emboscados por mercenarios bizantinos. Su hijo adoptivo Zayd murió y también su primo Jafar. Mahoma los quería mucho. Cualquier otro hombre no amaría tanto a su Dios después de eso. Tampoco confiaría en Él.

Uno de los adeptos de Mahoma, que estaba parado detrás de él, carraspeó.

—No hay más Dios que Dios y Mahoma es Su profeta.

Yo supongo que él estaba tratando de persuadirme. Si yo no repetía esas palabras, ¿quién sabe qué ocurriría después? Después de todo, yo había luchado ferozmente contra Mahoma, una batalla tras otra.

Conteniendo mis sentimientos, me levanté y dije:

—Dame tiempo para pensarlo.

Salí de la tienda con la frente en alto, sin mirar atrás. Bien podrían haberme clavado un puñal en el cráneo.

Pocos aquí en La Meca recuerdan al viejo Muttalib, el abuelo del Profeta. Los que lo recuerdan, lo hacen porque el viejo adoraba a su nieto, solía hamacarlo en sus rodillas mientras nosotros bebíamos y discutíamos en las tabernas de alrededor de la Kaaba. Pero yo recordé otra cosa.

Regresé a la tienda de Mahoma al día siguiente.

—Te has decidido —me dijo—. No te haré ninguna pregunta. No estarías aquí si no estuvieras listo para someterte. —Vio que yo me encogía levemente—. No vienes a someterte ante mí.

Yo ya había perdido demasiado tiempo. Me arrodillé frente a Mahoma y proclamé:

—No hay más Dios que Dios y Mahoma es Su profeta.

Mahoma asintió levemente con la cabeza en señal de satisfacción y yo me puse de pie.

Podría haberme ido de allí, pero en cambio, le pregunté:

—¿Cuándo es el amor de Dios tan grande que se siente como odio?

—Mi abuelo, Muttalib, solía hacer esa pregunta —dijo Mahoma con seriedad.

—Lo sé. Yo lo oí. Yo era casi un hombre cuando tú te sentabas en sus rodillas. Pero no tiene importancia. Tu abuelo plantó una semilla. Eso es innegable. Él se preocupaba por su alma mientras nosotros debatíamos sobre mujeres y dinero. Tú tienes ese mismo aire extraño. No me sorprende.

Mahoma asintió con la cabeza.

—Y yo todavía me hago la misma pregunta. Tú no eres mi hermano, no todavía. Alá no significa nada para ti. Supongo que tú eres quien trató de humillarme en la Kaaba.

—Tal vez.

Mahoma murió dos años más tarde, a los sesenta y dos. No murió de golpe, sino que se fue marchitando de a poco. Perdió la fortaleza del mismo modo en que un gran árbol va perdiendo la savia. Dicen que pasaba sus últimos momentos con la cabeza apoyada en el regazo de su esposa predilecta, Aisha. El final fue muy calmo. Los fieles estaban seguros de que el Profeta los estaría esperando en el Paraíso, donde los árboles son más verdes que cualquier árbol de Arabia, las vírgenes son más hermosas y donde hay ríos de agua cristalina que burbujean bajo la luz del sol.

Aunque Mahoma esté muerto, Arabia sigue siendo suya. Siria y Egipto caerán pronto. El emperador de Persia se estremece cuando los emisarios del Profeta se presentan ante su trono. Dios le dijo a Mahoma que enviara cartas a todos los soberanos de la Tierra para informarles que debían hacer caso a la palabra del Señor y convertirse. Él lo hizo inmediatamente. Imagínense.

El Profeta murió en Medina, y se dispuso que lo mejor sería enterrarlo allí, en el patio de la casa donde había vivido. Yo presencié el funeral sin rencor. Junto a mí se encontraba Abu Bakr. Tiempo atrás, la tribu y el comercio nos habían unido, antes de que nos convirtiéramos en enemigos acérrimos. Ahora él acepta mi conversión con calma. Nos une la fe y Abu Bakr hace que eso sea una causa para sonreírnos mutuamente. En la confusión que prosiguió a la muerte de Mahoma, varios compañeros aspiraban a sucederlo. Alí había sido elegido hacía muchos años, pero entonces él era apenas un niño. Umar y Uthman lideraban fuertes facciones. Me imagino que sus cabezas fantasearían ante la posibilidad de gobernar el mundo que Alá les había entregado. Pero finalmente fue a Abu Bakr a quien los jefes eligieron. Lo llaman "califa", sucesor de la autoridad del Profeta en el cielo y en la Tierra. Una buena elección. Abu Bakr es querido por todos. Una de las cualidades que lo hacen querido es la edad. El viejo no estará sentado en el trono por mucho tiempo. Los rivales más jóvenes aún tienen esperanzas.

Yo me muevo entre ellos con libertad. Soy un preciado converso, un perro viejo y manso al que le faltan los dientes. Mi final se acerca. Mi esposa está enferma, pronto me dejará. Ya está casi ciega. No me ve cuando me siento junto a la lámpara a leer el Corán. ¿Qué haría si pudiera ver eso? Mis ojos caen sobre palabras que Dios debe de haber enviado especialmente para los viejos:

Cada uno gustará de la muerte,
pero no recibiréis vuestra recompensa íntegra hasta el
día de la Resurrección.
La vida de aquí no es más que falaz disfrute.

He conocido la ilusión y el placer, ambos de lleno. ¿Es eso lo que me une al Profeta?

Después de que hube puesto a mi esposa en la tierra, Aisha vino a verme. Era tan joven cuando se casó, apenas una niña, que todavía mantiene la belleza. Cuando entró a mi casa, se la veía majestuosa, y por un momento, los ojos y las perlas que llevaba alrededor del cuello parecían iluminar la oscura sala cuyos postigos evitaban la entrada de la luz del sol.

—Volverás a verla en el Paraíso —murmuró Aisha, tomándome una mano. Mi mano temblaba un poco sostenida por la de ella. Yo no sabía si era por la pena que me aquejaba o por la edad. Las dos cosas, sin duda.

—Mi esposa no se convirtió —le dije—. ¿No significa eso que está perdida?

—El amor la acercará a ti. Ese será su camino hacia Dios.

Era una mentira reconfortante, y a mí me complacía oírla. Aisha se sentó conmigo por un momento. La luz del sol que se escurría por los postigos irradiaba el collar que llevaba puesto y lo convertía en lágrimas resplandecientes.

—Quiero que creas algo —me dijo. Se dio cuenta de que yo me sentí incómodo—. No he venido a predicar. Esta es una historia, la que guardo más cerca de mi corazón. Una noche fresca en La Meca, el Profeta iba camino a su casa cuando de pronto un profundo sopor lo envolvió. Se recostó en la entrada de una casa, cerca de la Kaaba. De pronto, se le apareció el ángel Gabriel, que con su luz iluminó el pecho del Profeta. La intensidad de esa sensación agudizó cada sentido del Profeta, que sentía que estaba siendo purificado para algo extraordinario. Gabriel señaló al final de la calle, donde había una bestia alada. Era blanca y tenía el cuerpo de un burro, aunque más grande. El ángel llamó a la criatura Buraq y le rogó al Profeta que la montara. Apenas lo hubo hecho, el Profeta se dio cuenta de que Buraq era un corcel que galopaba como un rayo. Con cada zancada llegaba hasta el horizonte. El Profeta estaba sobrecogido por el temor y el asombro. En apenas algunos minutos hicieron un viaje que llegaba hasta más allá de la mezquita más lejana, en Jerusalén. En aquella época no había una mezquita en ese lugar, pero Gabriel le aseguró al Profeta que estaban allí. Dentro de la mezquita había muchos profetas que lo antecedieron. Después de orar con ellos, se le dijo al Profeta que volviera a montar a Buraq, ya que su viaje nocturno apenas había comenzado.

La voz de Aisha aumentaba y volvía a bajar en la oscuridad. Los ojos le brillaban en la casi penumbra. Entre los árabes, nadie es más respetado que un poeta. Yo jamás conocí a una poetisa, pero ella podría haber sido una. Me sentí lleno de perfume a rosas.

—Cuando el Profeta volvió a montar a Buraq, miró hacia el horizonte, donde los aguardaba la siguiente parada. Pero en lugar de partir al galope, la criatura se lanzó volando al cielo con un ruido tal que dejó las marcas de sus cascos impresas sobre la roca que estaba debajo de las patas. Las estrellas estaban de pronto al alcance de la mano, como una fogata en el patio de la casa del Profeta. Atravesaron el domo de cristal del firmamento, yendo más y más alto. ¿Cómo podía ser esto posible? El Profeta aún estaba vivo y, sin embargo, estaba entrando en los siete cielos. Cada uno de ellos era un encanto para los ojos y un gozo para el corazón. Cuando llegaron al séptimo cielo, se toparon con un árbol que les tapaba el camino. Era el árbol sagrado que ningún ángel podía sobrepasar. Aun así, al Profeta le permitieron la entrada. Intercambió palabras con los grandes antecesores del islam, primero Abraham, después Moisés y, finalmente, Jesús. Como último obsequio lo llevaron ante Alá. Delante del Más Glorioso, el Profeta quedó sumido en el más mudo silencio. Alá habló y le dio pautas para guiar a los fieles. El primer deber, dijo Dios, era orar cincuenta veces al día. El Profeta se inclinó en señal de obediencia y se retiró. Cuando regresó ante los viejos profetas, Moisés le preguntó qué le había dicho Dios. Cuando oyó sobre el deber de orar cincuenta veces por día, Moisés negó con la cabeza. "Eso es imposible. Vuelve y pide una manera más sencilla". El Profeta regresó ante Alá no una, sino varias veces, hasta que sus ruegos fueron respondidos. Dios cedió a que los fieles rezaran no cincuenta, sino cinco veces por día.

En la oscuridad, Aisha me oyó reír entre dientes y dejó de contar la historia.

—No te enojes —le dije—. Me has hecho reír. Siempre supe que el Profeta era muy hábil. Hasta logró convencer a Dios.

Yo no podía ver la reacción de Aisha, pero no me regañó. Tal vez incluso sonrió. Como sea, la historia lle-

gó a un abrupto final. El corcel alado llevó de regreso a
Mahoma a la Tierra y Mahoma se despertó temblando
de frío en medio de la noche, en el mismo lugar donde se
había quedado dormido.

—¿Fue un sueño? —le pregunté.

—Muchos pensaban que sí, incluso entre los seguidores más cercanos a él. Estaban muy conmovidos. El
Profeta había recibido revelaciones, pero siempre insistía
en que era un hombre entre los hombres, no alguien que
hacía milagros. Uno de ellos corrió a contarle la historia
a mi padre, Abu Bakr.

—Ah —dije yo. En aquellos días yo evitaba a Abu
Bakr y apenas recordaba que fuera el padre de Aisha—.
¿Y él creyó la historia?

—Sin dudarlo. Mi padre dijo: "Si Mahoma nos dice
que su viaje no fue un sueño, yo no tengo otra opción
más que creerle. ¿No he aceptado ya que el ángel lo visita?". Fue mi padre quien me contó esta historia.

Sentí que una mano de Aisha volvía a presionar una
de las mías.

—Pero tú empezaste diciendo que vives esta historia —le dije.

—Cada día. Hago un viaje por los cielos, sabes. Ese
es el tesoro que el Profeta nos ha dejado. Él abrió el camino para que nosotros podamos seguirlo. No necesitamos
a Buraq para llegar a Dios. Nuestra alma es el corcel.

Perdónenme, pero estaba muy conmovido. Era demasiado. Mi esposa acababa de morir. Mi cuerpo estaría
muy pronto junto al de ella. ¿Qué quedaría para mí más
que un viaje a los cielos, si es que eso era posible? Tomé
la mano de Aisha con fuerza. Las lágrimas me rodaban
por las mejillas y quedaban atrapadas en las profundas
arrugas.

—*Allahu Akbar*—susurré—. Dios es grande.

—*Allahu Akbar*—repitió ella, y salió silenciosamente de la habitación, dejando detrás el destello de las perlas y el leve aroma a rosas.

Epílogo
Un encuentro con Mahoma

Son pocos los que pueden leer sobre la vida de Mahoma sin sentir al mismo tiempo una combinación de inquietud y perturbación. Yo creo que él debió de haber tenido esos mismos sentimientos encontrados. El islam nació en una cuna de desorden y la llegada de Alá, un Dios que derrotó a cientos de antiguos dioses árabes, causó una gran agitación. Una sola persona tuvo que cargar con el peso de la violencia mediante el sobrecogimiento de la revelación.

Mahoma no se veía como Jesús, llamado Hijo de Dios, ni como Buda, un príncipe que alcanzó la iluminación cósmica y sublime. Un proverbio indio sostiene que basta una chispa para encender un bosque. Mahoma fue quien encendió esa chispa.

Si la vida del Profeta fuese un cuento de hadas, él habría salido de la cueva en la montaña y habría abierto los brazos como un Moisés tardío para decirle al pueblo lo que Dios quería que ellos hicieran. Pero en la vida real, Mahoma reaccionó con miedo y estremecimiento. Tú y yo también pensaríamos que nos hemos vuelto locos si se nos apareciera el ángel Gabriel envuelto en una luz enceguecedora y nos dijera que nuestra misión es redimir al mundo pecador.

Dios no dejó solo a Mahoma. Cada vez que Mahoma recibía una revelación, entraba en una especie de estado de trance que lo privaba de voluntad. La cara se le enrojecía y sudaba profusamente. Los mensajes que recibía eran graves. El destino de los árabes dependía de él. La tarea divina de Mahoma consistía en convencer a su pueblo de que tenía que renunciar a la adoración de los ídolos ancestrales y a la veneración supersticiosa a múltiples dioses. De lo contrario, Alá caería sobre ellos con un castigo apocalíptico. Ningún pecador sería perdonado. Sólo quienes temían a Dios y le obedecían al pie de la letra se salvarían. En cuanto al Profeta, él fue perdiendo progresivamente su libertad de acción, hasta que, finalmente, cada palabra, cada acto y cada pensamiento quedaban subyugados a Dios.

Es difícil imaginar un destino más difícil. Mahoma dijo en muchas ocasiones y de diversas maneras: "Lo mejor en la vida proviene de Alá. Lo peor, es culpa mía". El Profeta adoptó esa actitud, otorgándole todo el crédito a Dios y cargando sobre sus hombros toda la culpa. Pero no todo tenía que ver con la vida y con la muerte. Dios encontraba la manera de resolver los problemas cotidianos de Mahoma. Un día, una de sus esposas predilectas, Aisha, se detuvo en un oasis a descansar. Estaba sola. Un joven y gallardo musulmán se le acercó y se ofreció a acompañarla el resto del camino. Estuvieron solos una noche y las lenguas viperinas comenzaron a hablar. Después de eso, lo que comenzó siendo una simple habladuría, se convirtió en un gran escándalo. El Profeta le rezó a Alá y recibió una revelación. Aisha era inocente. Quien dijera algo en contra de ella sería azotado.

Del mismo modo, Mahoma recibía revelaciones muy útiles que indicaban que sus esposas debían dejar de pelear entre ellas. Dios les decía a las mujeres que rodeaban a Mahoma que debían obedecer a su esposo en todas las cosas. El Todopoderoso a veces mencionaba en el Corán a los enemigos del Profeta por su nombre y los condenaba categóricamente. También daba indicios sobre cómo responder a los críticos y a los negativistas. Cuando los exiliados musulmanes intentaron volver a entrar a La Meca y fueron rechazados, hubo una revelación que les decía que lo que aparentaba ser una derrota era en realidad una victoria.

Mahoma podía contar con el consejo de Dios para salir de prácticamente cualquier situación dificultosa. Los estudiosos dividen las revelaciones —que, entre todos los mensajes llegan a sumar miles de mensajes individuales— en dos partes principales. Las revelaciones que el Profeta recibió en La Meca se concentran en la teología y las que recibió en Medina —después de la hégira, o migración, del año 622 de nuestra era— se concentran más que nada en cómo organizar la nueva fe y los nuevos fieles.

El Corán habla sobre la salvación y el Apocalipsis: al igual que en la época de Jesús, los primeros conversos al islam creían que el fin del mundo era inminente. Pero el Corán también habla sobre la guerra, la política, las luchas internas, los tratados, las rivalidades y las dificultades cotidianas de administrar el gobierno en Medina, y habla incluso sobre la recolección de impuestos.

Redención práctica

Todas las religiones intentan acercar a los devotos a Dios, pero son pocas las que son tan explícitas como el Corán. Los famosos "cinco pilares del islam" indican los deberes de los fieles:

La profesión de fe, que establece que Alá es el único
Dios y Mahoma su Profeta.
La oración, que se lleva a cabo cinco veces al día
mirando en dirección de La Meca, el lugar más
sagrado en la Tierra.
La caridad, que se concreta dando limosna a los pobres.
El ayuno durante el mes del Ramadán.
El peregrinaje, al menos una vez en la vida, a La Meca.

Cada uno de esos deberes viene a recordarnos que la vida
en la Tierra existe con un solo propósito: redimir a la humanidad caída. Se puede observar un denominador común
en los cinco pilares: mediante la oración, profesando la fe,
o alejándose de todo durante un mes para meditar, el fiel
deja de lado todo lo cotidiano y hace así un espacio para
que entre Dios. La redención se vuelve una cuestión práctica de cosas para hacer, y uno puede mirar por la ventana y ver cómo el vecino pasa, así como el vecino puede
hacer lo mismo. Esto se volvió muy importante cuando
los primeros musulmanes tuvieron que defenderse de las
persecuciones, ocultándose en una comunidad cerrada de
creyentes, la *Umma*. La imagen de presentar un frente unido ante un mundo hostil subsiste hasta hoy en día.

El cerrado vínculo entre los creyentes no dejó de
lado a la teología. Existen seis creencias centrales que son
compartidas por todos, incluso por las facciones más vi-
rulentas, como el sunismo y el chiísmo. Estas creencias
son las siguientes:

Creer en Alá como el único Dios verdadero.
Creer en los profetas enviados por Dios, así como
en los mensajeros secundarios.

Creer en los ángeles.

Creer en los libros enviados por Dios: la Torá, los
Evangelios y el Corán.

Creer en el día del Juicio Final y en la Resurrección
de los muertos.

Creer en el destino, ya sea bueno o malo.

Estas creencias tienen mucho en común con las del judaísmo y el cristianismo. Pero ninguna religión puede evitar proclamar que su creencia es superior a las demás. Lo mismo ocurre con el islam, que se ve a sí mismo como una "confirmación" del pasado, es decir, que Dios renovó su viejo mensaje tal como estaba escrito en la Torá y en el Nuevo Testamento. Dios envió a un nuevo profeta cuya palabra era definitiva. Por esa razón, los judíos y los cristianos deben atender a esa palabra y convertirse. Esto demostraría que de verdad creen en el Dios Único. Naturalmente, ha habido mucha resistencia a esa idea y el resultado ha sido una larga y triste historia de conflicto religioso.

Alá quería que el renovado mensaje fuera completo. Como resultado, el islam se convirtió en algo más que una religión; es una forma de vida tan absoluta que no hay nada reservado al azar. Dios tiene un mandamiento para cada cosa. En caso de que exista algún vacío, existen miles de *hadith* para guiar el curso de los asuntos que aquejan cotidianamente a todas las personas. Un *hadith* es una historia o un episodio en la vida del Profeta. Indica cómo actuaba él cada vez que alguien le traía un problema, un juicio o le pedía un consejo sobre qué estaba bien o mal. Aisha, la esposa predilecta, a quien Mahoma había desposado cuando ella era apenas una niña, vivió por muchos años después de que él muriera. Ella recopiló unos dos mil *hadith*. Los *hadith* tienen el mismo peso que la ley, incluso hoy en día. Los cristianos pueden preguntarse "¿Qué haría Jesús?" y tantear posibles respuestas, pero ante una pregunta similar con respecto a Mahoma, los musulmanes cuentan con una respuesta concreta. Hay muy pocas situaciones en la vida, ya sea de menor o mayor importancia, en las cuales los fieles no saben exactamente qué haría Mahoma.

Es importante destacar que una gran parte de la doctrina musulmana evolucionó después de la muerte del Profeta, que ocurrió súbitamente. Los discípulos de Jesús también estaban desconsolados después de la crucifixión. Los seguidores de Mahoma estaban desconcertados, pero pronto empezaron a reunir en un Corán completo y autorizado todas las suras existentes. Demás está decirlo, la compilación provocó innumerables peleas y discusiones, dejando suficientes controversias para ocupar a generaciones de estudiosos e intérpretes.

El camino de la sumisión

Dado que la vida del Profeta estaba repleta de instrucciones de Dios, casi minuto a minuto, para los musulmanes de hoy no hay lugar a dudas sobre cuál es el camino a seguir para llevar una buena vida. La virtud más grande para el islam es rendirse o someterse. Para los que no formamos parte de esa religión nos puede resultar difícil comprender esa virtud. Nosotros rechazamos la ausencia de libertad de opción. La mayoría de nosotros quiere las dos cosas: parte del tiempo obedecer a Dios y parte del tiempo tomar nuestras propias decisiones. El islam, para ser crudo, considera que ese camino lleva a la perdición. ¿Por qué alguien habría de poner sus deseos pecaminosos contra la palabra de Dios? ¿Por qué alguien habría de elegir vivir un solo momento fuera de lo sagrado?

No hay modo de evitar esa vital diferencia, lo cual explica muchas cosas. Primero que nada, fundamenta el crecimiento del islam, que se expandió como un reguero de pólvora los años siguientes a la muerte de Mahoma. Sus seguidores más cercanos, el pequeño grupo que emigró a Medina con el Profeta, habían empezado como mercaderes y comerciantes en La Meca. Pero Alí, Umar y Uthman llegaron a ser califas, cabezas de un imperio que se extendía desde Egipto hasta Persia. Si bien los musulmanes eran grandes guerreros, esa vasta expansión no se debió a la guerra, sino a que el islam ofrecía un acercamiento a Dios. El acercamiento a Dios es un deseo humano que busca ser cumplido. El islam no hacía cumplir ese acercamiento a Dios en la teoría, sino mediante acciones cotidianas.

El común de las personas estaba acostumbrado a rendirle culto a los ídolos y a ofrecerle sacrificios a cambio de recompensas básicas como una buena cosecha o una fuente de agua duradera. Alá pasó a cumplir la función de cientos de ídolos, y además existía la promesa de ir al Paraíso después de la muerte, de vivir para siempre en el Jardín.

Si la promesa es hermosa, lo opuesto es aterrador. Vivir según los propios caprichos de uno, sin tener en cuenta los mandamientos de Dios, es el camino que lleva al infierno. Esa es la razón por la cual la modernidad se ha encontrado con tanta resistencia en el mundo islámico. Navegar por Internet, mirar televisión, ir a un club nocturno podría poner en peligro el alma de cualquiera. La ortodoxia es siempre así, cualquiera sea la fe que se profesa. Los musulmanes no son los únicos que temen a la infección progresiva del secularismo. Los fundamentalistas de todas las religiones tienen el mismo temor. Para ellos, lo mundano ha sido siempre enemigo de lo espiritual.

Si observamos a Arabia antes de Mahoma, veremos que la vida era tan dura que todos deben de haber sentido un gran alivio al encontrar algo que les prometiera no sólo la vida eterna, sino también cosas mucho más básicas, como el fin de los conflictos tribales, una sensación de pertenencia, la comodidad de una fe para un pueblo y reglas simples para poder convivir mejor. La vida que dictaba el Corán no era una prisión que no permitía la libre voluntad, sino que traía orden a un lugar donde había caos.

La historia de Mahoma y las cinco yeguas es central aquí. Como se narra en la novela, Mahoma tenía una tropilla de caballos que amaba. Él tenía como costumbre llevarlos al desierto a correr. Un día se alejó tanto de Medina que los caballos comenzaron a desesperar de sed. Más adelante, olieron un oasis y partieron al galope en esa dirección. Mahoma dejó que llegaran hasta casi tocar el agua, y, en ese momento, los llamó con un agudo silbido para que volvieran. La mayoría de los caballos siguió al galope, pero cinco yeguas dieron media vuelta y volvieron a la mano del Profeta. Él usó esas cinco yeguas para aparear y criar la raza de caballos árabes tan preciada hoy en día.

La historia es una parábola de obediencia religiosa y su moraleja dice que Dios prioriza la lealtad por sobre todas las virtudes.

El regreso de los perdidos

Uno debe recordar que los árabes de la época de Mahoma se sentían un pueblo que había sido dejado de lado. El desierto los había aislado casi completamente, resguardándolos de cualquier invasión, pero también apartándolos de la influencia religiosa. Me sorprendí sobremanera cuando leí que durante la infancia de Mahoma no había ni una sola Biblia en toda la Península Arábiga. La tribu dominante de La Meca, los Quraishi, se consideraban hijos de Abraham. Y sin embargo, también sabían que la religión de Abraham se había perdido, a ellos no les habían llegado más que restos y ruinas polvorientas. Por eso es que el mito del Zamzam, el pozo de agua que Dios creó para darles agua a sus hijos, era tan importante. Cuando el Zamzam se perdió, también se perdió el agua de la vida. Cuando el jefe de los Quraishi, Muttalib, lo encontró, el agua de la vida volvió a brotar.

Mahoma era nieto de Muttalib. La historia se escribe a sí misma de atrás para adelante. Cuando el islam triunfó, los escritores rápidamente revisaron los primeros años de Mahoma y le adjudicaron signos y presagios. Ellos tenían a Cristo como modelo aproximado. Así, a nosotros nos llega la historia de un ermitaño solitario y místico que posa las manos sobre la cabeza de Mahoma niño y predice que será el profeta anunciado en la Biblia. En Medina, otro místico, un rabino judío, llega a proclamar que el último profeta está por llegar. En La Meca, un puñado de monoteístas conocidos como *hanif* educan al pequeño huérfano según sus costumbres y el más osado de todos, Waraqa, llega al punto de proclamar a Mahoma como el elegido en la puerta misma de la Kaaba.

Si todo esto provoca entusiasmo, las partes inquietantes de la historia no tardan en aparecer. Los judíos de Medina fueron los primeros en recibir en su seno a Mahoma y su pequeño grupo de seguidores. La nueva fe era bastante frágil. En los doce años que habían pasado desde la primera revelación, no habían acumulado más que una docena de seguidores, los compañeros. Los primeros tres años, Mahoma no le habló a nadie sobre sus revelaciones fuera del círculo familiar. Bajo una presión constante por parte de los Quraishi, emergieron tal vez entre cuarenta y cien conversos antes de la hégira. Es notable que los judíos de Medina hubieran aceptado a Mahoma como juez de sus disputas y para ejecutar un plan que llevara la paz entre las tribus en guerras constantes.

Así y todo, en los años que siguieron, la cantidad de fieles fue aumentando y Dios le dijo a Mahoma que expulsara a las tribus judías de Medina y los exiliara a tierras marginales. Más tarde, cuando el resentimiento de los judíos se encendió y la última tribu cooperó con el ejército invasor de La Meca, Mahoma puso en práctica una violenta represalia. Todos los hombres fueron decapitados y las mujeres y los niños divididos como botín de guerra, muchos de ellos vendidos como esclavos. Esa decisión horrorosa, al haber provenido de una revelación, ha sido elogiada por historiadores islamistas. Recién en tiempos recientes, algunos revisionistas lo han tomado como el acto terrible que realmente fue.

Aquí nos encontramos con el reverso oscuro de la misión del Profeta. Cada uno de los actos y cada una de las palabras de Mahoma están guiados por la fuerza de Dios (excepto, tal vez, los "versos satánicos" del Corán, llamados así porque fueron inspirados por fuerzas demoníacas para eludir y confundir a Mahoma, quien pronto lo vio y regresó a la guía de Alá). Yo no creo que Mahoma se pensara infalible. Tenemos muchas historias conmovedoras que hablan sobre su humildad. Él admitía sus errores y, lejos de ser el único que daba órdenes en tiempos de crisis, se sentaba en concejo junto a los jefes y escuchaba lo que ellos tenían para decir.

Después de su muerte, las filas se estrecharon en torno de la verdad absoluta, lo cual significaba que era una prueba de fe convertir cualquier acto en el que el Profeta hubiera estado involucrado en algo correcto y bueno. Sobre este punto, los críticos de Mahoma citan su matrimonio con Aisha. Ella era la hija menor de Abu Bakr, el mercader que fue uno de los primeros y más devotos musulmanes. A la edad de seis años, Aisha fue prometida en matrimonio a un esposo, pero Mahoma tuvo una revelación que decía que ella le correspondía a él y el pretendiente fue convencido de renunciar al compromiso. El matrimonio con Mahoma se llevó a cabo, pero no fue consumado hasta que Aisha cumplió los nueve años de edad. Fuera del islam, ese episodio es más que desagradable. Dentro de la fe, no obstante, es ensalzado. Ninguna de las otras esposas de Mahoma era virgen, y por esa razón, se cree que Aisha vendría a ser como una especie de Virgen María, más pura aún porque era tan joven. Para el resto del mundo, es una muestra de ciego fanatismo.

Cerrando la brecha

El hecho concreto es que no nos podemos identificar con costumbres que existen al otro lado de un abismo tan grande. Y, como hemos dicho, cada fe religiosa cierra sus filas sobre lo que considera su propia versión de la verdad absoluta. El extremismo islamista no es la excepción, y lamentablemente la pequeña aunque ruidosa minoría ha envenenado nuestra visión.

El Dios que habla en el Corán no es un Dios del Antiguo Testamento, en busca de venganza y castigo, que decide a su antojo quién será recompensado y quién castigado. El Corán ratifica al judaísmo y al cristianismo. El suceso mítico más impactante en la vida de Mahoma fue el viaje nocturno que lo llevó a Jerusalén sobre un corcel alado. Mahoma oró allí con sus predecesores y después ascendió al séptimo cielo, donde estuvo en comunión con Abraham, Moisés y Jesús, antes de que lo llevaran ante la presencia de Alá.

El propósito del Corán, para citar a Jesús, era cumplir con la ley, no romperla. Fue necesaria la guerra para dar a conocer la nueva fe, pero justo sobre el horizonte había un Paraíso en el cual un único Dios recibía a todos los creyentes. Podríamos decir que el islam hizo que el monoteísmo reemplazara al politeísmo (los árabes pasaban a tener un Dios en lugar de varios). Pero el mensaje era más universal. Alá no era Yahvé vestido con un caftán. Era el Único, una presencia omnipresente que sostenía el cosmos.

Todos los musulmanes aman al Profeta, pero hay un grupo dentro del islam que desarrolló un amor muy intenso y místico por Alá: los Sufis. En su manera de ver a Dios, podemos ver la inmensa belleza y el poder del legado de Mahoma. Durante mi infancia, me llevaban a visitar santuarios Sufis, generalmente tumbas de santos a quienes la gente iba a pedir milagros. Había sesiones nocturnas en las que se leían poesías y se bailaba. Esas sesiones duraban toda la noche y eran encuentros llenos de mucha alegría. Para mí, aquellos Sufis, con su extrema cortesía y la presencia permanente del amor de Dios, eran lo que representaba al islam: domos blancos bajo el cielo, cuentos románticos sobre príncipes y princesas, y el llamado hipnótico de los almuédanos desde los minaretes.

El dulce sabor de esas imágenes es real, aunque la historia le haya agregado un dejo amargo. Los Sufis trabajaban por la unidad con Dios y el camino que los lleva-

ba hacia la iluminación era el amor. La devoción llevaba
al arrobamiento y el arrobamiento, a lo Infinito. No hay
romance del alma que sea más extremo, como se puede
percibir en este poema de Rumi, el gran místico Sufi:

> Ustedes, que buscan milagros, están siempre a la
> espera de una señal,
> se van a dormir llorando y se despiertan en un baño
> de lágrimas.
> Ruegan por lo que no llega
> hasta que se les opacan los días.
> Ustedes sacrifican todo, incluso el pensamiento,
> se sientan sobre el fuego, esperando convertirse
> en cenizas,
> y cuando se encuentran ante una espada,
> se arrojan sobre ella.
> Tomen por costumbre esas locuras sin sentido:
> y allí encontrarán su señal.

Esas líneas no son simplemente una fantasía. Describen lo
que los Sufis efectivamente hacían para alcanzar a Dios.
La belleza de la unión con el Único era exquisita, pero
el que lo buscaba se quemaba completamente antes de
alcanzar a su Amado.

Si Mahoma abría la puerta que llevaba a Dios, los
Sufis eran los que se arrojaban a través de ella, encegueci-
dos y llorando con pasión. Esa ardiente lucha es la mejor
interpretación del *jihad*, y la que espero yo que prevalez-
ca. Extrae luz de la oscuridad, tal como Rumi proclamó:

> En el nuevo amor, allí deberás morir.
> Donde el camino se abre al otro lado.
> Hazte uno con el cielo y huye

de la prisión cuyos muros debes derribar.
Saluda al color del día
que se abre de una niebla oscura.
¡La hora ha llegado!

El legado primordial de Mahoma fue darle tiempo a lo que no tiene tiempo. El Único no tiene limitaciones de tiempo ni espacio. No se le puede asignar ni un cuerpo ni una cara, razón por la cual el islam prohíbe los retratos de Dios. Comparado con la realidad transcendental de Alá, el mundo de abajo es una trivial ilusión. Por eso, el corazón del islam llama a los fieles a mirar más allá de la ilusión para encontrar la realidad. Para los Sufis, el temor de un padre castigador evolucionó en una relación amorosa con el Único invisible, cuya esencia es la piedad, la compasión, y lo sagrado de toda vida.

Mahoma puede ser juzgado por lo peor o lo mejor de sus seguidores. Se le puede juzgar por plantar la semilla del *jihad* o se le puede agradecer por llevar la palabra de Dios a una tierra yerma. En mi encuentro con Mahoma me doy cuenta de que cada preconcepto era injusto. El legado que Mahoma le dejó al mundo se encuentra entretejido en lo mejor y en lo peor de nosotros mismos.

Dudo que el ángel Gabriel tenga asignado encontrarse conmigo en un resplandor de luz enceguecedora. Pero si lo estuviera, yo tendría que luchar con las revelaciones día a día. Dios no le hizo la vida más fácil a Mahoma. Se la hizo mucho más difícil, y el misterio de su historia es cómo hizo para extraer luz de la oscuridad con toda la falibilidad que puede tener "un hombre entre los hombres". El mensaje que él trajo no era puro;

jamás lo es. Siempre y cuando nuestro anhelo de Dios exceda nuestra habilidad de vivir una vida sagrada, el enmarañado misterio del Profeta será nuestro propio misterio también.

DEEPAK
CHOPRA
BUDA

La novela que cambiará tu vida

SUMA

Buda es una figura sin igual en el mundo. Con él, no solamente se inicia una religión, sino que sus enseñanzas no hacen más que expandirse por todo el planeta sin pausa. En este libro, Deepak Chopra nos narra la vida de una persona absolutamente fuera de lo común, que empezó siendo heredero de un gran reino y que, aun acostumbrado a vivir entre lujos y caprichos, decide abandonar el hogar muy joven para explorar el mundo. Después de consagrarse al rezo y a la meditación y de ayudar a los pobres y enfermos, descubre un día que su cuerpo y su mente se han liberado de las pasiones terrenales y se ha convertido en Buda, el Iluminado. Ha alcanzado el Nirvana, un estado superior de la mente que le permite estar en paz consigo mismo y con el mundo exterior. Apartir de este momento Buda dedicará su vida a difundir su doctrina, fundando una orden monástica cuyo fin es enseñar el budismo, religión que no deja de sumar adeptos en todo el mundo.

www.sumadeletras.com.ar

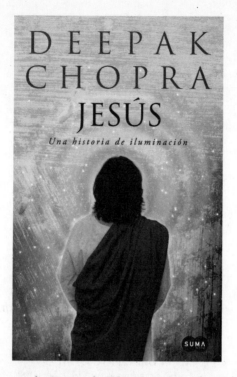

En esta novela Deepak Chopra narra la vida y describe el camino espiritual del que posiblemente sea el personaje más determinante en la historia de la humanidad: Jesús. Para ello, se centra en la etapa de los años perdidos que no aparecen en el Nuevo Testamento. Nos habla de la vida de Jesús desde su temprana adolescencia hasta su conversión en uno de los maestros iluminados.

El autor imagina los pasos y experiencias que llevaron a Jesús hasta tal punto, después de atravesar por caminos de desconcierto y confusión. Así se describen sus aprendizajes juveniles con los zelotes, su encuentro misterioso con los esenios, las dudas vitales y los recuerdos al lado de Judas y María... Un vivo retrato de un Jesús que se encuentra en una constante transformación, y que no buscaba ser el único mesías, sino que la gente, en su desamparo, entendiera que la divinidad habita en todos, y que todos podemos aspirar a ella.

www.sumadeletras.com.ar

Este libro se terminó de imprimir
en Zonalibro Industria Gráfica, San Martín 2437,
Montevideo, Uruguay en
abril de 2011

Dep. Legal Nº 355.492 / 11
Edición amparada en el decreto 218/996 (Comisión del Papel)